22th

1998-2019

太阳鸟文学年选

2019
中国最佳
杂文

主　编｜王　蒙

分卷主编｜王　侃

辽宁人民出版社

© 王侃　2020

图书在版编目（CIP）数据

2019中国最佳杂文 / 王侃分卷主编. —沈阳：辽宁人民出版社，2020.1
（太阳鸟文学年选 / 王蒙主编）
ISBN 978-7-205-09781-3

Ⅰ. ①2… Ⅱ. ①王… Ⅲ. ①杂文集—中国—当代 Ⅳ. ①I267.1

中国版本图书馆CIP数据核字（2019）第257413号

出版发行：辽宁人民出版社
　　　　　地址：沈阳市和平区十一纬路25号　　邮编：110003
　　　　　电话：024-23284321（邮　购）　024-23284324（发行部）
　　　　　传真：024-23284191（发行部）　024-23284304（办公室）
　　　　　http://www.lnpph.com.cn
印　　刷：辽宁新华印务有限公司
幅面尺寸：170mm×240mm
印　　张：15
字　　数：240千字
出版时间：2020年1月第1版
印刷时间：2020年1月第1次印刷
责任编辑：赵维宁
装帧设计：丁末末
责任校对：冯　莹
书　　号：ISBN 978-7-205-09781-3

定　　价：58.00元

现代杂文的历史、现实与未来

王 侃

以五四新文学为起点的中国新文学已然百年。某种程度上讲，现代杂文是新文学殊具异趣的品类，也是极为重要的五四遗产。值此百年之际，着手进行这样一项整理、编选工作，感慨别具。然而，每年面对浩浩汤汤又经纬万端的杂文海洋，一种"文体之难"的深切感受总会呈现于案前：从体裁或语言上看，诸多杂文作品可以归入散文这一范畴；而从题材或内容来看，诸多社论、文摘甚或游记，亦颇具杂文光彩。此种困惑不唯发生于今日，在百年中国现代文学史中亦有迹可循，无论是围绕鲁迅的杂文自觉意识之争，还是充斥于20世纪30年代的杂文/小品文之辩，似乎皆在昭示着：现代杂文仍缺乏一种明确的文体边界。如何定义作为现代文体的杂文，如何理解现代杂文在百年中国现代文学史中的意义，是我们每一年在遴选过程中都不能回避的问题。而对于现代杂文概念的梳理与重审，需要我们追溯历史，重返现场，将现代杂文放入中国现代文学的谱系之中去勘探与理解。

鲁迅说："其实'杂文'也不是现在的新货色，是'古已有之'的，凡有文章，倘若分类，都有类可归，如果编年，那就只按作成的年月，不管文体，各种都夹在一处，于是成了'杂'。"（《且介亭杂文·序言》）可见，杂文的源头，虽然比百年中国现代文学更为久远，但在确立现代意义的杂文文体概念之前，杂文并无独立自觉的文体意识，更多只作为一种归类方法，填充了大量无所分类的文章篇什。现代杂文的概念，基本诞生于五四时期，若是将历史落实到具体细微处，大抵还是鲁迅。就其作为一种文体的使命而言，按照鲁迅的话说，"况且现在是多么切迫的时候，作者的任务，是在对于有害的事物，立刻给以反响或抗争，是感应的神经，是攻守的手足"（《且介亭杂文·序言》）。和新文学的其他文体一样，现代杂文也是被自己的历史使命所确立的一种文体。相比于其他文体，杂文似乎更具现实性，有着更为强烈而直接的现实观照与现世关怀。面对瞬息万变的时代社会，杂文需迅速敏捷地给以直接精准的刻画。现代杂文所涵盖的内容上至国计，下至民生，无所不包，无所不论，显示着一种现代的写实精神与普世的文学旨归。与此同时，杂文显然比其他文体更具战斗性。杂文需不惮与坚固的社会结构及稳定的文明机制展开直接交锋，以匕首以投枪，兀自杀出一条言路。如果说自晚清文学革新开始的新文学传统具备某种"先锋性"，则其中尤以现代杂文，彰显出了当仁不让的领先时代的先锋品格。

可以说，杂文作为一种现代文体，其文体意识正是其现代意识。现代杂文文体意识的确定，展示出了现代杂文创作中脱离古典文学传统的反叛因子，与包含现代意味的新质成分。然而值得注意的是，在中国现代文学的发轫初期，现代杂文的诞生，其现代性特质体现出了与西方现代性谱系所不同的源头与演变。一方面，新文学承接自晚清文学革新所开始的关于理想中国的想象，并借助现代杂文这一文类，完成了一种新的言说。另一方面，尽管现代杂文显示出开天辟地的新兴气象，却仍于骨骼血脉中保有一种延续的诗教传统，一份"文以载道"的文化理想。此种文体特质与时代思潮的矛盾错位，虽然直接影响了后来现代杂文文体意识的明晰确立，却意外释放出了该文类所特有的文学阐释力，赋予了其别样的审美品格与文化精神：一方面，杂文"反抗绝望"，它无惧直视"淋漓鲜血"或"惨淡人生"，无畏向往"无尽的远方"与"无数的人们"，义无反顾喊出时代之声；另一方面，杂文又"拒绝忘却"，在不断地"走异路，逃异地"中频频回首，穿越家国民族的历史隧洞，追问时代个人的所来之处。

总之，现代杂文，以其传统性与现代性（乃至后现代性）的多重交织，探索出了一种更为适应时代新变的文体可能。而此种为不同时代所兼容的暧昧流动的文体意识，在连续复杂多元的时代运动中，逐渐获得了其现代文学史的合法地位，归并于一个现代中国的故事，并纳入到属于中国的现代性谱系之中。

百年现代文学行至今日，我们所面对的依然是一个宏大与碎片共存，集中与多元并进的时空状态。在此重要的时间节点，杂文的作用不言而喻。而我们每一年编选年度最佳杂文的意义，也恰在此处。每年此时，当我们面对浩浩万端的杂文海洋之时，也似在百年现代文学的版图上持续地探索行进。杂文与我们，共同汇入了这一整段的历史洪流之中。

一

杂文的现代品格，首先体现于一种对于现实世界的强烈关注，一种贴近地面的观察与正面强攻的书写。此种或匕首或投枪的抨击怒吼之声，较为直截切近我们理想的杂文样态：它不惮直接撕开蠹虫侵蚀的社会病体，完成手术刀般的精准治疗。因是之故，在每年遴选最佳杂文之际，我们都坚持以文章的现实取向作为首要的选择标准。直面现实，笑骂歌哭，一任自由。而一种真之境界，亦由此诞生。

薛冰的《中国的传统节日与节俗，从来就处于变化之中》以传统节日的时代新变为切入点，所讨论的是中国当代社会的常备之题：传统与现代的碰撞。文章梳理了传统节日的形成与流变，肯定了其中所蕴含的先民智慧与美好愿望。然而文章并未片面地立足过去，或执着鼓吹传统一维，而是从更为中和圆融的角度看待这个问题，"节俗当从时代，是历史的规律，也是现实的要求"。另有任然的《被"996"围困的年轻人 像是定好闹钟的机器》。文章选取的话题是时下热议的"996"工作制。任然从法理与人情的不同角度，对这一制度展开质询，梳了这一制度遭遇反弹的诸多原因，点明这一制度背后的隐患，并提出了相应的改善建议。此种直面现实的檄文还有很多，比如卜玉英的《什么时候，我们可以不这样马不停蹄?》、陈庆贵的《娱乐生态如何水至清无"毒"鱼?》、卫建民的《人文地理的喜与忧》、潘真的《抄袭越被宽容，原创就越萎缩》，等等。

当然，每一段时间都会出现一些较为集中的热点话题。在此次遴选过程中，我们也发现，不少杂文佳作都会围绕一些共同话题展开。这其中，科技显然是当代中国的重要议题，本次辑录的诸多杂文中，便不乏针对此一议题的相关讨论。詹湛的《"App格子"里的人与事》从物质的"方格化"引申到了现代人逐渐被"方格化"的时间与生命。这种为科技所规训的生活，尽管体现着种种文明的进步与发展，却也无时无刻不在压抑着主体的情感与自由。值得肯定的是，詹湛并非简单地否认科技进步的价值，而是透过现象反思本质，考察科技背后的人的作用，显示出一种更为深刻的思考。类似的还有毕舸的《"原谅宝"，技术噱头下的作恶》。文章从一则关于手机应用的恶性案件说起，所探讨的是借助技术所放大的人性之恶。而这种恶的收束，或许不在于限制技术发展，而是需要借助技术以外的法律政策与道德伦理的力量去应对。当然，关于科技，也并非全然负面新闻，仍存在较为积极乐观的看法。比如严锋的《科幻是一种希望》。文章从年初火爆的科幻电影《流浪地球》谈起，简略爬梳了"科幻"在中国的历史，并明确点出科幻之于当代中国的意义，即"科幻是一种希望"。另有宋诗婷的《我们的爱和欲望会消逝吗》从一种较为新颖的角度，大胆预言科技进步为当代婚恋观所赋予的更多可能性。此外，还有张田勘的《可控的人工智能才有未来》、凌河的《科学家的"红地毯"该在哪里》、殷骏的《社会发展中的温情》等文章，皆由科技这一原点出发，讨论时代圆周所可能涉及的方方面面。

另一共同话题看似轻松一些，那就是"大妈"现象。吴启钱的《大妈，你的名字应该叫优雅》从重庆公交车坠江事件说起，联系到近来甚嚣尘上的"大妈"话题，将"中国妇女"与"中国大妈"两种不同形象进行对比，最后期望一种更为优雅更为健康的中国妇女形象。无独有偶，另有不少杂文作者对"大妈"话题发表了看法。王钟的的《"无声广场舞"让人看到文明的柔韧性》从另一个侧面对"大妈"展开了评述。文章同样是从一则社会新闻开始，一条"无声广场舞"的视频，显示出大妈们的某种"优雅"品质，反拨了吴氏文章的批判之意。更为独到的是，王钟的指出了所谓"大妈"现象背后更为深刻的社会因素，而其解决办法似乎不能只围绕一个社会群体而展开，需要全社会更为广泛更为深化的通力合作。李继勇的《"大妈"的丝巾》从大妈们的一方丝巾说起，将大妈们还原到了真实的生活情境之中，可谓更好地读解了大妈们的所思所想。文中一句"读懂'大妈'，才能更好地读懂行进中的中国"，以小见大，堪为真知灼见，一时境界大开。不同的说者探讨同一个问题，难免带有各种不同的立场乃至偏至，往往容易造成各执一词、众声喧哗的困局。然而换一个角度看，汇聚各种声音，却可以为我们接近问题的核心与本质，提供更多可能。

二

直面现实，并非仅仅停留于现实表层，或曰偏执于现实一端。在每年的杂文佳作中，总是不乏文章在书写现实时，以历史作为方法，对现实展开旁敲侧击的突围。在今年编选的最佳杂文中，同样有不少文章选择向历史纵深处挺进，于历史的经验教训中寻求智慧，以为现实获得启示。这些文章同样出色。

汪强的《朱墨相近，何色？》是一篇说理性强的好文。文章自一句古话"近朱者赤，近墨者黑"始，将这一句话演绎出某种极致，并进而提出了一个悖反之论：过分夸大"近"的意义，难道可以抵消近朱者或者近墨者的主观行为吗？汪强引用了历史上的岳飞、包公与海瑞的例子，所证明的是，即便在这样的忠臣良将周围，也并非全然都是可堪重用的栋梁之才。由此，汪强联系现实的贪腐案件提出终极诘问："他们是近了黑，近了坏人，才变黑变坏的，那在变前呢？"文章开篇设疑，层层推进，嵌套历史素材，最终实现对现实的别样反思。山谷的《"一笑"是怎么变成"三笑"的》将"唐伯虎一笑姻缘"的爱情传说与当代爱情故事穿插对比，一方面阐述了经济基础与社会结构对于不同时代婚恋观念的影响，另一方面肯定了某种古今不变且代代相传的婚恋本质。文章文笔纵横，妙趣横生。介子平的《有人不愿去罗马》是一篇引经据典的好文，从钗黛之争谈到人人殊异，正如"有人就出生在罗马，有人不愿去罗马"。而这种"你体会不出他的苦，他读不懂你的愁"的局面恰恰是构成世界丰富多元的原因，毕竟"叙述困境的存在，恰恰丰富了叙述的层次"。也正是感怀于这种孤独无声的境界，所有的相遇相知显得更为珍贵。胡展奋的《让面子飞一会儿》同样援引了诸多历史轶事与文化典故。从《汉书》的"便面"到魏晋南北朝的"手不释扇"，从《清明上河图》的"黑袍男"到民国时期的"破帽遮颜过闹市"，所谓的"面子"文化自古至今代代延续，而一段"便面"野史也孕育于其中，所谓"让面子飞一会儿"，短暂地"屏蔽"一番人情社会，实是古已有之的智慧。类似的文章还有陈晓兰的《过境，"可疑"的访客》、陈世旭的《误读及其他》、郭文斌的《就像干旱的土地渴求雨水》，等等。此类文章反求诸历史，纵横捭阖，文笔恣肆，叙事说理，才气斐然。

三

在每一年的杂文创作中，还有相当一部分文章着眼于时代中的个人，并从宏大的时代背景与个人的生命历程两个向度，对自我展开剖析。剖析自我，并非如今独创的杂文手段，而是自现代杂文开始就已经具备的手法。从鲁迅开始，也会有"凡是人的灵魂的伟大的审问者，同时也一定是伟大的犯人"（《集外集·〈穷人〉小引》）的感叹。而这种勇于自剖的杂文手法，显示出杂文作者自身更为强烈直接的主体意识。正是在这种时代与个人共振的反思与互文中，包含有一份更为深沉厚重的思想性。

过传忠的《从电子货币谈起》着眼于日常生活，从科技所引发的一桩尴尬事例说起。先是几番真情实感的"痛诉"，表达"科技发展一日千里"所带来的种种弊端，紧接着还是承认"首先得怪自己"，毕竟"人工智能的日子就要来到了，就要跟机器人打交道了"，时代潮流浩浩汤汤，与之共舞或者随波沉沦，在科技之外，还需要人的主观能动性去发挥作用。马衣的《〈地久天长〉比〈渴望〉进步了吗》将刚刚斩获柏林电影节最高荣誉的华语片《地久天长》与上世纪风靡一时的国产电视剧《渴望》作了对比，借着其中延续的"好女人"形象反诘追问：《地久天长》比《渴望》进步了吗？答案或许是否定的。然而在种种变与不变之间，仍有一种穿越时空并引起广泛共鸣的抒情之情。作者马衣在文章最后坦露了自己的全篇泪点，并结合了实际的生活经历，表达出一种对于平淡真实又具有永恒意味的生活的期盼与"渴望"。普布扎西的《山沟里的弟弟》所选取的素材来自其个人生活经历。继承家业放羊与走出山沟求学，曾是摆在"我"与弟弟面前的两难选择。弟弟选择了前者，"我"选择了后者。不同的选择意味着两种截然不同的人生道路。普布扎西站在几十年后的今天回望过去的岁月，曾经所有的激烈情绪都变得似有若无，只化为一句颇具哲理的感慨，"人真是奇怪的动物，你必须通过一段段轮回与磨难，像幼小的鲑鱼，游历完世界，返回原来那条小溪，才能产出那堆卵"，况味无限。此种来源于作者真实经历的人生感怀，烙印着最为鲜活生动的人生体验，虽不似其他文章壮怀慷慨，却以一种朴素蕴藉的方式讲明白了最为深刻的道理，兀自有一股打动人心的力量。谢冕的《因为大地养育了我们——我之节约观》同样将自己的生活经历入文，强调了一种在时代变迁的风云变幻中始终坚守的节约观念。此种不为时代所改变的朴素习惯，不仅砥砺磨炼于清贫困苦的旧时岁月，更是源于一份人生在世感念天地的敬畏之心。感恩大自然的馈赠，感佩劳动者的辛苦，此种心情不随时代的变迁而转移。此外，还有杨杰的《我不爱猫　但我不敢说》、江丹的《除了"哈哈哈"，我们还能说点什么》、唐小兵的《我的"文学梦"》等文章，亦是从自我的剖析与表达出发，将杂文的现实精神抑或战斗品格融入自己的写作生命之中，凝练为自身的创作准则与人生信条。

四

尽管杂文的创作有其形而上的载道理想，却也仍需一种审美形式的承载，方能实现真正有效的言说。对于杂文而言，其独特的审美形式，正在于文体的短小精悍。杂文的动人之处，便是在一种有限的文体篇幅内包蕴尽可能巨大的阐释能量。这也喻示了杂文这一文类所具备的新的写作可能。自鲁迅处，便已经开始了关于杂文的文体实验。从题材内容来说，杂文尽可以包含社会、政治、经济、天文、地理等诸多方面；从文体界限来说，杂文又可以包含小说、寓言、诗、散文乃至戏剧等诸多文体特质。在历年的编选中，便有不少杂文作者尝试着做杂文的文体实验。今年亦不例外。

陈晓兰的《过境，"可疑"的访客》中从如今的跨国位移的繁琐程序说起，回溯历史，追寻此种"海关文化"的最初源头，从欧美海关文化的差异谈到了霍桑《红字》的发现，从民国时期出游欧美的游记引申到了整段中国近代史，所涉内容涵盖历史、科技、政治、文学、地理、哲学等诸多学科，而这种兼容并蓄的文化视野注定了文章高屋建瓴的不俗格局。文末起笔"21世纪"，表明文章的笔触不唯指向过去与现在，亦包含一种面向未来的超越性思考。类似的还有姜鸣的《让老城镇更加舒适宁静》、唐吟方的《美食、方便面及其他》、捉刀人的《再见了，武侠》等文章，皆是有感于现实事例，援引各学科知识，不拘一格地表达了所思所想与喜忧爱憎。

此外，也有从艺术形式上尝试文体实验的杂文文章。比如刘诚龙的《才艺做减法》便是其中一例。文章说的其实是很简单的一个道理，即"专学则精"。为了说明这一道理，作者布置了一个极为精巧的局面。文章伊始，先是一则颇具寓言色彩的故事，讲的是"大师"与访者之间的一段对话。十项全能的"大师"显然不是真正的大师。真正的大师是谁呢？紧接着，下文道出几则有史可循的历史故事。通过王鸣盛、姚鼐等人的文人轶事阐明才艺与实学之间的辩证关系。然后又宕开一笔，联系现实情况，结合中小学素质教育的战况，最终落脚于当代，给予世人警示，所谓"才艺做减法"。文章不同于一般的杂文作法，古今纵横，虚实相生，融寓言故事、历史传说、现实新闻与杂感议论于一炉，有纵横捭阖、兼容并蓄的野心，显示出杂文创作的某种形式可能。

值得一提的是，现代杂文的时代新变，不仅发生于文本内部，更发生在文学的外部场域。杂文，甫一开始便是知识分子的言说，然而如今这一身份的庙堂属性似乎也在逐渐淡去，继之而起的趋势是作者身份的多元化与大众化。在今年遴选的诸多杂文背后，真正执着于杂文事业堪称杂文家的作者并非多数。在这近百位杂文作者中，有学界巨擘或高校教授，亦有政经社科等各行各业的专事人才。他们的杂文中不乏引经据典、大开大合的文采之作，亦有感念生活、以情动人的诚意小品。此种从庙堂走向江湖的迁徙，或许意味着，现代杂文的概念绝不能陷入一种本质主义的误区，它将在历史、现实与未来的漫长时间轴中不断跋涉，融入一个行进中的现代中国。从这点出发，我们的回顾、整理与展望，将更具意义。

2019 年 10 月 10 日于恕园

大妈，你的名字应该叫优雅

◎吴启钱

中国妇女，一直有着忍辱负重、温柔贤淑、大方优雅、低调节俭、质朴明媚的正面形象。

可同样一群中老年妇女，在被贴上"中国大妈"这个标签后，形象则似乎不太好，且越来越趋于负面化。因为在景区景点，在酒店，在购物中心，在大街上，甚至在公共交通工具上，中国大妈给人的印象好像就是："体型偏胖，精神饱满，声音很大；不守规则，走路成堆，排队加塞；喜欢旅游，特爱购物；装束臃肿，热衷拍照；扮酷装嫩，喜欢佩戴鲜艳丝巾……"前不久重庆公交车坠江事故原因公布后，已经"名声在外"的"中国大妈"似乎更成为一些网友冷嘲热讽甚至指责辱骂的对象。

为什么会出现"中国妇女"与"中国大妈"形象截然不同这样的"背离"？

我认为，"中国大妈"群体的出现首先是一种进步，反映了当代社会的进步，体现了这个时代的多元。本文前面引述的所谓中国大妈的几大"特征"，如果用另外的词汇表述，不正可以说明已经富裕起来的中国妇女热爱生活，热爱运动，热爱自然，热爱集体活动，有主见，有个性，会表现，能充分展示自我吗？这正是中国妇女家庭地位高，社会地位好的体现呢。

试想想，四十年前或二三十年前，与我母亲同辈的大部分中国妇女，有机会到处旅游，想走就走吗？有条件逛街不累，想买就能买吗？有可能想穿就穿，不仅追逐时尚而且制造时尚吗？当年农村中多数妇女白天与男人一样面朝黄土背朝天在日复一日"修理地球"，晚上也还要养娃喂猪，缝补浆洗，忙个没完，甚至连看个完整的电视剧都觉得奢侈。城市里的多数妇女，也是上班时间围着机器转，下班以后围着锅灶转，围着老公孩子转，夫妻都能上班的"双职工"家庭虽然令人羡慕，妇女在背后却又作出了怎样的牺牲？所以，今天的中国妇女，以不那么"主流"的个性与形象旅游逛街聚会，一方面是对上一辈牺牲的某种弥补，另一方面更是经济发展与社会进步的体现。这方面，中国大妈比"油腻的中国大叔"更具有代表性，也更有说服力。"有钱有闲"曾经是多少代人的梦想，如今中国大妈们用行动说明这个梦想已经实现了。这是我们这个国家了不起的成就。从这个角度说，我们要为中国大妈点赞！

当然，一些中国大妈身上确实存在着许多让人讨厌的不太文明的地方。比如不守规则，不尊重别人，自私霸道，爱贪小便宜，甚至有"不听大妈话，就要你好看"导致重庆公交车坠江的刘姓大妈这样害人害己的犯罪案例。为此网上甚至出现了"中国大妈已经成为一种'自然灾害'"这样的极端言论。

有钱有闲后的中国大妈，本应是一个自信从容，优雅端庄，温良谦和，宽厚内敛的群体啊！很遗憾，满中国满世界走的中国大妈们有些还没有达到这一步。

这背后，是教养的不足，是审美的缺陷，是角色的迷茫。

这一代中国大妈多数是刚刚从物质贫乏年代里走出来的。那个什么都短缺的时代在我们每个经历过的人身上都留下了深深的烙印，许多已经成为一种个人的"下意识"或一个群体的"集体无意识"，比如说为人"小气"，遇物"争抢"，不肯"让人"，不肯"吃亏"，没有耐心，等等。这些缺点不会因为吃穿不愁生活富裕而自动获得改正。正如"扫帚不到，灰尘不会自己跑掉"一样，一个人对规则的敬畏和对别人的尊重是需要教育的，一个人的自信优雅是需要培养的，一个人对美与丑的欣赏与鉴别能力也是不会凭空产生的。然而，在这一代许多中国大妈大半生的经历中，最缺的可能就是有关文明与规则的教育与培养了。她们从小接受了很多宏大的主题教育，却缺少专门的规则与规矩的训练，没有机会经受文明礼仪的熏陶，没有条件接受审美教育。她们知道爱党爱国却不知道如何与别人文明相处；她们具有越来越强烈的个人权利和自由的意识，但不知道权利与自由的边界正是别人的权利与自由，不知道维护自己权利自由的底线是不妨碍他人的权利与自由；她们强烈地追求美、拥抱美，却常常把丑当作了美。借用当下的一句话来说，因为历史的原因，这一代一些中国大妈已经在文明与规则的常识方面输在"起跑线"上了，让那些本应随风而逝的物质短缺时代留下来的缺陷，成为了自己行为的主宰，时不时表现出令人讨厌的一面。

中国妇女的解放，在家庭里比在社会上程度更高。被"家是讲情不讲理的地方"误导，一些中国大妈在家里获得了完全的主导权后，往往不讲道理，而老公孩子却是绝对服从，常用"第一，老婆说的都是对的，第二，不对的时候参照第一点执行"等"家庭法条"来约束与说服自己。但可能是因为部分女性"方位感"比较差的缘故，一些在家里不讲理的大妈，到了社会上就"迷失"方向，不知道如何定位自己的角色。因为社会由陌生人构成，其特点是不讲情而讲理，讲理更要讲规则。比如，在家里自己做错了事却可以对老公撒娇或发脾气，老公一般都是以哄为主，以忍为上；而到了社会上，一不顺我心意，则如同在家里一样，立马发作，肯定会与讲理讲规则的社会发生冲突。于是才会出现大妈们霸占景点的行为；才会有大妈强行让乘客给自己让座，不让就又打又骂的新闻；才会有错过停靠站点就要求公交车变成为自己服务的私家车这样的荒唐举动；也才会有在公共场所旁若无人，我行我素的许多"壮举"。当然，全民自媒体时代好事不出门、坏事传千里的舆论场叠加效应，也放大了一些大妈的不文明行为。

让已经有了"免于匮乏自由"的中国大妈优雅起来，应该是新时代的一个使命。我们的时代有条件，这个社会也有榜样。

社会大众只需要做的是对大妈们多一分理解与包容，各级政府对大妈们多一点关心与关爱，各类媒体对大妈们多一些引领与倡导，各个女性社团为大妈们多搞一些教育与培训。

当然，关键还是大妈们要学会打理自己，不但打理自己的外表、健康，还要主动提升自己的知识、素养，与时俱进，做一个自然而美丽、自信而优雅、自觉而文明的大妈。

（《杂文月刊》，2019年第1期）

娱乐生态如何水至清无"毒"鱼？

◎陈庆贵

现如今，无论有人诟病娱乐圈是"风月场""大染缸"也好，抑或臧否娱乐圈为"奶牛场""膻工场"亦罢，说白了，都是不满娱乐圈水很深、水很浑、水很黄。毫无疑问，娱乐圈病到这步田地，少数人病态追星炒星，嗜喝娱星洗脚水上瘾成癖等病态行为功不可没。近日，相关部门发出进一步加强广播电视和网络视听文艺节目管理的通知，要求坚决遏制追星炒星、泛娱乐化等不良倾向，严格控制嘉宾片酬。无论如何，至少我举双手赞成——尽管我已举双手赞成了 N 回。

准确地说，类似宣示放狠话是重申而非首提。近年来，相关部门差不多年年都在高调宣示遏制追星炒星，至少我的耳朵差不多已然听出老茧。而人们所目图景依然是：年年岁岁"禁"相似，岁岁年年"追"不同。

追星也分三六九等，不能一概而论。法制社会，公民私权"法无禁止即为允许"，原本，追星纯属"周瑜打黄盖，一个愿打一个愿挨"的个人自由；况且，理性追星不见得是什么坏事，兴许还能追出正能量或大名堂。杜甫、陆游就曾是诸葛亮重量级"粉丝"，杜甫曾誉"诸葛大名垂宇宙"，陆游亦赞"千载谁堪伯仲间"，两位诗史名宿都为偶像写过不少诗，且多为不朽传世名篇。少年克林顿也是政治明星肯尼迪的"铁杆粉丝"，打小就立志要像偶像那样去当美国总统。出身贫寒的克氏，从美国偏远小州阿肯色州，走向白宫问鼎总统宝座，追星刺激肾上腺素显然功不可没。由是，对个人追星你可以看不惯，但却压根儿管不着。

应当坚决遏制的，当然是病态追星炒星。比如，28 岁的女子杨某苦追香港偶像刘某某 13 年，致使倾家荡产，父亲为圆女儿心愿竟卖房筹款。然而，这位终于见到偶像并合影的女粉丝仍不满意，其父也因刘某某未安排足够多时间与女儿会面而跳河身亡，让人欲哭无泪，"哀其不幸，怒其不争"。盲目追星疯狂炒星，当然绝不止于让个人费时破财伤身脑残，对公共娱乐生态之延伸肇害，则不仅推高娱乐节目剧目制作成本、破坏行业规则风气，而且误导受众尤其是青少年盲从效尤，进而潜移默化滋长错乱价值观念，这显与时下主流核心价值观背道而驰。娱乐生态以明星为中心而罔顾"载道"教化功能，以金钱为目的而摒弃"倡善"社会意义，其结果恐怕难遁将娱乐变异为"愚乐"，进而于沦陷集体无意识中让"娱乐至死"一语成谶。

公允而论，遏制追星炒星，首当厘清概念分野，将追星与炒星剥离。媒体炒星在个体追星之先，无有媒体炒星又遑论有社会追星？换言之，媒体炒星是个体追星的原因，个体追星乃媒体炒星的结果。截流当先堵源，遏制追星炒星沉疴痼疾，当先从遏制媒体炒星出招突破。

遏制追星炒星多年，何以屡遏不止？恐怕连地球人都知道，不是"雷声大雨点小"，便是"拳头打在棉花上"。在国外，对丑闻明星污点艺人"零容忍"几成惯例。美国某明星经历偷税事件后，除了被罚9亿巨款，还殃及好莱坞谍战大片女主角被取消，所有代言产品被终止合作。韩国天王级歌手刘某，因逃避服兵役而被下令永久封杀，并且被禁止再踏入韩国境内，即使下跪都换不回韩国民众原谅。日本污点明星只要丑闻坐实，无论你是不是一线大牌明星，民众绝不会轻言宽容原谅，也无有商家会找劣迹艺人代言，污点明星沦为无戏拍、无收入的"娱乐至死"艺人。相形之下，国内对待丑闻明星污点艺人，则不是态度暧昧出手温柔，便是"罚酒三杯"式的过度宽容。试想，设若"渔"者手下留情点到为止，抑或东边打"毒鱼"，西边又放生，又如何指望娱乐生态水至清而无"毒鱼"欤？

盲目追星与疯狂炒星，乃一根毒藤上开出的两朵并蒂毒之花，二者相互作用交叉感染，已经生成为娱乐生态食物链上恶性循环的顽固病灶。"阴阳合同""天价片酬"之类，不过是这根毒藤上毒副作用发作结出的苦果。《人民日报》日前刊文指出："那些有严重失德失信行为的演艺人员，需要接受行业组织制定的、与其言行严重程度相应的、有足够约束力的处罚；违反法律的，要接受法律的裁决，不能让有违法律和严重道德污点的艺人从其失德失信、违法违规的错误行为中出名获利。"果如是，娱乐生态方能水至清无"毒鱼"也。

（《杂文月刊》，2019年第3期）

朱墨相近，何色？

◎汪　强

常言说，近朱者赤，近墨者黑。这话有点绝对，好像不要任何附加条件，不管物体原来是什么颜色，不管物体处于什么状态，不管物体具有哪些物理性质化学性质，只要接近了红色物体，就一定变为红色，接近黑色物体一定变为黑色。

当然，这只是一个比方，要说的是人。一个人接近好人，就一定成为好人。一个人接近坏人，就一定成为坏人。一个人接近诚实的人，就一定成为诚实的人。一个人接近狡诈的人，就一定成为狡诈的人。一个人接近善良的人，就一定成为善良的人。一个人接近凶险的人，就一定成为凶险的人。

如果以上说法成立，红色物体与黑色物体接近，那红色物体一定变为黑色物体，黑色物体一定变为红色物体，即两者接近的结果就是互换了颜色。假如两者保持相近的距离，已经变成黑色的物体因接近已经变成红色的物体一定会重新变红；已经变红的物体因接近已经变黑的物体，一定会重新变黑。然后，重新变红的物体再次变黑，重新变黑的物体再次变红……这样，两者就会不断地互换颜色，那是不是像变魔术似的可笑？同样，如果好人与坏人在一起，好人就一定会变成坏人，坏人就一定会变成好人。如果两者不分开，就会不断地交换好的品质与坏的品质。比如，一个坏人正举起刀要杀人，好人来了。在好人的影响下，坏人变成了好人，把刀扔了，改恶从善，可与此同时，好人变成了坏人，抓起地上的刀，凶猛地将刀举起……这样两个人不断轮流充当杀人魔王与见义勇为者的角色。想想这场面是不是让人啼笑皆非？

以上的说法，虽有点夸张，但也说的是燕山雪花大如席，不是说的广州雪花大如席。在现实生活中，将近朱者赤近墨者黑绝对化、过分夸大"近"的意义，这样的人是有的。比如，近几年来，不少贪官在落马后都要声泪俱下地表示忏悔，说自己之所以有今天，全是因为自己交友不慎，接近了以钱行贿的商人及以色行贿的女人。听他们的意思，如果不是如此，而是接近了岳飞那样的朋友，那他们就能成为爱国英雄；接近了包公那样的朋友，那他们就能铁面无私执法如山；接近了海瑞那样的朋友，那他们就能清廉如水。交上一百个这样的好朋友，并与这些朋友朝夕相处，他们就可以成为完人了。可惜得很，由于不慎，他们没能接近到这样的好人，而交往接近了惯于拉人下水的奸商淫妇，让他们心变黑了，身体变脏了。嘻，这些奸商淫妇真是近不得的呀！将他们逐出地球才好！他们在地球上一天就要害人一天，让更多近了他们的人变黑变坏。

请注意，依据这些忏悔者所言，他们是近了黑，近了坏人，才变黑变坏的，那在变前呢？他们是红的，红得很；是好的，好得很。他们与奸商和淫妇相近，是红与黑相近，好与坏相近。相近的结果是什么？前文说过，如果以为近朱必赤近墨必黑，红色的领导干部与黑色的行贿者就会不断交换自己的颜色，而事实上谁也没有看到过这样奇妙的情形。据这些忏悔者说，无论是以钱行贿的商人，还是以色行贿的女人，都厉害无比，只要与他们一接触，那么无论你原来身上有多红，就立即会改变颜色，马上就会由红变黑由好变坏，而他们自己不会因近了红色而变红，近了好人而变好。

有没有可能近朱者赤近墨者黑的规律不适用于红黑相近这一特殊情形？或者这一规律只适用于平民百姓，而不可用在领导干部身上？有没有可能在相近前忏悔者就是黑色的，只不过伪装得太好了没有被人察觉？本来早就黑了，却炮制出交友不慎论，其用意是什么？又假如你真是交友不慎，那又为何会不慎？

（《杂文月刊》，2019年第3期）

"一笑"是怎么变成"三笑"的

◎山　谷

"我爱江南多美娇娘，华府丫环芳名秋香，那唐伯虎风流豪放，爱上秋香唱凤求凰，俏秋香秋波一转，唐伯虎心神荡漾，月老他从中帮忙，唐伯虎华府追秋香。一笑魂飘，再笑断肠，三笑姻缘，三笑姻缘万古扬。"

这是邓丽君演唱的《新三笑姻缘》。明代唐解元伯虎与秋香的因缘际会，是被包括电影、弹词、戏曲和歌曲等许多艺术形式不断表现过的题材，"唐伯虎点秋香""唐伯虎三戏秋香""风流唐伯虎""伯虎为卿狂"等，从而成为普罗大众所熟悉的一个故事。

这个故事的最初版本，出自冯梦龙的话本小说《唐解元一笑姻缘》——"为人放浪不羁，有轻世傲物之志"的唐伯虎，在虎丘山下的游船里，"忽有画舫从旁摇过，舫中珠翠夺目，内有一青衣小鬟，眉目秀艳，体态绰约，舒头船外，注视解元，掩口而笑"，于是解元神荡魂摇，尾随而去……

这个"一笑"故事，后来被添油加醋，从一笑发展到三笑，形成今日"三笑"的整体格局；赵景深先生有《三笑姻缘的演变》文章，考证了这个故事的前世今生，从《耳谈》《露书》到《泾林杂记》《蕉窗杂录》，把原本属于别人的故事，渐渐集中敷衍到了唐伯虎的头上，最终完成了"才高气雄，藐视一世，而落拓不羁，弗修边幅，每遇花酒会心处，辄忘形骸"的形象，在金阊画舫中看见"姣好姿媚，笑而顾己"的女郎，于是一见钟情……

这个艺术形象与真实的唐寅（伯虎）相去甚远。唐寅出身苏州的一个商贾家庭，生于公元1470年，农历庚寅年，故名寅，寅年属虎，连缀引申字"伯虎"，虎是猛兽，为人所惧，于是复字"子畏"。他的婚姻状况也不复杂，曾"配徐继沈"——乡试中举后赴北京会试，遭人诬陷，落魄后得不到妻子徐氏的理解，两人终日牴牾；徐氏归宁后不返，他于烟花场中认识了一位姓沈名九娘的女子，娶为继室，相帮操持家务，使他在困顿中有所振作，书画技艺精进，名响吴中。

把一个并非唐寅的本事逐渐演衍为唐寅的风流韵事，与其说是文人叙事的需要，莫若说是社会心理的需要。唐伯虎出生的明成化年间，经过仁宣之治，"吏称其职，政得其平，纲纪修明，仓庾充羡，闾阎乐业，岁不能灾……民气渐舒，蒸然有治平之象"，江南富庶之地的苏州更是繁花似锦，唐伯虎曾描绘了居所住地附近的阊门盛况："翠袖三千楼上下，黄金百万水西东。五更市贾何曾绝，四远方言总不同""小巷十家三酒店，豪门五日一尝新。市河到处堪摇橹，街巷通宵不绝人"，商品经济的长足发展，市民阶层不断扩大，自由职业者日增，社会政治环境相对宽松，人们希望更多地摆脱旧礼教的束缚，更多地追求人生自由和个性解放，并希望这种愿望有自己的代言人，于是自称"江南第一风流才子"，有解元功名，外在形迹又是"颓然自放"的唐伯虎便适时成为这种代表，从文人笔记中进入到民间口头文学的领域，从而"名传万口"……

可以说，没有商品经济的社会基础，没有个性解放的人性要求，也就不会有封闭社会的一见钟情式的一笑或二笑、三笑。这是人性的自然要求的一种形式，是个性解放和自由的一种情感表达。

《唐解元一笑姻缘》里，主人公一见钟情于秋香，之所以有如此绵绵不绝的社会反响，是表现在它产生的方式上，那就是男性的主动和女性的美貌，依然是才子佳人类型，不足为奇，但它所充满的浪漫意味，令人生羡的戏剧情节，在封闭的古代自然有着不同凡响的意义，即便在今天也依然有着人性的光芒。奉行礼教的封闭社会，男女婚姻遵奉"父母之命，媒妁之言"，双方婚前谋面的几率非常小，这种伦理关系，往往给了男性以奔放自由的权利，而对于女性则是束缚，但是天性是不能泯灭和阉割的，《墙头马上》李千金对裴少俊的"一个好秀才"的称赞，卓文君"窃从户窥之，心悦而好之"，以及"贾氏窥帘"等故事，都是女性渴望自由表达对男性的爱慕之情的明证；只要社会环境宽松，商品经济带来更多的观念上变化，就会使女人在社会上露面的可能大大增加，一旦这种罕见的情况发生，"巧笑倩兮，美目盼兮"的美人便会展露加倍的魅力，这时情爱双方一见钟情的情况，便具有某种典型性和爆炸性。

《唐解元一笑姻缘》中的唐伯虎一见钟情所表现出来的心理是强大的，甚至令现代人都汗颜。他执着于自己的对美的那份冲动，而这种执着所体现出来的、具有现代意义上的"爱"的承诺也是坚定的，从他乘船尾随到无锡卖身华府为奴，教授华府公子读书，进而成为华府管家，到择女联姻，这个过程不是一时半日所能完成的，这种耗费时日的痴情多才，和恒久持一的坚定不移，也不是常人所能做到的。对此，我们往往只能在现代的民歌中听到这种向往："人们走过了她的帐房，都要回头留恋地张望，我愿做一只小羊，坐在她身旁，我愿她拿着细细的皮鞭不断轻轻打在我身上"……这位"唐伯虎"身上所产生的"一见钟情"，奋不顾身地追求爱情的大胆勇敢的举动，仍能为今天的人们所欣赏，自有其文化魅力之所在。

爱美之心，人皆有之。情爱双方惊鸿一瞥所产生的巨大的吸引力，瞬间释放出强大的荷尔蒙，从现代生物学的角度认识，当是双方反映生命频率和光谱特征的生物频谱大致相同、相互吸引的缘故。

爱情是人类精神的一种最深沉的冲动。对于一见钟情式的爱情来说，只是出于本能，具有生物性，而并不天然地合乎理性，缺少蕴含着文化内涵的持久魅力，往往就会表现为一时的激情；在现代社会，保鲜这种情爱，其永久化的基础，在于双方保持彼此欣赏的热情的温度，使之恒常，这既要用情感去爱，更要用头脑去爱，只有感性和理性的结合，一见钟情这一男女情爱现象才会具有永恒的魅力和感召力。

在爱情的选择上，要听从内心的召唤，更重要的是要为这种心灵的声音付出更为坚实的担当，不能像唐代才子元稹对于莺莺的始乱终弃，也不能因"妾拟终身嫁与，一生休，纵被无情弃，不能羞"式的冲动而饮恨……

也许这就是"唐伯虎一笑姻缘"对我们今人的启发。

其实就"钟情"而言，一笑就够了，二笑、三笑只是说书人或故事撰稿人的噱头，于情爱本身增添不了分量和意义。

（《文汇报》"笔会"，2019 年 1 月 22 日）

过境，"可疑"的访客

◎陈晓兰

　　尽管涉及跨国旅行的文学作品和海外游记无不痛斥跨国位移的限制和出入境的繁琐程序，海关边检人员对于入关访客的查验、审视、诘问乃至刁难，然而，在现实世界，对于跨国位移的控制却是国家主权的象征，其历史可谓源远流长。

　　据说，最早的"海关"——对于出入境的人与物进行监管的政府机构，产生于公元前5世纪的雅典，11世纪，威尼斯人用"海关"（Customs）指称这类机构，15世纪初出现了由英王亨利五世签发的类似于护照的出国旅行准许和安全保护文件，16世纪中期开始正式使用"护照"（Passport）这一名称。好事者进一步追问，将护照的史前史追溯到希伯来《圣经》。据说《尼希米记》提供了护照的最早原型，其中记述了公元前5世纪中叶，时任波斯王亚达薛西一世酒政的犹大人尼希米，请求国王恩准自己回到列祖坟墓所在耶路撒冷，并求王赐他一份诏书，以便保护他离开波斯国境并安全到达犹大。尽管护照有着如此悠久的历史，但是，直到20世纪一次大战期间，"护照"的地位和作用才发挥到了极致，与此同时，海关的权力也达到了前所未有的巅峰状态。

　　在漫长的国际交往中，西欧列国以及后来者美国发展出完备且严格的海关体系。19世纪美国著名作家纳萨尼尔·霍桑就曾经在海关工作过两三年，霍桑毫不隐瞒他对于这份工作的厌恶，后来，他把这种厌恶写进了他1850年出版的成名作《红字》中。这部小说就以"海关"开篇，他描绘了家乡萨勒姆那幢巍峨的海关大厦，它俯瞰全城并瞭望整个港口，悬挂在大厦正厅上方的美洲鹰雕像，双翼展开，紧握箭矢，永远大睁着犀利的鹰眼。这位叙述者，曾经怀揣着总统的委任状，踏上大理石台阶，成了这幢威严的大厦里的一名稽查官。正是在海关大厦二楼尘封已久、堆积如山的文件中，他发现了《红字》这部手稿。霍桑的小说第一次赋予海关大厦如此复杂的政治和文化隐喻。

　　19世纪的移民浪潮和欧美列强之间的剧烈竞争，一次大战及战后动荡的局势，使西方列强对于跨国位移实行严格控制，不受控制的客流被视为国家安全的威胁，加强边境管控并制定了严格的规章条律。1915年，严格的旅行限制条例被写进《英国领域防卫法案》（The Defense of the Realm Act）。1918年，《一战旅行控制法案》（The World War I Travel Control Act）在美国实施。这些法案的影响一直延续到战后。护照发放、签证机关与海关被赋予酌情裁定权，对于证照申领和入关的文件和程序有着相当严苛的要求和规定，这些规定无形中加重并延长了战时的紧张气氛。

1918年8月，辛亥革命元勋曹亚伯出游欧美，据其《欧战中世界旅行记》记载，此次出游的目的地是中立国荷兰，目的是考察实业，重点考察荷兰治水方法，以为中国将来治水患。《旅行记》详细记述了曹亚伯辗转美国、丹麦、德国赴荷兰的经历，详细记述了战时欧美各国之间极其严苛的出入境手续和海关、交通管控及粮食物资的分配状况。他激烈地抨击美国对于中国入境者的不平等对待。临近美国时，检查员直言："汝辈中国人，吾不能登记，亦不能给汝登岸证券，须俟船抵西雅图时，将汝辈中国人送至移民局，由局长一一检查登记。"中国人中的三等乘客，尤须拘禁于移民局内，等候医生检查身体，如有任何身体或证照方面的问题，都会被送至海岛拘禁。头等乘客虽可免除此项麻烦，但也不能受到与其他国家来客的同等待遇，需经税关检查所与移民局的严格审核无误后，方可获得"许可入境"。

曹亚伯在美国滞留数日后计划乘北欧轮船公司船舶赴瑞典，但是轮船公司的船期均由美国海关临时命令而定，买票手续也极为繁杂，须先向美国政府移民局提出出境申请，得到美政府许可后再将护照送至各经过国驻纽约领事馆签字，之后，再往美国海关检查所盖印、签字，获得"通过战时防御线凭证"后方可购票乘船。因曹亚伯原先的护照目的地是荷兰，现在改往瑞典，原有护照无效，须另外申请护照，才可向美政府申请出境。但是，瑞典虽中立国，大战期间粮食困难与交战国无异，需经过瑞典驻纽约领事馆发电报向瑞典外交部询问是否允许外国人入境，曹亚伯未获得入境许可。他只好绕道丹麦，几经周折得到丹麦领事馆签证，但只许停留三日。在纽约港乘船出境时，水兵持枪实弹查验，海关检查员检查行李及身上衣服、囊中钱票。战时美国各机关对于所有出入境交通关口实行严密监控，丹麦也同样。船未抵岸前，乘客须填报所有之衣服、鞋帽，甚至手巾、麻领几条都要交由海关检查。海关收存申报单，出境时对照申报单检查所携物品，单上所填入境时之衣、物如与出境时之衣、物不相符合，则罚以偷运之罪。因战时衣服昂贵，丹麦衣料丰足，为防外国人运出衣服导致丹麦衣料缺乏，丹麦政府用申报之法，使外国人无从运出一丝一线。

在《欧战中世界旅行记》中，曹亚伯非常详细地记录了所经各国海关对于外来旅客的检查程序，但是，他对于战时欧美海关、要隘的严格管控，未有丝毫抱怨和负面批评，反而予以同情的理解，盛赞这些国家行政管理之井然有序，各级政府无论平时战时，皆做应做之事。相比之下，中国海关失控的情形触目惊心，令他愤慨。一年后曹亚伯回国，船抵吴淞口，既无医生船来检疫，也无边检人员登船查验行李货单与乘客护照，旅客自由出入，如入无人之境。他不禁为中国人深感羞愤。他认为，任何一个拥有主权的独立国家都应该像欧美列国那样严把自己的国门。

实际上，很久以来，欧美一直在为其国民在异国的自由旅行权利而斗争，甚至不惜发动战争。1858年6月，清政府与英法签署的《天津条约》特别强调"外国人可进入中国内地自由传教、游历、经商"。与此同时，欧美列强却时刻严守着自己的国门。就美国与中国而言，自19世纪六七十年代民间与官方对于华人的抵制，八九十年代对于排华法案的制定和补充修订，到1943年排华法案的废除，其间有关华人出入美国的一系列条例、细则的修订，以及官方和民间围绕着华人入境的激烈争吵，可以说，19世纪后期至20世纪40年代中国人的旅美之行一直是在严格的管控乃至排华的阴影笼罩下进行的。20世纪上半叶中国旅美者的赴美游记描述了令人生畏的护照、签证过程、烦琐的程序、严苛的审核，出国前签证时所受的诘问、怀疑、拒绝，入境前后的检疫验身以及名目繁多的预防针，令出国者深感蒙羞。其游记毫不掩饰自己的愤慨："吾侪出国，于人无损，乃经医生之考验如此，领事馆之盘诘如彼。从未闻外人之来我国者，须经此同样之手续也。弱国国民，身受者如是，不知亡国国民，其痛苦当复如何？"直到20世纪80年代，有幸走出国门周游列国的中国人，在其游记中依然会记下形形色色入关体验。据说，最轻松的入关是美国，最干净利索的是德国，最让人不舒服的是日本，最麻烦的是英国，最让人胆战心惊的是俄罗斯……海关，作为一个国家的门户，是一个国家给予访客的第一印象也是最后印象，访客甚至从入关与出关感受一个国家的政治乃至民族的精神。

当代著名学者萨义德曾在其《东方学》（1978）一书中说："科学家、传教士、学者、商人或士兵之所以去了东方或思考了东方，是因为他们想去就可以去，想思考就可以思考，几乎不会遇到来自东方的任何阻力。"然而，事实并非完全如此。西方社会怀抱世界主义的知识分子从未停止批判那种依靠武力并由经济利益驱动的自由越境，被强行造访的国度也从未放弃过实际行动和话语上的抵制，正如英国作家爱·摩·福斯特在其《印度之行》（1924）中所揭示的那样，来自大英帝国的殖民者、知识分子、周游世界的女性，各自怀揣不同的目的，穿越地中海和埃及的大沙漠到达孟买，最终，带着各自的印象，或者回到英格兰，或者葬身大海。而印度人关心的则是：英国人究竟如何看待他们，英国人和印度人会不会成为朋友。

21世纪，人类可以在虚拟的世界里自由穿越无形的国界，但是，物理意义上的边界和文化、心理意义上的边界却无处不在。

（《文汇报》"笔会"，2019年1月24日）

让老城镇更加舒适宁静

◎姜　鸣

　　我去葡萄牙小镇奥比多斯游览是旅行家许敏兄推荐的。事先从网络上看到，九百多年前，葡萄牙国王阿方索二世将奥比多斯作为礼物送给王后伊莎贝拉，这里得名为"婚礼之城"，听来真是充满浪漫情调。事实上，当年的宫殿城堡，耸立在小镇背倚的山头之上，现在只剩下空荡城墙，供人发发白日梦想。而真正迷人的，却是在城镇的民居部分：带有坡度的古老街道，随处有餐馆和卖旅游纪念品的各式店铺，还有可以小憩的咖啡座。刚采摘下的柑橘码放在竖立的橡木酒桶上，随时提供鲜榨果汁。不少建筑的外墙上，爬满枝节粗壮的紫藤，一串串花朵像葡萄似的垂挂着，在微风中摇曳。街道的墙角边，盛放着马蹄莲。

　　和欧洲寻常所见的旅游村镇一样，奥比多斯洁净安宁。沿街房屋，二三层建筑居多，虽然年代久远，却精心涂饰着白色墙体。窗户和门扉外侧，都嵌有花岗岩凿成的条框，和长满青苔的碎石路相映成趣。与东方城镇外观不同之处，是这些粉墙建筑的下缘和屋角，每每用蓝色和铬黄色颜料刷出宽边，呈现出特有的地域风情。房舍的门扇和窗户遮阳板照例是湖蓝色的，绚丽夺目。而从山坡上鸟瞰，鳞次栉比的屋顶，都是红色筒瓦，与远处的绿色原野相映成趣。

　　小镇里有数座教堂。其中圣彼得教堂改成了书店，从大堂、祭坛到唱诗班的二楼，随处都堆满层层叠叠的新书。我在祭坛前的桌旁坐下，轻轻翻阅着两卷本中葡文对照《论语》，和当地出版社刊印的双语诗集《里斯本诗人》，开篇就是卡蒙斯的十四行诗："爱情是燃烧却看不见的火焰/是疼着却觉不到的伤口/是无法让人满足的快乐/是不疼的痛却令人疯癫。"

　　在婚礼之城的教堂读大诗人的情诗，感觉真的很奇妙。时间停滞下来，陪伴着我，旅行中常有这意想不到的新奇。其实我们游览名胜古迹，寻觅的就是人与历史、人与景观的心灵交融，而不是简单满足"到此一游"的打卡计划。站在教堂门前的石阶上，看着屋里的书和屋外来来往往的游人，心，一瞬间沉醉了。

在国内，我也常常游览老村落、老城镇。这些村镇要么前些年保护不善，要么近年来为推动旅游又匆促修缮，到处是外乡人承包的店铺和举着小旗子电喇叭摩肩接踵的旅行团。所谓"慢生活"、所谓与昔日往事对话，早已被无孔不入的商业所淹没。

把传统文化凝聚的一片民居、一个古镇甚至一座县城圈围起来，收钱（有的地方称为"维护费"）才能进入，在我心中总觉得是一种发展焦虑，不愿意接受。何况大多数收费区域之内，特色不多，景点雷同。一些老宅破落陈旧，更缺乏用心思做出的文化创意。令人不知是在展示古建筑的残旧，还是展示乡镇生活的落后。我在好几个著名景区都看到老百姓还在街边的河沟里浣衣洗菜，心中就不由酸楚。许多居民家房门洞开，数不清的游人探头探脑地观望他们午餐，甚至在厅堂里川流不息，也许彼此都已习惯，也许开发商正需要展示这种"原汁原味"，但我觉得是不妥的。你可以展示古代的建筑，但不必展示落后的生活方式。如果当地百姓至今舍不得使用自来水，开发公司就应当为他们提供补贴。中国的古城镇旅游开发已有三十多年了，不能只是继续出售原始落后。能否对生活在景观区域内的原住居民更好点，让他们拥有舒适的生活状态，更干净的家庭环境，分享景区收费带来的红利？我注意到外国历史名城有两个共同特点，一是老百姓私宅是紧闭的，从不向游人开放，更遑论看到他们洗衣吃饭；二是老房子主体结构上了年岁，但窗户全都换成塑钢双层玻璃，既保温也美观，并不固守"修旧如旧"的说法。住在老宅内的居民，生活是现代的，厨房、卫生间、起居室的装修，城市乡村，没有太大的差距。

当然，我也希望对游客更好些，其实门票不是唯一的问题，关键是让景点更安静，让气氛更休闲，让商业更融洽。去年年底，我到云南腾冲，专程第三次游览了下绮罗村，这个未经开发的处女地，竟有"一宫、二寺、五宗祠"，其中文昌宫，还是全国重点文物保护单位。我在大人巷的老宅拜访，在巷口的遮阳棚下品尝汤粉，老牛从身边慢慢走过，映水寺在小河对岸遥遥相望。如此世外桃源，令我想起奥比多斯，想起意大利的卢卡，想起德国的罗腾堡。这些年，走出国门、看过世界的中国人越来越多，为什么，我们自己古老的家园却每每要经营成闹哄哄的大商场呢？我不相信外国的小城镇在中世纪就是这样优雅，肯定也有精心而不露痕迹的更新和改造吧，这可是个大学问。

英国广告人彼得·梅尔带着妻子和爱犬隐居到法国南部后写的《乡居岁月》《恋恋山城》，二十多年前曾经风行一时。彼得·梅尔写道："听说法国政府准备把普罗旺斯建成欧洲的加利福尼亚，我希望这不是真的。如果这样，就会引来成群结队的时髦人士，在这里大兴土木，建造游泳池，铺网球场，身穿款式高档的运动服、色彩明丽的运动服；手提电话不离身……"我因为读了他的散文，去了法国卢贝隆的梅那村。谢天谢地，梅那村果然简朴而美丽，游人适度，更重要的是不打彼得·梅尔的招牌，不收取入门费用，而它的慢生活和路边遮阳伞下浓郁的咖啡也都没受影响。我想，我们老城镇的新一轮发展之路，应该总结以往的经验教训，好好商议。

（《文汇报》"笔会"，2019年2月1日）

美食、方便面及其他

◎唐吟方

1. 王世襄先生的"焖葱"，许多年前就被读书界当成美食传得沸沸扬扬。我没有机会品尝王先生亲手做的"焖葱"，倒是按图索骥试过一回，大概我未得要领，效果好像没有传说中的美妙。事后回想，传闻中这道名菜的烹制以及各家绘声绘色的描述，远远胜过品尝。

王先生的焖葱，原型是鲁菜里的葱烧海参。1950年代后期物资紧俏，文化人的好吃本性没有改变，没有海参，只好用虾米替代。这道菜的主角海参，被换成葱白。虾米不是海参，葱白和海参也不是一回事，仔细一想"焖葱"怎么说都是一种不得已的"穷吃法"。不过，就这道菜，还真让人佩服那个年代的文化人，日子那么艰苦，照样乐观，苦中作乐，一款"焖葱"寄托着对生活的热爱，与其说是美食佳话，毋宁说是向往美好生活的饮食表达。

说起美食，出版家沈昌文先生是不能不提的一位。有人把美食家定义为"好吃者"，显然不够准确，似乎还应该把美食致命诱惑的发现者也算在里头。

当年沈公办《读书》杂志，把美食的功能发挥得淋漓尽致，用美食筑台，大开"神仙会"，真是法外有功。所谓的"神仙会"，是隔一段时间邀请作者聚一次餐。席间除了品赏美食，就是谈天，谈得最多的不外乎书，读书、读书界和书人的见闻，一班读书人聚在一起吃饭，除了书或与书有关的人事，还指望有什么出圈话题？《读书》上最耐读的文章听说都是"神仙会"上闲聊聊出来的。沈公在这中间扮演的角色，除了美食侦探，还是"神仙会"的促成者。他一度曾对京城美食了如指掌，哪里新开了一家馆子，哪里有好吃的菜，他都清楚。他培养了一批善吃、喜欢吃的老饕，《读书》杂志的稿源从此源源不断。沈先生用美食招纳各方英雄来为《读书》写稿，这样的杂志哪能不好看。这一招尽管剑走偏锋，但真的其味无穷，胃的记忆夹杂情感因素有时胜过百般说教。说起沈公的美食经和"神仙会"，后起的读书人羡慕不已，恨不早生二十年。如今，留下来的只有版本互有出入的不同传说。

2. 我对美食的印象，既不同于王世襄先生对美食的执着，也有别于沈先生对美食的醉翁之意，倒是实实在在的"乡土记忆"。物资匮乏时代的家常菜，鸡鸭鱼肉，不像今天这么丰富，但凡能吃到的，大多是今天被贴上"有机"标签的那类东西。通俗点讲，是按照动植物自然节奏生长的东西，没有经过人为的诱导或改变，是原生态的。其中最难忘的一味是小时候在乡村过年时吃过的"缸肉烧笋"。

这道江南乡村过年时最常见的家常菜，相信很多同龄人不陌生。从烧制完成到上桌，大约可以吃上半个月之久，是每户人家过年的主菜，不仅好吃，而且保存时间长。

食材取过年前新宰的猪肉和浸泡多日的笋丝。作料简单，无非是黄酒、酱油、白糖，再加上生姜茴香八角，一切停当，便将肉笋与作料一齐放入一口大缸中，架起柴禾烧。火是不急的，大火后就靠余热慢慢炙，直至缸肉散发出诱人的香味。这样烧成的猪肉，香味历久弥浓；笋丝浸着油脂、酱油，味道浓郁，肉笋之味互相渗透，笋中透着肉味，肉中也夹杂着笋香，最适合下白米饭。回忆起来，最奢侈的莫过于白口吃笋丝。只是家里的大人不许小孩子吃得太多。笋丝固然味美，也刮油水，吃多了，肚子极易产生饥饿感。

每年春节前的一二天，正值寒冬腊月。这道菜中的猪油极易凝固，暗红色的笋肉陷在凝脂里，呈现出一种只有高山冻才有的视觉美感。刚刚出锅的可热吃，其余的冷却保存。待每餐用饭前舀出一些，连肉带笋上蒸锅，加热至油汪汪的，便可端出来上桌。我至今都忘不了盛放在粗瓷碗里的缸肉烧笋，那种色泽对于1960年代经济困难时期出生的人来说是致命诱惑。二十岁之前的我一直固执地认为这是久吃不厌的"美食"。

相对于那些容易变质的"美食"，缸肉烧笋越烧越入味，越烧越"好吃"。不过，按时下流行的健康食品标准，"美食"虽好，却隐藏着看不见的危险，据说出锅几小时后亚硝酸盐就会急剧增长，纵然不影响口味，已然对健康构成危害。

一位美食家坦言："凡是'美食'，其实对人都是有害的。"

似乎有点耸人听闻，事实或许就是这样。高油脂高蛋白，哪样对人无害?!原来美食家的嗜好都是以性命相搏的，想起来感慨不已。

3. 我曾在一本小资杂志里看到过一篇谈方便面的文章，作者是一个时尚达人。她把方便面视为美食，文章的题目取得出彩，但快速读下来，先是惊愕，然后有种说不出来的惘然。

方便面是按现代生活快节奏的需要制造出来的食品，解决的只是如何快速填饱肚子的问题。作者大概和我年轻时的状态差不多，觉得吃饭太费事，常常以方便面为主食，有点日久生情。那个时尚达人说的"美食"，是指方便面的 N 种吃法，她在文中津津而谈如何吃法味道胜过某道名菜。作者把方便面这种吃法混同于美食，似乎混淆了美食与怎样吃得美的概念。不过，在今天什么都可以反转或颠覆的年代，怎么说都有理。静下心来，反倒觉得自己太执念，有点儿跟不上时代。

无独有偶。记得金城武与周冬雨主演的《喜欢你》这部片子中，有一段与方便面有关。金城武主演的男主角路晋痴迷于美食，对食用方便面有独到的窍门——沸水浸泡方便面三分钟，然后控出热水，加入调料搅拌，再加入热水，乘方便面的韧劲犹在，赶紧食用，据说口感最好。每一道程序都精确到要用秒表掐时，细节尽管夸张到有点神经质，我相信是真实的，编导有这样的生活体验，才会在一部以方便面为引子的情感剧中插入这样一段情节。

4. 快速食品在中国人一日三餐的谱系里，也不是陌生的字眼。在日常生活中，老祖宗和我们一样也碰上这样那样的问题，比如多余的粮食怎么处理？怎么解决旅途中随身携带食品的保鲜问题？这样的事，每个民族都有自己的办法。汉语里的干粮，真是一个绝妙好词，一个"干"字，就点出了快速食品的特性。老祖宗发明的粽子、团子、馕、炒面都是。只是那时的快速食品或方便食品，只比一般食品保存时间长一点，不像现在的方便面保质期长得吓人。

从制作工艺来说，从前那些手工制作的"方便食品"，更像是慢艺术，因为不是标准化生产，每个产出的个体并不一样，附着极强的个人化经验，包含着每个地域手工劳作者的偏好与即兴发挥。方便面则纯粹是工业化产物，从原材料、添加物的配方到口味生成、生产程序、批量都有一系列标准。

方便面的工业化特征，一个调味包表现得最神奇，小小的那么一包，撕开包装，用手指轻轻抖入，味道立马变现。有人对工业化时代的速制食品不吝好言，大加称赞，原因之一是省事，还有食品跟人的零距离。甚者说它的出现是一次革命，把人从厨房里解放出来，人类因此不用为做饭苦恼发愁，方便面轻而易举解决了胃的问题，还成功地蒙骗了味蕾，迎合了现代生活快节奏的需要。不过，它在开启一扇门的同时，也带来一种野蛮风气，在人造味素、色素、调味品肆虐的今天，人们的口味在快速食品的催生下变得粗暴，动不动就要重味加码，才能满足越来越迟钝的味觉。

5. 我们早先的美食，大约也用高汤之类的调味品，比方说鸡汤海肠粉等等。据说从前的北方大厨腰间都挂一个装海肠粉的葫芦，菜出锅，抖入一点，用法像后来普通家庭使用的味精，起提鲜作用。后来的调味包，大概是味精的升级版，当然走得更远，提味外，还给你一个定型的全口味，比如红烧牛肉味，比如西红柿鸡蛋味。不过，这样的东西有点寓言神话的意味。一个小小的调味包，能量大得没边，从前只有神话侠书里才能看到。真不明白，以美食为傲的国度，居然会"一包"横行天下。

按照营养学的观点，食物里的营养成分大致可分为蛋白质、脂肪、维生素和碳水化合物。我听一位营养学家说过，科学发展到一定程度，人不用吃饭，每天只要吞食一粒片剂，就能确保一天的营养。营养学家的意见也许没错，问题是代食品和我们日常生活中经历的美食过程一样吗？简化过程，省略细节，直奔主题，却排除了美食制作过程的享受与品尝过程带来的愉悦，人变成了彻头彻尾的饮食机器，如同汽车加油，只是使用过程中的一个环节。如果接受这些，也就等于宣告，上天赋予我们的味蕾失去了原本的意义！

6. 三十年前，我觉得方便面的发明者很了不起，这是当代生活给我们的恩赐。有了它，便可以腾出更多时间做自己的事，吃饭问题从此不用操心。但我因此也吃坏了胃口，如今只要闻到调味包那呛人的气味就恶心，连坐火车看到邻座泡面，都会条件反射地反胃。

方便面给我的记忆，自然不止这些。还有当年媒体宣传某些成功人士，有意无意提到他们买了成箱的方便面，用减省三餐与命运争时间。方便面被描绘成了某些人成功的利器。

这些年，我经常听人感叹，现在的物质丰富了，但我们吃到的东西反不及从前记忆里的那个滋味。科学家说是品种退化，跟过度施肥或生长期缩短无关。这或许是一种合理的解释，但我宁愿相信：是我们过多的欲望改变了生活的世界，影响了本来的生活，美食内蕴的"易容"实在难以回避。

对于美食的理解，每个人都有自己切身的感受。以我的体验，今天的美食的确难以和从前相比，而人类已经可以模仿自然物种的味道，达到逼真的地步，并且把人造口味纳入美食单。

或许，这就是今天的"美食"现状。纵然无奈，你又能怎样？

（《文汇报》"笔会"，2019年2月1日）

电影史中的好猪

◎毛　尖

　　小猪佩奇把猪年提前了一个月，本土的猪八戒可能得拼搏春晚了。不过，在所有的生物中，猪肯定是当之无愧的文艺帝。猪智商高，形象低，特别匹配戏剧要求，影像中的猪因此数不胜数，粗糙地说，大约可以区分出两种猪：一种骇猪，一种暖猪。

　　骇猪常常秉有比人还高级的灵魂，构成了猪的内面。比利时电影《一个人和他的猪》（1974）全片无对白，孤僻的男人和硕大的母猪，生理层面严重挑战观众底线，直到最后挑战猪的底线，如果悲喜有一个等级，这部电影中的猪属于顶级痛苦猪。接着各次级痛苦猪，基本都是丹麦著名短片《猪命》（2009）的程度不同演绎，越聪明越痛苦，小猪惊骇于长大被宰割的命运，夺命逃进宠物店，使出浑身才艺希望找到一个主人，《猪命》结尾，终于有一个老妇人抱起它。如果你这时候离开，它就是部粉红剧，但演职表出来，我们看到小猪已经被盛在盘子里，一抹鲜血打在片名上，Pig Me!

　　电影中的猪命，揭示的都是人命，日本人最擅猪题材，美貌的妻夫木聪在《小猪教室》（2008）中扮演一个小学老师，他出场抱着一只小猪，对学生说："来，让我们一起养小猪，等它大了就吃掉它。"电影有点刻意哲学，但是这只叫小P的猪暗暗回应了今村昌平在《猪与军舰》（1961）中所展开的"猪和日本人"问题。日本人战后反思自己，经常自称猪，妻夫木聪的小猪逃得了猪命吗？类似的，宫崎骏的《红猪》（1992）也提示了"杀戮和猪"，不过，在浪漫的画风里，变成赏金猎人的红猪侠，只是惊骇盗匪，对于观众，他就是地道暖男，银幕上他上下纵横，"不能飞的猪，就只是猪"，而且他还那么风流，"世界不景气，没事，女人很不错"。插一句，《红猪》里的盗匪，实在是最治愈的盗匪，简直让人渴望成为他们的人质。

　　《红猪》属于暖猪一级，毕竟他身上留有前世的骇猪记忆，而《夏洛的网》中的小猪韦伯，这个春天出生的萌小猪，因为还没有经历过真正的冬季，对死亡的体认，就呆萌很多，夏洛结网救他，拯救了韦伯也拯救了整个世界，银幕上夏洛对韦伯说，"我喜欢你"，真是春风化雪。但全世界猪猪肉肉，最暖心的还是麦兜。香港制造的麦兜是顶级暖猪，"这个世界再坏也总有让人开怀的时候"，尤其令人激赏的是麦兜的理想："我的志愿是做一名校长，收集了学生的学费之后就去吃火锅，今天吃麻辣火锅，明天吃猪骨头火锅，后天吃酸菜鱼火锅。"这才是猪该拥抱的生活，生能好好生，死能好好死，最终像德国电影《艾玛的幸运》（2006）中的猪那样，在最好的姑娘艾玛的怀里，奔赴自己的使命。

仔细想想，无论是骇猪还是暖猪，电影史中的好猪，都是脱离了高级趣味的猪，这个，是猪的终极美学，用麦兜的话说，难过了就去睡觉，伤心还好，伤胃就不好了。新年了，祝愿所有的猪都能找到下面的吃货自由：

一个农民，天天喂猪吃泔水，被动物保护协会罚了一万。农民改喂猪吃雪莲，被食物保护协会罚了一万。有一天上面来视察，问农民喂什么给猪吃。农民说：我也不知道该喂什么，现在每天给它一百块钱，让它自己出去吃。

（《文汇报》"笔会"，2019年1月31日）

中国的传统节日与节俗，从来就处于变化之中

◎薛　冰

节俗当从时代，是历史的规律，也是现实的要求。

中国的传统节日，是我们的祖先长期生产生活实践与科学探索的结晶，是中华民族宝贵的文化遗产。对于传统节日缺乏完整的、正确的认识，孤立地宣传某个节日，纠结于某些节俗的兴与衰，是传统节日与当代生活渐行渐远的重要因素之一。

所以，讨论我们的节日与节俗，需要弄清节日是如何形成与发展的，节俗活动的本旨与功能是什么，又寄托着人们什么样的期盼和追求。

首先，我们的节日，是有其规律也有其系统的。这系统主要由两个系列组成，一个是节气系列，一个是节庆系列。立春、清明、霜降、冬至等，属于二十四节气，而春节、元宵、端午、中秋、重阳等，则属于节庆系列。排列这些节庆日，我们可以看到一个有趣的现象，它们恰好是一月初一（春节）、三月初三（上巳）、五月初五（端午）、七月初七（七夕）、九月初九（重阳），以及一月十五（元宵）、七月十五（中元）、八月十五（中秋）等。也就是说，它们都与月亮的圆缺周期相关，而节期的间隔大致相等，节庆日则选择容易被记住的日子。二十四节气，大家都知道，是科学推算出来的，它与地球绕太阳公转周期相关，所以二十四节气的公历日期几乎是不变的。

这两个系列的产生，都基于中国的历法。中国最初的历法，就是一种阴阳合历，简单地说，就是兼顾阴历与阳历，以月亮的圆缺周期作为月的单位（即朔望月），以地球绕太阳公转的周期作为年的单位（即回归年）。因为阴历的十二个月与阳历的一年之间日数有差，所以又用闰月来加以协调。中国历法中的年，与西方历法中的年，差别只在于起算点的不同。

我们的先民，从生产、生活的实际需要出发，观测探索、归纳升华的天文学成就和历法，是值得中国人引为自豪的。而研究的初衷，就是为了掌握季节时令，指导农业生产。也正是在长期延续的农业社会中，一年四季的重要时间

节点，逐渐形成了相应的节日与节俗活动。节俗活动由简单趋于繁复，由不定型趋于定型，其间有补充与丰富，也有变异与淘汰，但根本的一条，就是与农业生产、农村生活紧密相关。历史也证明，只要中国这个农业大国的基础不改变，"移风易俗"的号召总是阻力重重。

改革开放四十年，尤其是近年来城镇化的迅猛推进，农村人口大幅减少，城市人口急剧增加，使中国人的生产方式与生活方式都发生了翻天覆地的变化。因为许多节俗活动仍停留在农业社会的节奏上，致使传统节日也就出现与社会脱节、与人民疏离的趋势。换个角度说，与城市生活、现代生活相适应的节庆，就能够广受欢迎，迅速崛起。最典型的例子，是"双十一""双十二"这种"无影造西厢"的新节，竟然会引来全民狂欢。如果一定要说它与传统节日有什么相似之处，那就是同样选择了易记易传播的节期。

这种新节崛起给我们的启迪，就是必须打破墨守成规的旧观念，重塑适应新时代、新生活的新节俗，才有可能复兴我们的传统节日。

回观历史，中国的传统节日与节俗，从来就是处于变化之中的。

首先，节庆的时间会有改变。比如说正月初一为一年之始，是汉代才确立的。《尚书大传》中说，"夏以孟春为正，殷以季冬为正，周以仲冬为正"，秦代更以夏历十月初一为新年。又如接财神，清代以正月初二为多，而当代则以正月初五接财神最盛行，还有人为了抢先接到财神，在初四就"抢路头"。

其次，节俗的内容会有差异。如端午节，南京以西，是纪念屈原；苏州以东，是纪念伍子胥。又如古代由女性祭灶，到明代变为禁止女性祭灶。最初只有送灶君上天，后来又增加了接灶君归位。至于冬至要不要喝鸡汤，春节吃年糕还是吃面条，更是各执一词，莫衷一是。

最重要的是，节俗活动的内容也在不断变化中。先秦时期，因为人的生产技术水准较低，对自然界的依赖程度很高，将未知的自然力量视为神秘，力图以种种方式与其协调。祭百神、祭祖先，就是为了感谢他们在过去的一年中庇护了百姓，希望来年仍能得到他们的庇佑。汉魏以降，随着社会政治、经济、文化条件的变化，岁时风俗中世俗生活的内容渐渐增加。

即以新年节俗为例，晋代除夕活动的中心已是辞旧迎新。《荆楚岁时记》中说到"相聚酣饮，请为送岁"。家人团聚守岁成为定例，且以为子女守岁能为父母延年益寿，有"守冬爷命长，守岁娘命长"的俗语流传。此后新年节俗不断拓展，将时段相近的一系列民俗活动融汇进来，从腊八、祭灶到元宵，前后长达一个多月。节俗内容也在陆续变化中，如汉代的门神是神荼与郁垒，到唐代换成了秦琼与尉迟恭。同在唐代，又增加了钟馗的传说。到明代初年，因朱元璋的提倡而增加了春联。元宵节在唐代只有三天，"金吾弛禁"三夜，夜游观灯成为元宵节俗，不会早于唐代。宋代京师增为五夜，明代又发展到十天。

尤其值得注意的，是财神信仰的出现。赵公元帅的财神形象，是在明代万历年间出版的《封神演义》中完成的。民间接财神的风俗，实际上是明代中后期资本主义经济萌芽，商品生产和贸易发达，市场经济兴旺，拜金思想渐盛的反映。清代以来，祭拜财神已成为新年风俗中不可忽略的重要内容，且产生了关于"五路财神"的种种说法。直到现在，正月初五接财神，仍是与初一拜年不相上下的节俗活动。

近年来在重阳节俗中增加敬老的内涵，是一个成功的范例。同样，清明节俗中也可以考虑增添孝亲的内涵，在祭奠去世亲人的同时，更应注重对在世长辈的孝敬。

与此同时，一些节俗内容在消失。如《荆楚岁时记》中说："正月一日为鸡，二日为狗，三日为羊，四日为猪，五日为牛，六日为马，七日为人。正旦画鸡于门，七日贴人于帐。"以新年某一天的天气晴好与否，占卜相应事物全年的灾祥。至迟在汉末这一风俗已广为流行，并陆续增添庆贺、祭祀、娱乐的节俗内容。但后世渐趋淡化，民国年间，只有人日仍是重要的民俗节日，而现在知道"人日""人胜节"的人也不多了。

过年最热闹的是放鞭炮。但在火药发明之前，爆竹名副其实，就是以火燃竹筒，令其爆裂发出响声。有了火药制造的鞭炮，没有人再去烧竹竿。有趣的是，至今还有人纠结于鞭炮的禁与不禁，以今天的科技水平，制造有声光无污染的鞭炮替代品，不会有困难吧？同样的道理，中秋节的月饼，是年年吃、年年怨，为什么就不能放弃旧配方，生产符合现代人口味的月饼呢？

所以说，节俗当从时代，是历史的规律，也是现实的要求。我们不可能把人们重新捺回既往的生活模式，也就没有理由固守陈旧的节俗。只要大家解放思想，营造更多适应现代人新生活、新情怀、新追求的新节俗，我们的节日就一定能赢得更多的人参与，重新振兴。

（《文汇报》"笔会"，2019 年 2 月 6 日）

人文地理的喜与忧

◎卫建民

读复旦大学中国历史地理研究所编辑的《长水永泽——谭其骧先生百年诞辰纪念册》，对张伟然教授的《忆谭其骧师为我举行的博士生入学考试》一文印象深刻。不仅是印象深刻，还羡慕作者遇到了名师，经过考试前的充分准备，得以进入谭门，登上了我国历史地理学的制高点。谭先生考博士的提问和风格，本身就是一篇风度潇洒的大文章。近期又读到张教授谈人文地理、历史地理的文章，我受到启发，也在思考自然、经济、历史、人文地理之间的关系。支持我思考这几门学问的来由，是我正读《顾颉刚全集》，连带读谭其骧、史念海、侯仁之等先生的著述，以及与《禹贡》杂志相关的文章。在这种读书"场"，张教授的文章提醒我再向深处思考。

首先，我要感谢谭其骧先生主编的《中国历史地图集》，它帮助我在读古籍时有明朗的时空感，对中国版图的形成和沿革，对历史人物的活动，对古代战争的发生和结束等，有了更形象的了解，加深了对原著的理解。不看地图前，我读古籍，凡遇到古地名和古战场的位置，只能读注释，从字到字，理解是平面的，不少地名似曾相识，又糊里糊涂。是历史地图，给我插上了阅读古籍的翅膀。

研究历史地理，编绘历史地图，在顾颉刚和谭其骧先生的时代，有一个很大的历史背景和研究学问的动力，是九一八事变对爱国的中国知识分子的刺激。《禹贡》作学术抗战，就是要向入侵者宣示：我们老祖宗留下的领土不能丢！一份杂志，每天都在讨论、研究广袤富饶的中国历史地理，时时警示国人：失地必收，抗战必胜。所以，我以历史地理学门外汉的身份认为，中国的历史地理学，除了国土规划、边界划分、军事设施等的实用价值外，从开始就高扬爱国主义的旗帜。过去，全国各地教育部门编写的乡土教材，也有历史、人文地理的内容，目的还是爱家乡、爱祖国。自然地理，是科学家的研究对象，它是客观存在；经济地理，是部门经济学家对物产的研究，它是个相对的变量；历史地理是人类活动的、分朝代年代记录的社会存在，是真实的；人文地理，如果包括神话传说的话，是附丽于历史地理的文化创造。有些现象，自然、历史、人文地理是融合在一起的。比如，秦始皇登泰山封禅，是历史事件，从历史地理学能找到解释。封禅仪式、泰山石刻，却可以从人文地理说明。老一辈学者，差不多都受的是通识教育，在知识结构上，并不太单一，专业的辐射，多点触及，并不严格划分畛域。顾颉刚先生熟悉经书、文学、戏剧，但他的专业是历史。

张教授谈到的几个问题中，有一个是城市化快速进程中的历史感缺失，特别提及"城中村"。这个问题，我做过调研，略有点发言权。在我参加的一次座谈会上，一位长期在农业部门工作的老同志忧虑：城市扩展、集体土地变商业用地有没有边界啊？此事说来话长，从已经成为现实的城市新貌看，除了《文物保护法》规定的少量历史、人文地理还隐约存在外，快速城市化的进程就是"除旧布新"的革命。前些年，"土地财政"的刚性需求，已把所有的什么"学"都推在一边了。张教授还谈到人文地理和文学的关系，现在有些报刊的栏目就叫"人文地理"。我想，能不能这样说，凡是为"文"的"人"，都栖息在一定的"地理"空间，自然形成或主观提倡产生不同的流派。明清的散文，有公安派、竟陵派、桐城派等不同的文学流派。民国时期，有所谓"海派""京派"说。在现代文学领域，以赵树理为代表的"山药蛋派"，以孙犁为代表的"荷花淀派"，明显是镶嵌在历史地理上的人文地理。"荷花淀"已成为白洋淀景区的一个景点，更属于人文地理，因为"荷花淀"是作家的创造，并不是白洋淀的历史地名。

坐车在高速路上跑，一路上总看见咖啡色的旅游景点指示牌。这些颜色的牌子不断地在增加，几乎每个出口都有几处名胜。其实，真实的目的无非是搞旅游，发展经济。这样，老的神话传说，新编的传说神话，就在自然地理上制造人文地理，破坏了真的自然，吹起虚假的"人文"，"古史辨派"的前辈早已推倒的偶像，如今在发展经济，弘扬文化，大搞旅游的口号鼓舞下，又纷纷被扶起来了，而且巨高巨大。全国政协曾召开会议，反对以"人文""历史"的名义破坏自然、历史、人文地理。还有个别地方的考古发掘项目，其作业模式是：地方政府出钱，专业单位出人，作协会员出书，总想挖出个惊天动地的

"大发现"，开发旅游产品，发展地方经济。

唉，人文地理、历史地理，我这个门外汉啰啰嗦嗦说了许多，不成条理，我卑微的目的，只是向专家求教，并说出自己对这个问题的知与惑，喜与忧。

（《文汇报》"笔会"，2019年2月11日）

科幻是一种希望

◎严　锋

正月初一，我去看了《流浪地球》。

当制作人员的字幕放完，影院的灯光亮起，周围有几个人还在啜泣，这是我这些年来看电影从来没有遇见过的场景。从影院出来，我思绪翻滚，难以自已。我想到了中学时代"向科学进军"的口号，同学们对郑文光、童恩正、叶永烈这些科幻作家的迷恋。我想到了邱岳峰和他主演的《珊瑚岛上的死光》，那是他的绝唱，也是很长时间里仅有的一部国产科幻电影。我想到了上世纪80年代中国科幻的突然沉寂，90年代《科幻世界》的艰辛耕耘，新一代科幻作家的默默蓄力。

我还想到了《文汇报》。进入新世纪，我开始接触到刘慈欣的作品，当时非常激动，那种感觉至今还记得非常清楚，就是中国科幻有救了。我写了一篇介绍刘慈欣作品的文章，叫《新希望》，发表在2003年3月的《文汇报》上（编注：见报标题为《一个"科幻迷"的阅读生活 ——兼谈刘慈欣的科幻世界》，参见敝号今日推送的另一篇）。这个标题是套用了最早的《星球大战》的副标题，意思是刘慈欣就像影片中的天行者卢克，给人们带来新的希望。文章在最后说："从《流浪地球》《微纪元》到《超新星纪元》，这个世界已经卓然成形，日趋丰满。对刘慈欣，我们有大希望。"这大概也是国内报刊上提到《流浪地球》的第一篇文章。16年过去，刘慈欣成为家喻户晓的名字。中国科幻天翻地覆，换了人间。这次的贺岁片《流浪地球》气势如虹，口碑爆棚，票房已破30亿。如果说刘慈欣把中国科幻提升到世界水准，那么这部电影是把中国科幻电影的工业制作提升到世界水准。

影片中的情节其实与小说原著没有多大关系，但是其世界设定在很大程度上来自于原著，整体画面、氛围、节奏忠实再现了刘慈欣的美学风格：宏大、厚重、冷峻、残酷、精确、坚硬。同刘慈欣的许多作品中一样，人类面临空前生存危机，太阳氦闪在即，气候剧变，大气层逐渐消失，冰川融化，世界版图重绘，地球被一万座巨大的行星发动机改造成一艘诺亚方舟。在这基础上，影片绘制了一个个栩栩如真的场景：空间站、地下城、补给站、点火中心、大型载具……各种视觉奇观扑面而来，毫无间断。这些奇观最震撼的地方不在于它们是如何的奇特陌生，而在于它们陌生之中的可辨认性。在地下城的电梯接近地表的时候，我们随朵朵的眼光看到了劫后残存的国贸大厦、招商大厦、央视大楼。在后面的路上，我们看到了金茂中心、环球金融中心、东方明珠。我们看到了这些地标的另外一种样态，另外一种可能。对这种可能性的惊鸿一瞥，正是文学艺术的精髓所在。你可以理解为警世恒言、风月宝鉴，也可以用鲁迅《墓碣文》的一段话来引证："于浩歌狂热之际中寒；于天上看见深渊。于一切眼中看见无所有；于无所希望中得救。"

2011年，哈佛大学王德威教授在北京大学做过一个名为《从鲁迅到刘慈欣》的演讲，以福柯的"异托邦"观念来诠释刘慈欣的科幻世界，并把他放在从鲁迅开始的中国现代文学不断突破自身的想象空间的传统上。异托邦是一种处理危机的空间设定，这个空间是被隔离的却又是被需要的，折射一个社会的欲望或恐惧，与主流权力形成既共生又距离化的微妙张力。我们马上就能看到：《流浪地球》就是一个巨大的异托邦。这是我们最熟悉的地球，又是我们无比陌生的地球，这个另类的地球让我们戒惧警惕，重新审视自己与环境的关系。

有人可能会把刘慈欣与鲁迅相比较不以为然，其实他们之间的潜在渊源可能超出我们的想象。从某种意义上，鲁迅也是中国科幻小说的先驱之一。他早在1903年就翻译了法国科幻作家凡尔纳的《月界旅行》，对"科学小说"的启蒙意义寄予厚望，认为"故苟欲弥今日译界之缺点，导中国人群以进行，必自科学小说始"。鲁迅的《故事新编》，按照今天的定义，也是可以归入科幻的范畴的。可惜的是，科幻小说在五四以后道路曲折，命运多艰。鲁迅若能知道今日《流浪地球》的爆款，也会十分欣慰吧。鲁迅的风格是冷峻的，他不是一个盲目的乐观主义者，对未来的"黄金世界"充满了疑虑。刘慈欣的"黑暗森林"法则可以视为这种"多疑"的思维方式的宇宙升级版。《流浪地球》作为贺岁片，删去了剧本原稿中一些更为沉重的段落，但是那种严酷冷峻的基调依然随处可见。地球上只有一部分人能够进入地下城居住，这个资格是通过抽签的方式来获取，这是公平的，也是残酷的，刘启的妈妈就是因此失去生存的机会。这样的伦理选择，在刘慈欣的作品中屡见不鲜，但是在以往的中国文学和电影中还罕有先例。

但是，刘慈欣和鲁迅一样，并没有放弃对人类的希望。《流浪地球》包含了刘慈欣作品中的最核心的一些母题，他坚信人类必须走出太阳系，就像当初必须走出非洲，必须经过大航海和殖民时代，这样才能获得新的生存空间，避免毁灭，不断进化。人类的未来是星辰大海。但是，你首先得具有这种意识，这就是科幻的意义。而且，你还得让这种科幻让更多人知道，这就是电影《流浪地球》的意义。

为什么大家对科幻越来越感兴趣呢？其实人一直喜欢幻想，所以有神话、宗教、文学。但是人又不满足于幻想，渴望真实。人越来越理智成熟，从前的幻想已经无法满足现代人的精神需求，所以人一直在寻找幻想的新形式。在今天，这种新的幻想形态已经卓然成形，那就是科幻。从前人信神，现在人信科学，两者的共同点是都能给人提供安慰和希望，但科学的安慰和希望比从前的神更加真实可信，从这个意义上，科学不但是现代的神，而且比旧神更加威力强大。科幻就是科学神话的最佳载体，或者说是旧神话与新科学的合体，将会越来越成为人类的主导性神话。

关于科幻的这个意义，刘慈欣早在1999年的一篇文章《SF教——论科幻小说对宇宙的描写》中就写到过。人是需要一些精神、安慰、寄托、超越的，这在科幻小说中可以体现为永生、穿越、精神上传、地球流浪……这听上去好像是又要回到旧神话的老路，其实是旧瓶里装了新酒，这就是科学。要知道科学在今天也正在变得越来越神奇，比如超弦理论告诉我们宇宙有11个维度，电脑可以打败最优秀的人类棋手，全世界的很多实验室里很多科学家正在孜孜不倦地开发长生不老药。一句话：科幻正在变得越来越现实，现实正在变得越来越科幻。在这个新的神话中，科学正发挥着越来越重要的作用，它提供了信仰和希望的实证性基础。这也是刘慈欣和《流浪地球》为什么那么受欢迎的核心密码。刘慈欣写的是硬科幻，他能把最疯狂的想象与最前沿的科学无缝对接，并用高密度的细节把这两大板块铆牢，这是他难以被别人复制的长项。

我很高兴中国科幻选择了刘慈欣，选择了更为坚硬的科幻类型，也很高兴中国观众在这个春节选择了《流浪地球》，这是一个很好的起点。可以想见：在这之后，一窝蜂跟进的从业人员会很多，他们未必能轻易超越刘慈欣已有的高度，但是如果能保留一些对科学和细节的尊重，我就很满意了。楼搭得越高，地基就越需要坚实。幻想飞得越远，支撑幻想的逻辑也需要越坚实。我们太需要希望了，也太需要科学了。

在电影《流浪地球》开头地下城的课堂上，班长像留声机一样回放着老师需要的答案："希望，是我们这个年代像钻石一样珍贵的东西。"朵朵吹着泡泡糖对此不屑一顾。但是，来到地上的世界，经过了残酷的旅途，身历了毁灭与死亡，朵朵终于理解了希望的意义。我们也理解了科幻的意义：科幻是一种希望。

（《文汇报》"笔会"，2019年2月16日）

9102年你准备活成哪种"人设"?

◎Camille

昨晚成功做了一大罐蜂蜜柚子茶,很得意地拍了照片PO到朋友圈里,果然一片点赞,不过有朋友表示质疑:"确定是你自己做的吗?没想到你还会做这个!"我回撩:"难道我不是一直是那个上得厅堂下得厨房的人设吗!"朋友在下面"呵呵,呵呵……"冷笑连声。

前两天在楼下等电梯,电梯门开了后,跑出来个小孩,里面还有位大妈。我想等大妈出来再进去,但大妈不出来,只是喊刚才跑出去的那个小孩,好像是让他去捡个什么东西,自己则揿住电梯的开门按钮。我看大妈一直不出来,就进去了,大妈见我进来了,看了我一眼,仍死死地摁住电梯的开门按钮不放。我等了会儿,见她没有松手的意思,只得委婉地对她说:"这台电梯很老旧了,这样老按着开门按钮,待会儿很容易关不上。"大妈冷冷地看了我一眼,根本不搭理。

一直等到小孩把东西捡回来进了电梯,大妈才肯放过那颗按钮,而这架平时动不动罢工的老电梯,今天却只是略略迟疑了会儿,居然又慢腾腾地合上门了,吭哧吭哧任劳任怨地往上升。大妈得意地瞟我一眼,唉,这破电梯,真不给我面儿!

在群里吐槽这事,朋友们非但不同情,反而一片嘲讽:"怎么就乖乖地等半天呢?不跟大妈吵一架?""哎哟喂,原来是个怂货啊,你不是一直是那种很刚很敢杠的人设吗!"

哎呀呀,一不小心忘了自己的人设了。真是背啊,短短几天,苦心经营的人设居然崩塌了好几回。

虽然像我这种普通人的所谓人设纯粹是闹着玩儿的,崩塌了大不了再立个别的。但对于公众人物来说,人设崩塌那可不是闹着玩儿的,直接关系到公众形象不说,最重要的是影响到粉丝黏度、流量及各种资源、商业价值等等。

当然这年头社交网络盛行,让我们普通人也有了立人设的平台,就像如今大多数人PO出的照片，都是十级美颜加柔光修图，很多人在社交网络上，也喜欢精心刻意地努力呈现出一个源于现实生活而远高于现实生活的人设。像我的朋友圈里，有每天为孩子做精美便当的慈爱老母亲人设；有穿着打扮、家居摆设颇有品位的高"逼格"人设；有隔三差五听音乐会看画展的文艺青年人设；有整天炫妻或炫夫狂魔的恩爱夫妻人设……

虽然普通人立人设没有明星们这样立竿见影的经济利益，但收获无数的点赞和羡慕妒忌，也能得到一种难以言说的心理满足感。

不过朋友圈里的微商们通过P图、拼图、盗图等手法打造出来的土豪人设，则是用来蛊惑更多人来购买他们的产品，已经达到了明星们这种直接将人设转换成经济收益的最高境界。

前两天看到一则新闻，有不法之徒注册了个微信号，精心虚构出一个白富美人设，加了很多男性网友，每天在朋友圈里发一些旅行或在高档商场逛街购物的生活照。一日这位"白富美"突然发了个自己怀孕的喜讯，但没过几日，又发了个消息，渣男扔下50万打胎费，抛弃她了。男性网友们看见了，都很替这位"白富美"惋惜和不值。"白富美"很伤心很气愤。为了报复"渣男"，决定通过"一返十"的游戏方式，把这笔羞辱她的50万送出去，截图发朋友圈让前男友看到她的傲骨。

这种低级游戏居然有很多男网友上当，发红包给这位"白富美"，然后等着返钱。

当然，结局是发了红包后立马被删除好友了。

社交网络时代，人人都可以轻松拥有另一张脸，将自己美好的一面放大示人，这完全可以理解，但如果没有足够的真实内涵作支撑，纯粹为了某种利益捏造虚构一个人设，那这个人设的崩塌不过是时间问题。虚假的人设可以维持一时，不能维持一世，人终归不可能在面具下生活一辈子。

要想人设不崩塌，那只有做自己，或者努力向你所立的人设接近靠拢，甚至重合为一。

（《北京青年报》，2019年1月3日）

"被攀比"的人生伤不起

◎鲁小鱼

你说我是招谁惹谁了，你自过好你的，我自过好我的，干吗非要让我陪玩"被攀比"……

行走江湖数十年，终于在一美人处领教了杀人不见血的绝招，一舌封喉！真正让人觉得脊背生寒的不是刀枪剑戟划的硬伤，而是唇齿之间的"被攀比"，纵是你已遍体鳞伤，别人看你却是安然无恙。

亲友中有人结婚，我去随礼，适逢夏日，去之前曾去海边蹲了两天，被天然的火炉炙烤出了古铜色，加之本身的遗传基础不佳，没达肤白貌美气质佳之功效，自知不是个靠颜值吃饭的货，也就懒得"对镜贴花黄"，省却了买遮瑕霜、润肤露的银子若干，自我感觉是个会过日子的良家，所以虽不至于豪气干云，却也毫无羞惭之感。正坐在乡下的拖拉机上一路高歌，体会着久违了的上下颠簸的快感，跟三婶斗着嘴的山欢，周遭冷不丁闪出张美人脸来，粉底有二尺厚，唇红齿白，颇亮眼，得众亲友一番盛赞之后，似有不过瘾，指着我说："阿×，你怎黑的，跟三婶一个色！根本不像个吃公家饭的……"

一箭双雕，令人万分不悦不说，还把重点放在了城乡差别上，真真有些哭笑不得！三婶经年风吹日晒地务农，自然黑了些，忽然听人这么说也有些脸上挂不住，我虽面上"嘿嘿"，心里也对见面必挑人三个不如己的毛病深恶痛绝，但鉴于人家说的是实情：黑白分明，也就不予深究。没想到，此一遭不过是"老鼠拉木锨，大头还在后头"。

时日不久，老爹就重病了，探望的亲友络绎不绝，又与美人相见。床前尽孝日久形象更不如从前，蓬头垢面、面黄肌瘦，缺觉、眼泪和愁容并举。美人穿着皮草现世，招摇中自是惊艳了时光，一副睥睨的眼光审视了我良久说道："阿×，你怎么也不买一件？俺家小弟说了，没考上大学的比考上大学的人吃得喝得都好！"我甚明白，那个考上大学的是我，那个没考上大学但凭着自己的颜值嫁了个三婚的小老板过上了好日子的是指美人自己。我曾经因是村里的第一位女本科生而轰动一时，备受赞誉！

二胎政策来了，又有亲家添丁，亲友们又聚一堆闲谈阔论。美人翩然而至时，我正跟哈妹聊得正欢：哈妹跑保险很成功，月入数万，我正佩服得五体投地，听她大谈特谈如何冲高、如何升为部门经理。美人听了一会问我的收入，据实相告，听说比哈妹低多了，美人嘴一撇："你的书算是白念了，还大学生呢！人家一初中生可比你强多了！"此言一出，全场静默，我终于鼓足勇气回了一句："我上的大学不怎样，但你这辈子都考不上！"此语更让美人与我较上了劲！

我开一雪佛兰回家，美人必会开一宝马回家，还专门停在戳我眼皮的地方，做出耀武扬威的姿态给我看；我买两套房，旧的自己住，新的给公婆住，美人依然会不依不饶地当着我的面说："有两套有啥了不起，那一套等收回来了也成旧房子了！自己不还住在那样的破房子里啊！我家又买一别墅！"我跟哈妹聊如何请老师给孩子补课，美人鼻子一哼躲开了……

因为"被攀比"，同学会参加一次够一次，不是比职位就是比收入，不是比孩子就是比老公；亲友会去一次躲一次，不是比房子就是比车子，不是比票子就是比衣服。没有一个比学识、比内涵，比能力、比才干的，肤浅得如一只只只懂得觅食的蝼蚁，真是让人寒心！

有无数次我心里都窝着一股火，你说我是招谁惹谁了，我管你是黑是白，我管你有钱没钱，我管你幸不幸福？你自过好你的，我自过好我的，干吗非要让我陪玩"被攀比"，搞得亲情友情离散，倍生凄凉的，何必呢！

（《北京青年报》，2019年3月13日）

被打卡绑架的人生

◎语 末

我就像一个表演者，每天争着抢着上台晒表演，连出个门都要发圈打卡，每每拔得头筹，就跟中了大奖似的。

近段时间，为了学习，我晚上睡得特别晚，可以说是天天熬夜。也许有人会问，又不是学生了，白天不能学吗？答曰，不能，晚上十点半老师才上课，上完课十一点，再总结下笔记完成学习效果打卡。然后再忙些琐事，一折腾就零点后了。

这样熬夜，给了咱这中年人，真真是吃不消，没过一星期我就感觉整个人都垮了，走起路来轻飘飘的。

于是，忽地明白，自己是被打卡绑架了。

已经忘了从什么时候开始的了，自己过上了一种打卡的生活，从早晨一睁开眼就忙着打卡。

先是早餐打卡。为了能第一个打卡，我在头天晚上就把第二天早晨要做的饭菜构思好准备好了，就为节约时间早晨直接冲刺。摆盘、拍照、修图、上传，一通忙活完，再让闺女动嘴。闺女的肚子早已是饿得咕咕叫了，根本顾不上欣赏我为她精心准备的色香味意养形俱佳的早餐，三口两口就给吞完了。吞就吞吧，反正我已完成打卡。

打完早餐卡，就开始紧紧张张地赶到公司进行上班打卡。这个打卡是公司要求的，为的就是约束大家不迟到。这种打卡，我没什么感觉，每个公司都有自己的管理规定，很正常。

上班间隙我也忙着打卡。办公室里几个人为了督促运动，建了一个运动群，每天打卡一万步。为了完成这个任务，我每天无时无刻不在为增加自己的步数努力着。上卫生间要去其他部门的，为的是多走几步；能一趟完成的任务，要分成两趟，一趟五百步呢；本来可以直行到餐厅，为了增加步数就要绕个大远……

晚上我也不消停，除了给孩子进行各项作业的打卡外，还和好友约定着学英语打卡，和一干文友约着每天1000字打卡。这不，假期这一段时间我又加了好几个打卡任务：朗读、上课、减肥……从而，彻底让打卡充斥了自己的生活。

累吗？累，为了完成打卡，我每天跟小陀螺似的，大脑再也塞不下别的，全都是打卡提醒，比闹钟还顶事儿。

反思自己的打卡，初衷是很鸡汤的，觉得人生没有规矩不成方圆，总要找一种方式来督促约束自己。于是，为了治愈自己日益严重的拖延症，我开始了打卡人生。

可是，现在看来，打卡行动在治愈自己拖延症的同时，又给自己增添了两种病症：首先是强迫症。每天，我事事都强迫自己跟随大流去完成任务，最终导致从众心理泛滥；其次是虚荣炫耀症。我就像一个表演者，每天争着抢着上台晒表演，连出个门都要发圈打卡，每每拔得头筹，就跟中了大奖似的。

我就这样把生活过成了例行公事，每天为了打卡而打卡，最终本末倒置。我开始反省，不能再用打卡来约束自己，而应用美好生活的理念来填充自己，不浪费生命，把日子过得跟花一样美。

于是，我退出了所有的打卡群，清理了手机的内存垃圾。然后，手机轻盈了，我的心也轻盈了。

（《北京青年报》，2019年3月5日）

人之初，性本晒

◎蓝小西

来过，去过，喜欢过，感动过，伤心过，遗憾过，爱过，哭过，发布过……

最近，发生了一件挺可乐也挺值得深思的事情。

朋友向向前阵子乔迁新居，随之还在朋友圈开启了一轮"我晒我家"的行动。她除了晒室内的硬装软装和各种美好小角落，还晒AI时代的楼宇标配远程智能监控和智能门禁系统。当然，向向晒得最多的还是那些被她戏称为"我家后花园"的小区景观……

我晒故我在，幸福不打烊。可有时候，网络时代的"晒"行为，一不小心就会招来嫉恨和吐槽。这边向向才"我晒我家"没几天，那边另一位朋友小A在观摩了她的P照后，就"柠檬精"附体，开启了"酸人"模式："还她家后花园，搞得小区的每一个角落都跟她自己家一样……小区方圆多少里，这得有多少个角落啊，连续晒估计晒一年都晒不完吧……呵呵，难道别人睡马路牙子了吗？就知道'咯咯哒，咯咯哒'地在那里显摆，简直是老母鸡下蛋……"

一个忍俊不禁，就被小A"老母鸡下蛋"的比喻逗乐。所以，就忍不住打趣她"酸人为乐"的功力还是一如既往的好，顺便也拐弯抹角地想起她的另一些"酸人"事迹来。

小B平时很少在朋友圈出没，偶尔出去旅游了才会晒一点旅行照片。就是这样的朋友圈露脸频率，让心思缜密的小A自认摸准了小B的脉搏，揣摩出别看小B平时不发圈不群聊完全像个隐形人，可只要出去旅游了，必定会发圈打卡"到此一游"的结论，还说小B的朋友圈就是为旅游晒图而存在的。

当然，小A还吐槽小B，说不就是隔个一年半载出去旅游一趟吗，却每次都把发圈的语句字斟句酌严谨到每一个标点，还透露出一种"我出去旅游"了的得天独厚的优越感。难道别人从来没出去旅行过吗？真是少见多晒，在下服了呢……哎呀，人家只不过是平时不喜欢发圈，又偶尔发点旅行照，就被凭空揣摩出这么多幕后故事还招来一箩筐吐槽。看来，小A的一颗醋心大概也是玻璃做的吧？

当然，对小A这种苛责别人晒行为的方式，我们也各持保留意见。比如，如果她了解了向向是如何努力工作辛苦赚钱，一步一个脚印地和老公白手起家，从"棚户区"居民向"商品房"居民的人生过渡，就不难理解那种生活环境改善后的喜悦。而小B，作为"丧偶式育儿"的典范，老公常年不在家，自己的工作也劳累辛苦忙，当然就难得有休假和外出散心的机会……

特别喜欢网友解答"晒"这种行为时的一段话："来过，去过，喜欢过，感动过，伤心过，遗憾过，爱过，哭过，发布过……这一时刻的情绪和idea，只不过是希望从别人的安慰中分担自己的悲伤，也愿意跟朋友分享此时此刻的喜悦心情……而已。"

人之初，性本晒。在生活的灰暗色调中寻求一点颜色来支撑余生，其实并没有什么错。反倒是旁观者，如果你这也看不惯那又不允许，难道就不担心自己是商纣王转世吗？

（《北京青年报》，2019年4月3日）

当收藏式生活遇上拖延症

◎蔡敏乐

古有望梅止渴，画饼充饥，今有收藏式的吃，暂时性地在一定程度上减缓了焦虑感……

年后，几位文友一起约写征文，或大或小的各种文学活动链接总往群里发。没工夫仔细琢磨，每次看到都匆匆扫上两眼，点上收藏，心安理得地等哪一天有时间再好好研究。事实上，那一天好久好久以后才来。

那天是因为手机老卡，系统提醒内存不足，特意抽出时间清理。打开微信收藏时，才发现，好多公众号已经搬迁了；好多文章已经被删除无法查看了；好多征文活动已经错过投稿时间了。特别是听说，奖金丰厚的"某个杯"文友们都已经投稿完毕了，真是后悔得想捶胸顿足。虽然，即便我按期投稿了，获奖的可能性也是微乎其微，但那种遗憾感好像连赛场都没上去，就直接把入场券扔了。

跟一位朋友倾诉拖延的失误，朋友一点也不同情我，反而打趣说我是收藏式写作，还问我要不要来一场收藏式减肥。搞什么东东？赶紧去微博里充电，学习新词汇。

"收藏式的吃"，具体操作为：但凡看到好看食物的图片就兴奋地保存进收藏夹里，看得多了就饱了；去某宝疯狂搜索一切想吃的商品，一股脑儿加入购物车，然后关掉，假装自己吃过了；关注各路吃播，有时间就看主播扑在饕餮盛宴上的大快朵颐状……直看到反胃，就不想吃了。

看罢，真是满腔愤慨，恨不得仰天长啸。这词乍看挺优雅，纯属糊弄人，去皮拆骨一看，赤裸裸地嘲讽啊。说什么看多了就能饱？前提是她已经吃饱了。说什么收藏过就假装吃过？前提是她对吃向来没兴趣。看别人猛吃会反胃？那也要因人而异，因时而异。如我，每每半夜，指望着看百万粉丝的主播吃东西来解馋时，只会馋到无法抑制，再怎么挣扎，最后都难逃意志力毁于一刻的悲惨结果——食欲被挑拨得旺盛蓬勃，再懒也有力气从床上腾空跃起，像贼似的溜到厨房，饿狼一般地扫荡，直把胃塞得严严实实才能消停去睡觉。

古有望梅止渴，画饼充饥，今有收藏式的吃，暂时性地在一定程度上减缓了焦虑感，但需求若一直得不到满足，屡屡遭到压制，那么它的反噬力强得吓人。在运动场上，假动作是用来迷惑对方。在减肥事业中，收藏式吃只是自欺欺人，让人腰粗到无法横量。

继续刷手机，惊讶地发现，除了收藏式吃，还有收藏式运动、收藏式旅游、收藏式阅读、收藏式交友……那么多美女跳操的视频、美丽的风景、好看的故事、有趣的人，只要放进收藏夹，就可以假装已经运动过、欣赏过、翻阅过、接触过了？这种虚妄的"收藏式生活"如果成为流行趋势，现实生活该虚弱到多么可怕的地步！那些收藏夹但凡翻起，人们对食物的贪婪、运动的懒惰、无法出行的穷困、文化的贫乏，以及无人联系的孤独皆无所遁形。

不是不赞成收藏，只是收藏的动作不该是生活的完结，而是美好生活的开始。收藏各种健身美女的图片与视频，在恨死了运动时，用来鼓舞斗志；收藏各国各地的旅游胜地高清图，用来做旅游攻略，一年逛一两个地方也不嫌少，好过根本没走出去；收藏国内外的名家名篇，等车时看几页，临睡前还能翻几页，碎片时间攻克大部头最有成就感了，甚至收藏在书签里的"编剧的66条基本规则"都能拿来当成写作指南……问题的关键在于你是否因为收藏而行动。收藏着梦想，要用行动插上翅膀，生活才能飞翔。若是给收藏配上拖延症，那么祝贺你，你可能永远无法到达你所梦想的生活。

（《北京青年报》，2019年4月16日）

再见了，武侠

◎捉刀人

2019年北京国际电影节推出了"致敬金庸"的单元，看一下片单，《笑傲江湖》系列、《东邪西毒》、《东成西就》……你会发现一个很尴尬的事实：这些都是上个世纪90年代的作品。无论是武侠小说还是武侠电影，这些年早已销声匿迹。甚至我们可以这样说，早在金庸大侠去世前，武侠小说和武侠电影，早已死掉很久了。

《功夫》之后再无功夫　有《武侠》时已无武侠

翻翻这些年的中国电影，你会发现，根本没有"武侠"电影。

《绣春刀》里没有武侠，只有官场；《神探狄仁杰》里没有武侠，只有宫斗；《龙门飞甲》里没有武侠，只有厂花；《奇门遁甲》和《武林怪兽》，我们可以看到编剧们对老港片的如数家珍，但最终的效果却完全无法复制当年港片的形与魂；《三少爷的剑》曾经是笔者最寄予厚望的一部，然而，徐克加尔冬升，依然无法挽救"武侠电影"。

反而是从来没有拍过武侠片的李安，当年一部《卧虎藏龙》让武侠电影走上中国巅峰，从此之后，再没有一部武侠电影能够复制它的经典；反而是一直在搞笑的周星驰，当年一部《功夫》吹响了功夫电影的集结号，从此之后，再没有一部功夫片能够让我们如此荡气回肠。

中国电影人也不是没有过尝试。比如《太极》，冯德伦把武侠和漫画嫁接在一起，甚至加入了蒸汽朋克的元素，然而可惜的是，故事的拖沓，使得这一尝试止步于第二集，挖得一手好坑之后无法再填；比如《四大名捕》，用超级英雄的方法去改造武侠小说，不失为西学东渐洋为中用的典范，然而，豆瓣最高分5.1的"三部曲"，证明观众对这种改造并不买账。

没落甚至崩坏，是武侠电影如今的困境，技术更好了，声光电效果更华丽了……但看的人越来越少了。

其实说白了就一件事：武侠电影的土壤已经不在，武侠电影的"魂"已经死掉。

武侠电影的黄金时代，正是中国电影人与世界接轨的时代，中国电影人的反思和反叛，学习和融合，造就了武侠电影的一统天下。举个例子，当年徐克拍《黄飞鸿》系列，开始请的武指是刘家良，徐克希望黄飞鸿跳起来踢"无影脚"，刘家良就大为不屑，说："这样的电影放出去，我们洪拳十万弟子都会笑死。"徐克直接撑回去："我的电影不是拍给十万洪拳弟子看的，是拍给全世界几亿人看的。"

不只导演，演员和武术指导也是如此。李小龙创立截拳道，是以咏春拳为武学核心，拳击、剑击为进化元素，再将他所有曾接触过的武术，如跆拳道、柔道、泰拳、角力、法国腿击术等融为一体；成龙电影里的很多镜头，汲取了默片时代的著名场面，不管是巴斯特·基顿还是查理·卓别林，都是成龙的灵感来源；甄子丹中后期的电影作品，不管是《杀破狼》还是《导火线》，都创新性地将巴西柔术甚至"跑酷"元素融入动作之中。

武侠电影里各种天马行空的想象，层出不穷的花样，是建立在这种开放的态度与激情的创作上。然而可惜的是，这些年来，中国电影人的想象力反而萎缩了。

他人或余悲　亲戚亦已歌

在《记念刘和珍君》一文里，鲁迅先生引用了陶渊明的诗句："亲戚或余悲，他人亦已歌，死去何足道，托体同山阿。"但在武侠电影这里，却是反过来，"他人或余悲，亲戚亦已歌"。

在韩剧《请回答1988》里，第一集第一个镜头，就是《倩女幽魂》里的王祖贤。韩国人至今承认香港电影在上个世纪八九十年代里的制霸地位；2006年的韩国电影《青春漫画》，你的微信表情包里，一定有过这样一个表情：小男孩把脸画得跟鬼一样埋在书后面，猛地回头，把邻座正在哭泣的小女孩逗得破涕而笑——就出自这部电影，而电影里面权相佑的锅盖头，就来源于这个角色是成龙的"铁杆"影迷；2019年刷新韩国影史票房新纪录的《极限职业》，开篇第一个大场面，就是警察抓"毒虫"引发的街头轿车13连撞，这个桥段原封不动地抄袭了洪金宝1983年的《奇谋妙计五福星》，但当年却是50连撞，《极限职业》抄的不过是皮毛而已。但当《极限职业》结尾，一场盘肠大战结束之后，五个警察瘫坐在沙发上，《当年情》的歌声响起时，年轻一点的观众甚至不知道如笔者这般的港片迷为什么哭得肝肠寸断，因为他们并不知道，这个镜头一比一还原了《英雄本色2》的ending pose。

我们的隔壁日本，同样被武侠电影征服，从李小龙到袁小田再到成龙，他们的形象出现在无数游戏里面，成龙的《醉拳》直接催生了《龙珠》《乱马1/2》两部漫画，将整个日本漫画带入格斗时代；《火影忍者》里面，宇智波佐助的一些动作，原封不动地照搬了成龙的电影；著名武术指导谷垣健治在采访中公开说："我入这行完全是因为成龙。"而他更是在甄子丹的武指团队里，学到了一身的好功夫，当他学成回国后，凭借《浪客剑心》系列，将整个日本电影里的动作场面提升到一个前所未有的高度。

好莱坞同样如此，《黑客帝国》里的功夫场面，让整个好莱坞为之哗然，而这不过是袁和平的牛刀小试；电影界的天才昆汀·塔伦蒂诺，更是将香港电影视为他的灵感来源之一，所以他在《杀死比尔》里让乌玛·瑟曼穿上一身黄色运动服，就是为了向李小龙致敬。说到这里，给大家再普及一个小常识：李小龙是真正把中国武术引向西方的人，但他的电影并不是第一个国际放映的中国功夫片。第一部在海外正式做商业放映的中国功夫片是1971年邵氏公司的《天下第一拳》，该片曾在美国1000家主流影院同时上映，盛况空前，成为1973年全球十大卖座电影之一。而昆汀当年拍《杀死比尔2》时，更是盛情邀请《天下第一拳》的主演之一罗烈来出演"白眉"，可惜罗烈身体状况大不如前，婉拒了这一邀约。昆汀今年的《好莱坞往事》，更是让李小龙在电影中直接出镜，再次体现了此公对香港电影的迷影情结。

令人遗憾和惋惜的是，笔者列举的这一切，都是"别人"在珍重"我们"的电影，都是"别人"在研究并发扬光大"我们"的好东西，但"我们"自己，似乎早已把这些抛下了。

所谓"致敬"，很大一部分原因就是"已经不在"。武侠电影还需不需要存在？未来武侠电影还会不会重生？这是中国电影人和观众要共同面对的问题。

（《北京青年报》，2019年4月19日）

见面亲和背后热

◎ 童孟侯

　　到外地开了几次会，碰到了好几个二三十岁的年轻朋友，我很快发现，他们和我结识之后几乎不和我说话交流，无论是开会、讨论、坐车、吃饭，都低头看手机，有的看小说，有的回短信，有的编辑一些文字，我坐在他们边上就像无影。奇怪，我冒犯他们了？还是他们对我不屑一顾？

　　终于要分手了，没料到他们立刻跑到我跟前：童老师，加个微信吧。我心里想，跟你这种只讲过一两句话的人成为"朋友圈"有意思吗？哪怕只有深入交谈过一次的"一次性"朋友，也许还会叫人久萦于怀。但是他们要加，我又不能拒绝，加就加吧。

　　哪里晓得搭乘高铁刚刚到家，他们的微信跟踪而来：童老师，您到家了吗？一切平安吧？结识您真高兴，我已经在吃晚饭了，干煎带鱼，美味到爆！

　　我就思忖：当面碰到我那么冷淡，在见不到人的微信里却变得热情洋溢，换了个人似的。很快，年轻人的第二条第三条第四条微信接踵而至：童老师，发20首中国古典琵琶曲给您，慢慢欣赏，节日快乐，等您的回音……童老师，我推荐您到浙江一家民宿去，特别幽静，自驾去最好，地址我马上发给您……

　　来而不往是没礼貌的，于是我也发微信过去……就这么一来一往，起码十几二十条才"晚安"。

　　半月之后，我在一个画展中又碰到了其中一位年轻微友，我故意坐到她边上提醒说：我是童孟侯，你好。她轻轻点头说：童老师好。接着，她又忙着看手机，我又不存在了。

　　这是什么怪脾气啊？这怪脾气还不是两三个年轻人有，很多都是这样！难道这就是流行开来的"手机性格"？有趣的是，年纪大的人好像跟他们大不同了，尤其是老邻居老同事偶然碰到，那真是热情爆棚，拉着手，拍着肩，什么三级医院专家门诊，什么学区房补课班，什么小黄车乱丢老公房装电梯……家长里短，国内国外，地球外空，站在菜场门口要聊上十来分钟，仿佛终于碰到了，终于可以一吐为快了！可是，这些老邻居老同事一旦分了手就像陌生人似的，不写信，不打电话，不通手机，也不上门拜访。

我去请教一位风趣的散文家：老兄，这些年轻人的做派为何跟年老的正好相反？是不是他们不擅言谈呢？就像谈恋爱时说不出什么肉麻的话，一旦写起情书来却得心应手滔滔不绝？

散文家反问：当下还有什么比手机有更大能量更大吸引力？打车、乘地铁、骑共享单车、付水电费、叫外卖、加购物车、通电话、私家车导航、视频聊天、看小说、赏图画、写文章……能够用手机解决问题，为什么还要坐下来反复交谈？难道你比手机更万能？小青年和你结识后不是故意冷落你，实在是没有空，实在是不想浪费时间嘛。

我回答散文家：你的意思是说当面冷若冰霜背后热如火山反而是一种进步？老人们的"见面亲"要淘汰啦？好吧，我要跟上步伐，今后结识年轻朋友一定是不淡不咸无影无踪，到了手机上才跟他们激情澎湃，非把对方熔化了不可！

散文家哈哈哈哈大笑起来。

（《新民晚报》"夜光杯"，2019 年 1 月 1 日）

社会发展中的温情

◎ 殷　骏

近日，笔者拨打订餐电话替家人在某知名洋快餐平台订餐，被告知家人所选餐品和优惠折扣套餐必须下载并使用该企业官方 App 订购且使用移动支付方式才能享受。这引发了笔者的兴趣。

经确认发现，该企业采用此一做法已行之有年，自推出该举措后，不仅大部分其大力推广的热门、新颖餐品除来店购买外，只能通过 App+移动支付方式，而无法通过电话订购+移动支付方式购买，并且此种做法呈现出愈演愈烈之势。推出什么样的产品，采取什么样的折扣，皆企业经营自主范围，他人无权干预，但在电话订购与线上订购之间予以如此明显的区别对待，如此做法值得商榷。

近年来，社会的发展可谓日新月异，加之在全世界范围内，我们的国人也属于最为喜欢追求新鲜事物的国民群体，因此新的网络科技、新的消费模式、新的感官刺激体验等，但凡是新的事物，几乎无不在国内大行其道。诸如线上消费以及移动支付等新型消费模式的消费规模早已到达万亿元级。然而，也有仍然选择现金或信用卡来进行消费的顾客。其原因至少有两种：一种是出于保护个人信息安全的需要。时至今日，尽管有关部门和企业一直在努力采取相关措施，个人信息保护仍然是网络购物、移动支付等新型消费模式的短板。笔者亲友中就有不少人对移动支付的新型消费模式敬而远之，其中个人隐私因之受到侵害者对这些新消费模式甚至是警惕和排斥的。第二种原因是因年龄等各方面原因而难以跟上、难以适应。很多老年人以及不使用智能手机的市民都对新型消费模式的过快普及感到不便和担忧。尽管他们中的大部分人都难以或者说并不愿意使用移动支付方式进行购物，但他们的这一不选择的权利显然并未得到充分保护。之前某生鲜企业因拒绝收现金而遭到大量投诉，这种歧视现金乃至鄙视现金支付的做法本身就是对某些人群合法权益的侵害，最终这家企业接受了现金支付方式。

今天，会上网、会发博客、会讲外语、自由行去过很多国家的老人往往被赞许有加，甚至成为网红，至于在博客里到底写了什么往往无人在意。笔者也很敬佩这些老人，但笔者想问的是，一位不惯用手机也不会上网，但终其一生都在钻研某一兴趣爱好并已达精深程度的老人难道就不厉害？难道就不令人尊敬吗？

社会发展的另一特征就是个体化、多样化程度的不断加深。对新生事物，有人接受、喜欢，就一定也有人不接受，甚至不喜欢。喜欢、接受与否，完全是个人自由，而这种自由无关赢利多寡，也无关潮流意识，都理应受到尊重。在大部分人热衷于学习、接受新事物、追逐热点的同时，应该保留一份对于客观上难以接受或者主观上拒绝接受这些新生事物者的保护、关爱和包容。提倡先进、崇尚强者，这是整个生物圈都遵循的"丛林法则"，而人类之所以成其为人类，盖因人类社会保护弱者，关爱弱势群体，且包容慢行者。有了这些保护、关爱和包容，人类社会才充满了温情，社会发展才是有温度的。

（《新民晚报》"夜光杯"，2019年1月12日）

陪读考证妈你当不当？

◎风 泠

　　现在小孩子上学，基本是一人读书、全家出动。这不，有一位叫李姜华的年轻妈妈陪娃写作业，自己顺便考出了教师资格证书。

　　李姜华同许多妈妈一样，当孩子面临入托、入学之时开始了烦恼，但她不想单督导，她要女儿学得好，就全心全意地配合女儿学习。比如说写字，她会找来钢笔书法字帖，一笔一画认认真真地练习，呈现在女儿面前的示范就有型有范，女儿就不敢随便写，因为"妈妈的字体比老师的还要漂亮"。每天女儿做作业时，妈妈就捧起书陪女儿一块儿学习，教育学、心理学、教育教学法规一切从头学起，试题一遍一遍地练。结果，妈妈拿到了教育局颁发的小学教师资格证。

　　陪娃读书的家长数不胜数，专心投入一起学的就少了，能考出证的人更少。这种人各行各业还真能找到，倒是令人敬佩。

　　我记得1990年代采访全市小学生国际象棋比赛，去了几日认识了一些家长，其中一个小女孩拿到某年龄段的冠军。过了几年，小女孩上高中、大学，父亲也当起了教练，开办国际象棋培训班，还发展到相当的规模。另外一个采访过的小朋友家长同样成了教练，只不过范围小些。他们的孩子当年学棋时，国际象棋比较冷落，而当他们陪孩子学陪成了教练，国际象棋已经家喻户晓了。

　　中国爸妈对孩子教育的身体力行在全世界名列前茅，且不说金钱的投入，仅教孩子的心累也是难以承受的。有父母就表示：陪娃写作业降低了生活的幸福感，这种感觉就像每天都要打两份工，太累了。有一个爸爸说，陪儿子写作业到五年级就心梗住院，做了两个支架，想想还是保命重要。估计大多数人都吃不消。

　　传统的观念是：拒绝帮孩子们做作业，因为我在教他们什么是责任。

　　有报道称，超过三分之一的中国父母已经完全丧失了自己的个人时间。其实这也是很多父母抱怨的地方，也有父母想轻松地养育孩子，但在大环境下被逼成"同类"。

那两个教练父亲，孩子最终并没有成为他们原来期待的优秀人物，泯然众人矣。

参与过多的中国式父母，效果如何难以定论。而古今中外，但凡优秀之人，都是有见识有眼界的人，而这些见识和眼界都来源于孜孜不倦的阅读。如果社会上都能减少陪作业，增加孩子阅读量，孩子知识广阔能力丰富，当父母的应当比拿到证书还高兴吧。

（《新民晚报》"夜光杯"，2019年1月24日）

误读及其他

◎陈世旭

从高小做作文开始，差不多跟语言文字打了一辈子交道，渐渐发现这里边真是趣味无穷。把多年积累的一些例子稍作整理，与读者分享。

有的经典语录，读一半，留一半，意思就满拧：

"父母在，不远游"（《论语·里仁》），后边还有"游必有方"。对后一句，人们的解释有多种，除了一种认为"方"通"谤"，是挨骂的意思外，都认为"父母在，不远游"并不是不让你远游，而是出门之前要告知一下去哪儿，或是要去对地方，等等。

"吾生也有涯，而知也无涯"（《庄子·养生主》），后边还有"以有涯随无涯，殆已"。用有限的人生追求无限的知识，必然失败。提醒人做不到的事情不要强求。

"三思而后行"（《论语·公冶长》），后一句是"子闻之曰：再，斯可矣"。孔子恰恰是要提醒学生别优柔寡断。

"闭门造车"，后一句是"出门合辙"。语出朱熹《〈四书〉或问》卷五。意思是关门造的车，因为符合同一的规格，能和路上的车辙相合。是称赞而没有贬义。

"天才是百分之一的灵感加百分之九十九的汗水"（爱迪生），后一句是"但那百分之一的灵感是最重要的，甚至比百分之九十九的汗水都重要"。强调的是先天的禀赋。

如果说从这几个例子对后一句的忽略里，我们多少还可以看出某种积极意义，那么下面三句被故意曲解的话，就显然贻害匪浅了：

"人不为己，天诛地灭"，从来被理解为人活着就是要处处为自己着想，要不天地都不容。而那个"为"其实是修为的为，读作二声——做人如果不好好修为自己，会为天地所不容。

"量小非君子，无毒不丈夫"，几乎是一个恶棍以狠毒自命的宣言。而其实，此语出自关汉卿《望江亭》的"便好道：量小非君子，无度不丈夫"，一个人有足够的度量与格局，才算真正的大丈夫。"毒"者"度"也，大度也，读作四声。

"女子无才便是德"，这句话的真正意义藏在"无"字里，"无"是女子的自谦，一个女人含蓄、矜持、有才而不显露，在那时是一个才女最大的"德"。

上述曲解大抵出于心术不正。

更多的误解往往是出于无知。我自己就常常犯这类错误。

我在乡下插队的时候写过一首诗，用《诗经》里的"七月流火"形容公历七月骄阳下像流动着一团火似的酷暑。而"七月流火"的"七月"是夏历七月，相当于公历八九月，此时古天文学所称的"大火星"逐渐向西方迁移、坠落，天气开始变凉。诗中的"火"是星星，并非一般意义的火。

有的误解则是出于望文生义。

有则征稿启事写道："本刊谢绝文字粗劣的不刊之论。"把"刊"看成了"刊登"，而这里的"刊"是"删削"或"修改"。古人在竹简、木牍上刻写文字，需要修改就用一种称为"削"的青铜利器削去一层后重写，这叫作"刊"。"刊"就是旧文削去，重写新文，称作"刊削"。故"刊"兼有"写"与"删"两种意思。"不刊之论"乃是不能被删改的文字。汉代扬雄有"是悬诸日月，不刊之书也"的话，意思是可与日月争辉，不容删减一字的大作！还被引申为不可改动或不可磨灭的言论。

而某些公共媒体的误用成语，误导大众，是最让人遗憾的。

曾经见到某电视台拿"阑珊"形容城市除夕夜的灯光璀璨、雍容华美："现在整个城市夜色阑珊，市民们在广场上尽兴地游玩"云云。其实"阑珊"可以表示衰减、消沉、暗淡、零落、残、将尽、凌乱、歪斜，以及困窘、艰难，等等，就是没有一种义项可以表示灯火通明、兴致很高。

时常见到某某代表团、某某英雄人物"凯旋而归""胜利凯旋"之类低级语言错误，出现在各个媒体上。"凯"的本义是"军队得胜所奏的乐曲"，引申为胜利。《说文》解释得很清楚："恺，还师振旅乐也。亦作凯。"《礼记·表记》说："凯以强教之。即以胜乐为训。"宋代刘克庄《破阵曲》有"六军张凯声如雷"。"旋"字在《说文》中被解释为"周旋，旌旗之指麾也"。《小尔雅》释为

"还也"，《字林》解作"回也"。综上所述，"凯"即胜利，"旋"即归来，"凯旋"就是胜利归来。何必在前面加上"胜利"，或在后面加个"归来"呢？"负"原意为违背、背弃，后引申为辜负，"不负"就是"不辜负"。"孚"原意为"信用"，《诗经·大雅·下武》中有"永言配命，成王之孚"句。后来又引申为"为人所信服"，《曹刿论战》中有"小信未孚，神弗福也"。两个字意思的不同很明显。用在成语里，"不负众望"是不辜负大家的期望，而"不孚众望"是不能使群众信服。两个成语一字之差，意思却截然相反。

汉语可能是世界上最复杂的一种语言，在实际运用过程中，不仅要注意词义，更要讲究"得体"。

"忝列"一词用于第一人称是表示辱没他人，是一个谦辞，从第三人称的角度使用是在说对方不称职，有辱于所任；"不足为训"的"训"是"典范、法则"，如果理解成"不足以成为教训"，绝对词不达意；"滥觞"原意是水源所出，其始甚小，只能浮起酒杯，喻事之开始，理解为泛滥，则去之万里；"不耻下问"是不以向职位比自己低、学问比自己差的人求学为耻辱，一个人学问比不上别人，向别人请教，何谈"下问"还"不耻"呢？"犯而不校"是宽容，有位专栏作家歪解成犯了错误不能再回到学校，纯粹贻笑大方。至于用《辞源》中解释为"家畜屠宰后的躯干部分"的"胴体"来形容女性裸体，那就只能是"胴体"爱好者的悲哀了。

（《新民晚报》"夜光杯"，2019年1月28日）

就像干旱的土地渴求雨水

◎郭文斌

现在为什么有这么多的志愿者要弘扬传统文化？因为我们能够感受到，现在老百姓最大的需求不是钱，不是房子，不是车子，不是物质，而是心灵饥渴。这种需求就像一块干旱了一百年的土地对雨水的渴求。所以，我们就要尽力推广优秀传统文化，推广《弟子规》，引导大家学用《弟子规》。

"冬则温，夏则清"讲的是人的感受力。到夏天了，该换衣服了，要把棉袄换下来了。但是我们在生活中发现，相当多的人没有这个感受力。别人明明想吃苹果，他却把香蕉给人家。因为感受力不够，造成的家庭纠纷太多了。夫妻之所以常常吵架，甚至发生家庭暴力，往往是因为感受力不够。有一种暴力是强暴力，有一种暴力是软暴力。比如丈夫明明这一刻不需要那一份营养，妻子却以健康为由，强迫先生，往他嘴里塞水果。虽然妻子是好心，但对于先生来说这就是被暴力，一种温柔的暴力。有些妻子感觉到丈夫也是这样。所以，一个人如果感受力不够，这个人很可能就会表现出这么几个状态——占有欲、控制欲、表现欲。特别是控制欲，总想把对方牢牢地抓在手上。人家需要短袖的时候，你把棉袄给人家了；人家需要棉袄的时候，你把短袖给人家了。

在传统文化学习过程中，也往往会出现这种情况。我有一次到石家庄讲课，互动环节，有一位老先生说，郭老师这么好的课，可是他们家才来了一半，他真想把没来的那几位拿绳子捆过来。这就是暴力思维。虽然是好心，但是有强迫性。所以，我们推行传统文化一定要随缘。孩子这一刻兴致还没到这个地方，就不能着急，要有耐心，要学会等待。等到他饿了，渴了，需要了，自然就来了。人家现在还不需要呢，就让他去撞。等到他跌跌撞撞，走不通了，来找你时，你再把路指给他，他自然会接受。

在日常生活中，我们常常看到一些父母，教育孩子带有强迫性。孩子在那里玩泥巴，正在兴头上，妈妈一把逮住，"回去背唐诗去，读《格林童话》去"。她哪里知道，孩子玩泥巴是更重要的生命需要，那是一种自然亲近性训练，同时也是身心投入性训练、专注力训练、协调性训练、现场感训练。现在的孩子为什么好动？往往就是因为父母躁。父母的躁投射到孩子身上，一会儿给他这个安排，一会儿给他这个指导。有许多父母，从早到晚都在教育孩子，可是孩子却非常逆反。为什么呢？他的心是躁的。孩子是父母的投射，底片是躁的，屏幕上能安静吗？所以，在日常生活中，过日子也好，工作也好，要想成为一个受人欢迎的人，就不要去强迫他人。

我们讲《弟子规》是维护人类永久性生存、维护人类群体性生活、维护个体幸福的"规"。那怎么样来实现它的永久性、群体性和幸福性呢？首先要有感受力。"金屑虽贵，落眼成翳"，黄金虽然很贵，但是放在眼睛里就是祸害。传统文化虽好，但是你在不恰当的时候灌输给人家，给人的感觉就是强迫。

这些年有些人弘扬传统文化也出现了问题，拿着一本《弟子规》见人就送。心是好的，但效果很不好。那应该怎么做呢？先让自己快乐。大家一看，这个人原来天天抱怨，天天愁眉苦脸，最近怎么这么快乐呢？他就会对你产生兴趣，然后问你最近学什么了？你说我最近听郭文斌的课了。他问郭文斌讲什么啊？你说讲《弟子规》。他就来听课。一听，觉得有道理，不用说，他就开始学和用了。所以，推行传统文化，最好的广告、最好的招牌在你脸上，你先快乐，先把脸换掉，把愁眉苦脸换成一个欢天喜地的脸，就是最好的广告。《弟子规》应该变成你脸上的微笑，而不是那一本书。

（《新民晚报》"夜光杯"，2019年1月30日）

从电子货币谈起

◎ 过传忠

去年国庆节，在一小吃摊购物，只能使用手机，不收人民币，几番争执无结果，只好愤然离开。心想口袋里有钱还怕买不到东西吗？谁知跑遍整个商场均如此，总算有一位较有同情心的服务员，指示我去一处所，可用人民币换他们的购物券，全场通用。我只得去换了，总算没有饿肚子。

生活里，这类事并不是偶然的。不精通电脑，购物、缴费、银行领工资、出门买车票机票……都费事劳神，搞错了，或弄不明白时，像个无头苍蝇。好不容易找到服务电话，"什么什么按1，什么什么按2，什么什么按3……"，电话里的声音，更让人满头雾水。这时想想，真该好好学会使用手机了。

其实，早在三四年前，有些朋友就劝我使用智能手机，但我不习惯，也不信一切都发展得那么快。再说了，自己做的事情跟手机也没什么直接联系，管他呢，还是我行我素吧。我相信，有我这种想法的老年人肯定不在少数，尤其文化水平、外语水平较低的，不一定是老年人，各年龄段里的"手机盲"是大有人在的，怪谁呢？

当然，首先得怪自己。为什么不抓紧学会了跟上去呢？常常听人劝：让小辈教教你嘛！殊不知，"小辈"是最不适合的人选，因为教长辈最不耐心，何况并不是所有老年人都有小辈在身边，更何况还有那么多非老年人呢？

那么，有关部门和行业，能不能设一些机构，专门教一教呢？或在一些场合，有人能较有效地给予我们一些指点呢？办学习班固然不现实，因为设计内容太复杂太琐碎，无从抓起。但每个从业者向自己的服务对象指点教导一番总可以吧？说到底还是个态度问题，热心人和淡漠者就是不一样。

不使用货币，都用手机购物、缴费、领取工资……应该是社会发展的好事，但须知社会是一个复杂的构成，什么事都一刀切，恐怕会酿出新的弊端的。

科技发展确实一日千里，令人振奋。马上，人工智能的日子就要来到了，就要跟机器人打交道了，我们该怎么迎接它呢？这事人人逃避不了，我们准备好了吗？怎么能使全社会的成员"各得其所"，看来也是篇大文章呢。

（《新民晚报》"夜光杯"，2019年1月30日）

放下手机过大年

◎闫 岩

逛超市购年货，超过一百元赠送一副春联，不觉中，我超过了一千元，弄了一大堆春联回来，于是没加思考地给父亲打了个电话："爸，今年别再写春联了，过几天我给你送几副去。"没料到父亲却生了气："你们这些年轻人呀，啥都想省事儿，我看慢慢地都会省事儿到年都不过了。"

父亲七十五岁，和七十四岁的母亲生活在保定曲阳一个叫孝墓的小村庄里。他们爱村庄，爱家，爱子女，更爱来之不易的祖国的今天。他们喜欢欢天喜地，喜欢车水马龙，喜欢万象更新，喜欢张灯结彩，喜欢锣鼓喧天，喜欢五谷丰登，特别是在物质极度丰裕而精神世界却匮乏的现今，前辈所喜欢的，仿佛我们已经给不了了，我们所喜欢的，却总是那么遥远……

想想父亲的气生得不是没道理。现在的年轻人是能省事儿的都省事儿，饭不做了叫外卖，衣服不洗了进干洗店，家不收拾了给钟点工，不散步了，不打球了，不陪父母了，仿佛仅剩下一部手机了……至于过年，吃的穿的用的都不缺，除了手机，仿佛已没有其他更多的必需了。

于是，我在家人微信群里提议：今年我们都放下手机像过年一样过个年，过一个有年味的年好不好？先是哥嫂举手响应，大概年轻的下一代也经过了一番斟酌与内心的抗争才勉强出手称了个赞。接下来商议：小年怎么过？

小年，就是腊月二十三灶王爷上天的日子。"上天言好事，下地见吉祥"，爷爷活着时经常对我们说这句话，说的是让灶王爷上天后在玉皇大帝面前多为地上的百姓美言几句，好让地上得个吉祥年。所以，灶王爷是万万不能怠慢的，一定好吃好喝地供，并且把他骑的那匹马也供好。

"我雕刻一位神气的灶王爷吧，让他身穿大红绸缎绣龙袍，脚蹬双嵌金线飞凤靴，怎么样？我够尊敬灶王爷的吧，好让他老人家保佑我们全家幸福快乐！"雕刻出身的侄子抢先在群里说。

"那我画两张威武凶猛的门神，贴在爷爷奶奶家的门口，让那些凶神恶煞们看见就打颤。"上美院的侄女也不甘示弱。"一言为定。"侄子说，"三天时间搞定。"侄女说："那没问题，谁的作品能让爷爷奶奶笑的时间长就算赢了，输了请对方吃名牌巧克力。"侄子说："好。"

我的儿子不会雕刻也不会画画，但也不服软，他说他要专门为外公外婆写一首歌，过年时弹着吉他唱给外公外婆听。

于是，兄妹三人都给不会玩微信的老人打了电话，说了他们三人的计划，还说在小年那天一起回家祭祀灶王爷。

"二十四家家忙，不做豆腐就扫房"，孩子们主动说出了他们的想法，二十四大家帮着爷爷奶奶扫房，二十五帮着他们一起做豆腐。做豆腐父母不在话下，因为我们上学那阵，父母是靠卖豆腐供我们兄妹三人念书的。可是孩子却有了提议，不用现代的机器磨豆子，他们要推石磨，要用手揉豆渣，要狠狠地体验一下过去的那种叫"生活"的东西……

孩子们越来越起劲儿，说好了做完豆腐就跟着老人住在老家，学练毛笔字，到除夕要比写春联，让老人当裁判，看谁写得最好家门口就贴谁写的春联，让从门口过的乡亲们都夸咱们家的孩子有出息……

看着孩子们叽叽喳喳，热热闹闹，兴致盎然，那不是父母正需要、正期盼的吗？年味十足，父母高兴得合不拢嘴，一家人其乐融融，像过个年似的过年，这是多么难得的幸福生活啊！

（《新民晚报》"夜光杯"，2019年2月10日）

不做孙辈的配音演员

◎汤啸天

现在的孩子普遍抗挫折能力不足，虽然有娇生惯养的客观原因，但也与父母、祖辈过度呵护有关。在祖辈带孙辈的场合，时常看到爷爷奶奶为孙子孙女当"配音演员"的情形。

如孩子不小心摔倒，其实并没有受伤，甚至没有多大疼痛，爷爷奶奶见状，如同发生"特大事件"，连连问"摔痛了吗？"在祖辈的诱导之下，孩子的哭闹随之而起，表面上看是祖辈在劝慰孩子，实质上祖辈更像是为孙辈飙高音的"艺术指导"。当自家的孩子与别人家的孩子发生了小纠纷，双方有轻微的身体接触，至多只是有鼻子出血、抓挠痕迹之类的小伤，祖辈见状不问青红皂白，直呼"找家长去"，甚至大喊"上医院""上派出所"。在长辈的"愤怒"中，孩子的喊痛声、叫屈声一浪高过一浪。还有些父母在带孩子的过程中稍有疏忽，孩子磕磕碰碰，身上出现轻微红肿，祖辈见状认为是孙辈遭到了"虐待"，立即兴师问罪，高喊"你不疼儿子，我疼孙子"，孙辈则顺势大发其嗲，久而久之在别的方面，孩子也会倚仗祖辈的宠爱而肆无忌惮。

疼爱孩子是人之常情，在现实生活中，隔代亲又显得特别突出。为了孙辈的教育，在父辈和祖辈之间，往往会发生矛盾，多数情况下都是由祖辈的溺爱和过于宠惯孩子所造成的。祖辈隔代亲的观念，在孙辈那里也是看得清清楚楚的。如果孙辈出现一点小磕碰，祖辈就大呼小叫，无疑为孙辈夸大性的表演提供了机会。在许多情况下，成长是伴随着摔倒的，如果爷爷奶奶能够鼓励孩子，勇敢地站起来，就不会任由孩子在心理上放大并不严重的痛感。吃苦耐劳的精神和承受挫折的能力是锻炼出来的，弱不禁风就是因为太少经风雨。

隔代亲无可厚非，但爷爷奶奶对孙辈的疼爱不应当是宠爱、溺爱，而应该从小培养孩子勇敢、坚强、富有韧性的品格，不是吗？

（《新民晚报》"夜光杯"，2019年2月21日）

阅读是最好的独处方式

◎张 炜

一个族群的素质越高，独处的能力就越强。上个世纪80年代中期去欧洲，下午四五点下了飞机进入市区，走在不宽的街道上——不像我们这么宽的大马路——只见一辆辆小车停在边上，街道静静的，一个人都看不到。当时觉得奇怪的是欧洲人口密度这么高，按我们的街上经验应该是人山人海才对。可是这里竟然一个人都没有。一连转了好几条街，几乎没有看到人，到处安静得很。

后来我们才明白，他们都在家里，在工作的地方，上班或忙自己的事情。总的来说他们独处的能力更强：在家里读书，听音乐，或与家人在一起。个别人在咖啡馆里待一会儿，也是独自安静着。总之一个文化素质较高的民族独处的能力才强。而在第三世界，在文化程度相对较低的地方，连人口密度不太大的地区，任何时候到大街上去都是人流蜂拥，他们好像天天忙着串街购物。独处对他们而言是极难的一件事。

没有独处的能力，说明没有个人的精神世界，或者这个世界极其狭小。这样的人是无法阅读的。因为没法在精神的世界里遨游。有人说首先要解决温饱问题再讲其他，类似的话可以说上一代又一代，好像我们只配解决温饱问题似的，再往前走就是奢望了。这样我们也太窝囊了。

这里的阅读不是广义的阅读，而是狭义的阅读。再狭义一点，只读那些经典，各种经典。经典来自时间，不是来自乌合之众。一窝蜂拥上去的书往往是乌合之众的读物。好书也是能够独处的，它们不怕偏僻寂寞，那我们就来读它们。人的见解确实是有高低之分的，读那些高人赞不绝口的书，一般更会有意义。一个人不学习，连文明的基础都不具备，却化入了"群众"之中，于是就成为一些人开口必赞的"英雄"，这样的"英雄"多么可疑。

经典来自时间，要到时间的深处打捞。比如说读几百年前、几千年前，那个时候留下来的经典。时间是有积累有利息的。平时光知道钱有利息，可是时间的利息更大，时间是个很神秘的东西。我们读陈子昂、李商隐、白居易、岑参，读屈原、李白、杜甫、张九龄、王之涣，看西方的那些英雄史诗，如《贝奥武夫》，而后会惊奇：一个遥远时代中生活的人，怎么可以写出这种色彩和基调的诗章？它是如此的深邃迷人，如此的具有时光的洞穿力，其光芒一直投射到今天，投到我们的身上，还是强烈炫目。

我们经常讲李白和杜甫，因为他们支撑着中国文学与东方文明的天空，是其中的两根支柱。既然如此，就可以拿出时间好好读一下他们的原典。中国研究他们的书汗牛充栋，有余力再读这些文字，看看他人是怎么看待李白和杜甫的。有些篇目可能是无聊的，因为从古至今都有个去伪存真的问题。在匆忙的数字时代里，我们花上一些时间研究这样两个人物，完全值得。

（《新民晚报》"夜光杯"，2019年2月28日）

塑料絮语

◎黄柏生

"有可爱之处，必有可憎之处。"这话用在塑料上再恰当不过。塑料1866年问世，及至我也日常伸手可及，不过仅是电源插座、开关的褐色或黑色电木或白色的赛璐珞乒乓球而已。上世纪50年代，我在一个日本工业展览会上第一次得见五彩缤纷、轻盈滑溜的不碎炊具，喜不自胜；之后，又参观日本工业展，排里三层外三层的长队获赠一只手拎塑料袋，抚弄再三，稀罕宝之！这之后，塑料制品以细胞分裂般速度日长夜大，蔚成"六王毕，四海一"之"霸业"，不少村落，阵风袭来，废弃塑料袋随之起舞，"高者挂胃长林梢，下者飘转沉塘坳"。对此，人们嗟叹莫知奈何！

惰性率意不及其余是所有人的共性。我发现，如今使用塑料袋最无顾忌无节制的乃是菜场和医院。你去菜场，哼着歌儿袖手而去，几根葱蒜，一只洋葱或番茄，两只鸡蛋，摊主都毫不吝啬地一一套袋交付，若买鱼虾，为防腥臭或滴漏，再严实地裹以厚黑大袋，服务到家。因此，一次家宴，收获五六十只菲薄脆生、转手即扔的塑料袋，再常态不过。医院亦如是：凡医必药，凡药必袋，特别是病人汹汹的三级医院，分门别类，出手阔绰，几乎天量发放……全国仅这两行当如此转身即扔的每日的消耗，有过云计算、大数据么？它们都魂归何处？

也有逆流而动的。上海火车站附近的北站医院，几年来一直不供应贮药塑料袋。病人习以为常，自动把药品纳入随带的包袋，无人追索或抗议。试想，若全市医院仿而行之，广而告之，"本院药品一律不供应塑料袋包装"，我看不难推行——谁不懂环保为民生？北站医院已示例多年，一直风轻云淡。此举，上海能减少多少白色污染？

再一例。我慈溪故里的一位亲友，乃年逾花甲、技艺精湛的老篾匠，他纠结于塑料袋的浸淫泛滥，于是编制大小菜篮各一，上菜场拒绝塑料袋"馈赠"，篮子用完冲洗悬挂，"改变不了别人，就改变自己！"十多年前，郑州全市发菜篮，我在"夜光杯"中为之鼓与呼，可惜，良俗未曾归来，仍以环境的付出换取眼前的便捷。

美国电影《肖申克的救赎》中有一场景：凡那里释放的"资深"犯人，出狱后必去超市打下手：为顾客装物品，所用的都是纸袋！电影摄于2011年，可见他们早就关注"包装良俗"的推行。

如此，菜场、医院、商店（场）三大领域联袂发力，试看今日竟是谁之天下？

今年本市的垃圾分类又上层楼。但是，前期的"扫盲"到位还任重道远。原来，塑料分热塑性和热固性两种，前者可以反复加热软化回收再利用，后者却完全相反（比如发泡聚苯乙烯）。在几十种品类中，只要分出两大类，容易吧？

十余年前的一个大热天，我把二甲苯溶剂倒入聚丙烯塑料瓶中，晚上取用时，见瓶子竟已全部溶塌，二甲苯几尽。当时没细想缘由。原来，原理就在这里！据此我有遐想：如果中国化学家能发明无毒的塑料消融剂，让塑料迅速消弭于无形，遏制其肆虐，可助益青山绿水，造福人类了。

今年春节，全市限定区域无烟花燃放，河清海晏，一派祥和。如此"老大难"都能顺利攻克，其他的我还会失望吗？还会为塑料"后世"的归宿焦灼吗？

（《新民晚报》"夜光杯"，2019年2月28日）

"尊贵"的会员

◎孔　曦

　　曾几何时，一说起会员，就想到高尔夫俱乐部，想到游艇俱乐部。自忖这辈子都与高大上的会员无缘，没想到，在智能手机大普及、移动互联网全覆盖的当下，我也当上了会员。从效率低下的拨号上网到速度稍快的宽带，再到现在的光纤，网速越来越快，我的"会员"头衔也越来越多。

　　先是各大主流网站，一注册邮箱，一开博客，就自动成为该网站的会员，然后是兴旺过好几年的微博，会员资格，要付钱买。再后来是淘宝、支付宝和微信。

　　以前，在网上看电影、看电视剧、听音乐，都是免费的。忽然有一天，所有的视频网站都推出了会员制，不买会员卡？片头一分钟甚至更长的广告急死人；一集当中，好几次跳出来的冗长广告烦死人。忍无可忍，买！月卡、季卡、年卡，"有效期"越长越优惠。"恭喜亲，成为我们的会员！"点开心仪的电视剧，手机屏幕顶端闪过一行小字："尊贵的会员，已为您跳过片头的广告。"

　　开心了没多久，又有令人泄气的发现。当红的电影电视剧被时下几大视频网站瓜分了。甲剧A网独播，乙剧B网独播……就这样，我成了好几家网站的"尊贵会员"。一次朋友聚会，一位三十多岁的IT从业者说，他每年花在各种网站年卡上的费用是两千多元。

　　都说"买的没有卖的精"，网站方一直在想方设法吸引用户。为此，每个网站都鼓励会员每天签到。送积分、送"红包"、送"金币"……这些小恩小惠，消费时可抵充钱款，尽管只有几分几毛。可令人感觉不好的是，在"某某视频VIP"下面，赫然可见"您还不是超级影视VIP"，下面，是"开通超级视频VIP、开通联合会员"的选项。

　　在保护知识产权的当下，影视作品收费，本无可厚非。我不太理解的是，有的视频网站还卖电子书、卖护肤品化妆品。或许，凡事都想大而全，是这个焦虑时代的通病吧。

除了常见的超市会员，还有一种线下会员，也很令人无语。如今的美发店、美容店、洗衣店，不买店家的卡，不充最低额度的钱款，消费价格就要翻倍。前年，我在小区附近的洗衣店充了300元，洗了两件羽绒服；去年春天欲洗羽绒服时却发现，那里已经变成一家理发店。进去一打听，老板和老板娘前年8月就回老家了。店里的一个美发师问我："你是不是有他家的会员卡？卡里是不是还有钱？"我说是。"可以在我们店消费。"开心了几秒钟，听见他说："要充满一千元。"

"尊贵的会员"们，千万不要自以为真的尊贵起来了，我们只是大数据时代的分母或分子。以有限的银子，为互联网经济和实体经济做出尽可能多的贡献，才是会员的义务。尊贵是骗人的，流量和营收，才是实实在在的。

（《新民晚报》"夜光杯"，2019年3月2日）

抄袭越被宽容，原创就越萎缩

◎潘 真

本周，比利时享誉国际的艺术家克里斯蒂安·希尔文通过比利时多家媒体发声，"控诉"自己独创于上世纪80年代的作品被中国艺术家叶永青剽窃达30年之久。

令人警惕的，是各方对此事件的态度。希氏虽希望欧洲对叶禁展、苏富比和佳士得停售类似画作，但他深知叶"是一位重要的中国艺术家……在中国很有影响力，所以反对他并不容易"。叶的中国同行、艺评人则见多不怪，表示抄袭远不止存在于当代艺术领域。叶本人只是对记者说，希氏"是对我影响至深的一位艺术家""我们正在争取与这位艺术家取得联系"。

不知叶先生是在用"长得很像"的画向对自己影响至深的一位艺术家致敬吗？

不少门类的艺术都有"致敬作品"。比如电影，有多少导演向小津安二郎致敬，但最后成功的，唯有把从偶像那里得到的启发糅入自我风格再创作的那几部：山田洋次的《东京家族》、侯孝贤的《咖啡时光》。美国电影也爱向大片致敬，萌宠动画片《宠物的秘密生活》结尾，致敬了希区柯克的悬疑片《后窗》。真正的致敬之作，必定是原创，抽离掉若干致敬元素，作品仍能依据自身的结构立起来。

叶上世纪90年代初的系列抄袭作品在苏富比、佳士得卖出40万欧元高价，而克里斯蒂安·希尔文的原作只能卖5000—15000欧元！难道山寨货甚至贵过了原作，对抄袭就可以熟视无睹、任其逍遥吗？

十几年前，某少年成名写手抄了别人的小说，法院判他赔偿、停止销售、登报道歉，可他的年轻粉丝们居然声称"即使抄袭，我们也爱他"。好像谁红谁就有理，目的达到就行，吃相难看不要紧。果然事后，人家书照出、电影照拍，又红了好多年。

抄袭如此被宽容，对辛辛苦苦埋头原创的作者意味着什么？原创的萎缩，就成了必然。

　　社会风气让暴得大名的抄袭者不以为耻，也难怪被抄袭者说起"不"来都没那么理直气壮了。

（《新民晚报》"夜光杯"，2019年3月3日）

绝非只是搞笑的"评奖"

◎沈　栖

　　按常理说，"评奖"都是对某一行业或领域颇有建树、卓有成就者的表彰。然而，世上还流行一些另类的"评奖"，看似搞笑，其实颇有令人玩味、耐人寻思之处。

　　瑞典一年一度进行"搞笑诺贝尔奖"。"评奖"活动设有奖杯和奖金：奖杯像是小学生手工课的作品，而奖金也似巨额——10万亿津巴布韦币（约等于0.2元人民币）。"搞笑诺贝尔奖"活动已有28年的历史，检视历届获奖的奖项：生物奖颁给过人类如何自制假肢以便混入山羊群中过日子的研究；物理奖有当人踩到香蕉皮时，鞋底和香蕉皮之间的摩擦力；心理学奖发现晚睡的人更加自我欣赏；和平奖则研制出将炸药制成钻石的方法；经济学奖得主是从销售和市场营销的角度，对石头的性格进行的研究；文学奖更是令人咋舌，是专论为何所有语言里都有"Huh（啥）"这个词。

　　尽管"搞笑诺贝尔奖"每每充斥着无厘头，不免让人捧腹，但它有一点是可以肯定的，即：卸下了科学冷峻的外表，科学大门向社会敞开，引发普通人对科研的热爱，使得科学与生活之间的距离拉近了。

　　美国有个带有玩笑性质的"达尔文奖"，每年颁发一次。其主旨是表彰那些"因为愚蠢而主动把自己排除出了人类基因库、为人类的进化作出了贡献"的人，获奖的条件是把自己弄死或弄到丧失生育能力。这个奖项广受欢迎，每年很多人参与票选。2018年高票获奖者是这么一件事：19岁的柏林小伙子因与女友争吵，冬天将对方推入河里仍不解恨，自己再跳下去把她摁在水里。殊不知，女友会游泳，很快上岸了，而自己却不谙水性呛得奄奄一息，虽然被赶来的水警拖上岸，但送进医院挣扎了两个月后死了。警方"赐"他一个"涉嫌谋杀未遂罪"送终。这个奖项告诫世人：不要去干扰掌握着自己命运的力量。

　　虽说人们早已进入了互联网时代，但电影依然是喜闻乐见的艺术载体，受众面甚广。倘要推进电影事业，在鼓励和褒奖"最佳"的同时，亟需批评和摒弃"最差"的，唯其如此，才能迎来百花齐放、五彩缤纷的电影界春天。大凡电影界辉煌的国度莫不如此。譬如美国电影人约翰·威尔逊在1981年发起了"金酸莓奖"，选出当年最差电影和电影人，在每年奥斯卡颁奖典礼前一天举行（顺便一提，现任美国总统特朗普曾于1991年因《做鬼也风流》拿下了最差男配角奖）；日本由报知新闻社于2004年始举办"蛇莓奖"，每年评选出最差影片、最差导演、最差男女主角等，长泽雅美、石原里美、山下智久等知名演员都曾获奖。由我国《青年电影手册》主办的一年一度评选"最令人失望影片/导演/演员"的"金扫帚奖"，迄今已进入了第九个年头。

去年，王宝强因《大闹天竺》而领取了"最令人失望导演"的奖杯——一把金色扫帚。评委会的颁奖词是："（王宝强）把导演处女作拍成一团浆糊，豪华的客串阵容没有为影片增加光彩，无趣的模仿让电影看上去令人相当尴尬。《大闹天竺》是一个演员跨界当导演后失败的案例。""金扫帚奖"开了我国评选"最差"电影和电影人的先河，其意义和价值值得肯定。它剑指"烂片"，为的是清除我国电影界的平庸粗俗之风，还这一意识形态领域一方净土！

看了这些另类的"评奖"，人们在解颐之余，当体悟其别有异趣的创意。

（《新民晚报》"夜光杯"，2019年3月6日）

你会使用手机吗？

◎周炳揆

如果说，手机和我们几乎是形影不离，这绝不是夸张之词。那天在饭店吃饭，我亲眼看到邻桌一位母亲大声呵责一直"低着头"的儿子关掉手机专心吃饭。

如果乔布斯还活着，看到这场几成吵架的饭局，他会很吃惊，在他的眼里，手机不是这样用法的。

2007年，乔布斯在旧金山的莫斯康尼会议中心首次向世界推出 iPhone，如果你仔细看过他那天的讲话，就会知道，乔布斯推出 iPhone 的初衷，和苹果机现在被使用的方式是大相径庭的。

乔布斯向来宾介绍了苹果机的硬件、接口、触摸屏，然后称："这是我们迄今为止做的最佳的播放器"，"这是打电话最惹人喜欢的应用程序"。观众对这两句话都报以雷鸣般的掌声。在他讲话的头 30 分钟里，他并没有花多少时间去介绍 iPhone 的网络连接功能。

显然，乔布斯更着眼于 iPhone 的通话功能，而不是把它作为像今天这样的形影不离的社交工具。他在推介会上并不重点介绍应用程序，最初推出的iPhone 甚至没有"苹果商店"（Apple Store）的设置。

据苹果公司的工程师回忆，乔布斯的初衷是把 iPhone 搞成一个精美的工具——打电话、听音乐还有就是 GPS 卫星导航功能，他并没有想过要把生活模式变成"眼不离手机"，他只是希望把生活中的一些重要功能变得更方便，操作更快捷。很不幸，乔布斯2007年所展示的美观、简单（以今天的标准来看）、实用的手机，早已被当今"低头族"遗忘了。

不妨做一个大胆的推测：假定时钟倒拨到2007年，每一个人拥有的都是最简单的，乔布斯当年推出的 iPhone，我们的生活是好一点还是坏一点？

当今的人如果用一部2007年版的 iPhone，只打电话不做别的事，实际上就是废除了和手机"形影不离"，把它放在一部豪华的电话机的地位。换言之，就好比是你买了一部极为高级的自行车用于上下班，引来同事们的啧啧称羡，你当然很高兴，但你不会让自行车去支配你整天的生活。

真的要调整你的手机用途就那么简单：删除那些不需要的应用程序。现在有许多人，特别是公司的白领，有意无意地夸大了自己的重要性，似乎他的上司随时要和他联络，他每时每刻要查阅 Email。按我之见，如果你并不确定你的职位是否需要在手机上安装邮箱，问都不要问，把手机上接发邮件的程序删掉，这样你在业余时刻、上下班途中多享受点安静，何乐而不为呢？

当删除了不必要的应用程序后，你的手机就成为一个设计精巧的工具，每一天，你会用上它几次——听一曲你喜爱的歌，帮助你找到和女朋友约会的饭店，或者，你只消轻轻地点几下，就可以打个电话问候你的妈妈……然后，它又被放回口袋，或者是你的包包，你走进家门，就把手机放在玄关的小方桌上，开始享受属于你的世界吧。

（《新民晚报》"夜光杯"，2019年3月9日）

商海更需"贴心人"

◎姚欣宏

　　小区门口就这么一家小店，日用百货应有尽有，地理位置太讨巧了，方圆左近再没有其他店，小区居民对它的依赖度就上来了。可这店主夫妇，有那么个习惯，那就是给顾客购物袋的时候，热心地替人搓开，手干袋子弄不开，就到嘴上蘸点口水。每次冷不防撞见这个动作，我心里都咯噔一下。我绝不是洁癖，但有时候袋子里装的是食物，新买来的食物还没吃先要蘸上陌生人的口水，不是每一个人都是欣然笑纳的。后来想到了一个办法，在夫妇拿起袋子刚要放到嘴里去的那一刹那喊一声："我自己来。"

　　小店夫妇老实巴交，但是要是能翻翻《顾客心理学》之类的书，他们的生意还会更好。你研究买卖，这里面一定有句名言叫"顾客是上帝"，那你就该花点心思揣摩一下"上帝们"心里是怎么想的。

　　比方说闹市口的这家饭店，生意实在太好，下午一二点食客依然坐得满满当当。但店里却安排这个时间服务员集体打扫卫生。扫帚卖力地摩擦，拖把地毯式地席卷，到你桌下了，请你老老实实把双脚抬高吧。你安排打扫卫生能不能错开吃饭的高峰，让人安静干净地吃完？这个调整假如会增添工作负担，那你来找我。

　　还有一种情况，有的顾客让小孩子到处乱跑嬉闹甚至踩在座椅上，这时候被打扰到的其他人恳请服务员主持正义，可你为什么要三缄其口犹豫不决呢？你制止了不文明行为，只会对你的口碑有百利无一害，为什么越是举止不雅的你越觉招惹不起呢？如果赶走了一个因而留住了九十九个反倒给你们的营业额带来了损失，那你可以找我。

　　是服务性行业的"上帝"们很会来事儿，总是想得太多吗？不是的。在店家与顾客之间由于信息不对等，难免容易"过敏"。举个例子，顾客对路过的一家果汁店信誉度不太清楚，而柜台碰巧很高后面看不见，那么厨房里一个响亮的喷嚏就会让正在柜台外的顾客感觉心理不适。所以懂经营的生意人一定会深度研习顾客心理，以此重新审视他的产品和服务。现在很多饭店都在大堂展示厨房监控，把厨房员工的操作置于顾客的眼皮底下，既规范了员工的操作流程，又给予顾客充分的知情权，可谓明智之举。我觉得这个也可以升级，让监视探头转起来，将来探头的操控鼠标甚至可以交到顾客手里，三百六十度无死角看厨房。

店家以人为本，将心比心，才能迎来倾心。因此，建议服务性行业多设置"顾客体验"。不是说让顾客来体验，而是：银行、超市排队时间长了，经理派个熟人来现场体验一下，看看哪个服务环节不合理可以改进；超市、影院的自动扶梯又不走了，那么老板来体验一下手提大小货物或看完电影徒步走下扶梯的艰辛。

商海无情，只有那些贴心人，才有资格笑到最后。

（《新民晚报》"夜光杯"，2019年3月15日）

"App格子"里的人与事

◎詹　湛

几天前有个在办公楼上班的朋友，突然朝我来了一句："你发觉了吗，我们的城市好像正朝着格子状的方向发展哟。"我问何出此言？他的回答是："你去去那家新开的健身房吧，就在办公楼的一层里。外观看起来就像一间小便利店或小办公室。除了不提供卫生间和浴室之外，每种器材都有，可谓五脏俱全，充分利用空间。更重要的是：24小时扫码开放。"

其实就算他不说，我也能注意到，普及了手机扫码后沪上的地铁车站里一时间多出了许多需扫码操作的售货机与拍立得小屋，最近还多出了无人超市。虽说在常规的ATM取款机之外，它们排列得煞是拥挤，不怎么协调整齐，像是一夜之间出土的新芽。

曾听人质疑，今天的城市对不使用手机的人群还足够友好吗？有时确实是个问题。例如上了年纪的老婆婆，若不会手机，出个远门都不容易。与此同时也可观察到另一个现象伴生着。年轻人手机里的"App"虽然已经多得像是永远都不够用似的（巧合的是，它们在老人家们眼里也都是一个个不知所云的小方块），原本一次并不复杂的出行，却因为需要动用一大串程序，开了又关后，貌似"高科技"了起来。实际上呢，也只是"加速"了出行，而未必将出行的过程变得更美好。

回到文章开头，刷码健身房存在的有利因素是它能帮助上班族完美利用碎片化锻炼时间，而无需特地筹备一次额外的健身出行。所以我常对朋友说，物质的"方格化"正暗示着现代人的时间被分割到微小与紧凑至半小时的格子单位。

诚然，在今天一个个小小"App方块"里确能快捷地做到之前需要花费大量时间精力才能做到的事。例如购买商品，订票，查交通，寻找新闻资讯，乃至和大洋彼岸的亲友通话，也只是举手之劳。细细回想，微博和微信最初被发明无不是为了帮助沟通，但在今天看来不免犹如一个个形态各异的"格子"。为何是格子？个人定制的思维所驱使，围绕着"我"无形间形成了一个个关系圈。你不喜欢谁，自然可以避开谁。但比较一下，过往岁月里，各种电话、信件与传真的确是粗糙的，但那粗糙中的急迫、诚挚，乃至半遮半掩的温情与羞涩，恐怕才是真能表现出人"自然属性"的东西哩！

有些App当初之所以广受到欢迎，不只是因为快捷，也取决于有饱满的人性温度。譬如，自行车的"随骑随放"就契合着人使用交通工具的习惯与本能。外送服务却是例外，去市场挑挑拣拣，亲手比对和感知商品的新旧更迭，更贴合人与人、人与物之间的无障碍交集的产生，但今天的许多人显然已经玩转手机App下单，对外送服务产生了依赖。

格子本身并没有错。电话本、单据、细胞与建筑是格子，语言文字、分类法、运算法，甚至时间和各种度量在单位本质上也都离不开"格子"的存在。我们便不免开始思索为何有些"格子"有着十分棒的用途，有些却反而框住了人自身。

在我自己小的时候，也在身边见到过一些方块状的"格子"，但它们的好处并不是加速，而是让人放慢脚步。阅报栏就是很寻常的"格子状"公共设施。手机时代里，书报亭也已经见不着了的时候，我时常会挺悲观地设想，手写招牌和小黑板报是不是哪一天也会消失呢？所幸，每到夏夜，你还是能欣喜地瞧见有些社区街道保留着报刊栏和黑板报，不少人在摇着扇子、聊天读报，总是格外富于人情味的景象。

如果说社区街道可以靠一小排阅报栏（以最小的成本）去滋养较大面积的阅读人群，那么状如"格子"的电波频段也一样有众多听众。那些解决百姓实际问题的广播节目向来是我很佩服的，随着坚持不懈解决着居民的实际困难，许多年间主播们早已积攒了一大批粉丝。虽然未必每一通电话都有效，每一通都是真切的愿望与诉求。也正是这样的节目，让我逐渐意识到朋友圈里的"小格子"圈粉再多，有些事还是得靠格子外的人与事。

设想，完全没有手机的人，每参与一次社会活动就需要去感受一次那种冷冰冰的"技术隔阂感"。听起来是不是很荒诞呢？一座城市的温度，本来就并不该只是留给"会使用一类工具"的人群，这绝不是进步中的公平。现代人必须将手机作为基本的城市生存技能吗？虽然没有任何人如此定义，事实上好像被默认了似的。

　　试想在医院里，如果人人都会用 App，是不是就一定好呢？曾有这么一则报道，西安市胸科医院神经结核科主任窦权利的衣兜里永远装着一叠对折过两次的 A4 纸，上面的简笔画，勾勒出每一个患者肺部的简单构图，他还标出了病灶位置。换成别人也许会说，什么都 App 化了，简笔画不是一种退步吗？现在什么高科技高精密度的图像无法生成呢？然而窦医生将这些格子画坚持了整整三十二年，患者与家属不只可以简明扼要地看懂病症情况，比之 X 光片也少了畏惧与排斥，对康复的点滴进步就更愿了解。

　　上面的这些例子提醒着我们，技术终究服务的还是人自己，一座城市应向着"人本"而非向着效率回归，而不是技术看起来有多么"像技术"。什么时候我们敢于承认与修正"像技术"的技术，而后才能真正再去思考，哪些公益互动可以在抛开手机后真正启动，而普通的事物回到没有 App 状态下，所酝酿着的神奇力量便得以重估。

　　或许从根本上应该归结于重力系统与时间轴的存在，自钟表诞生起，将时间纳于"格子样式"就是人理解世界的第一步，可是付出的代价是，时间某种"无形而在"的气质却似乎因为"分秒"的刻度消失不见。直到今日的时间"格子状"现象，大抵与我们曾玩过的俄罗斯方块意趣相近：一旦有剩余空隙，便会习惯性地将"可用物"填充进去。是对是错？其实并无标准答案。

　　尚无钟表时，人类会有时间受限的烦恼吗？虽然不论有无钟表，一个日夜里的时间永远都是那么多。有时我会想着笑出声来，古代人第一次适应钟表，与我们在手机时代里又奢侈地向往摆脱"格子"，到底像不像某种相似的考验呢？

（《新民晚报》"夜光杯"，2019 年 3 月 19 日）

语言贫乏意味着精神贫乏

◎林少华

《中华读书报》国际版报道村上春树入围某国"劣性奖",入围对象作品是他的《刺杀骑士团长》。

其实,较之入围该奖的一些描写,我倒觉得这部长篇中的女性描写要优秀得多,试举几例:

△秋川真理惠的姑母说话方式非常安详,长相好看。并非漂亮得顾盼生辉,但端庄秀美,清新脱俗。自然而然的笑容如黎明时分的白月在嘴角谦恭地浮现出来。

△目睹她(十三岁美少女真理惠)面带笑容,这时大约是第一次。就好像厚厚的云层裂开了,一线阳光从那里流溢下来,把大地特选的区间照得一片灿烂——便是这样的微笑。

△年轻的姑母和少女侄女。固然有年龄之差和成熟程度之别,但哪一位都是美丽女性。我从窗帘空隙观察她们的风姿举止。两人并肩而行,感觉世界多少增加了亮色,好比圣诞节和新年总是联翩而至。

△(她的耳朵)让我想起秋雨初霁的清晨树林从一层层落叶间忽一下子冒出的活泼泼的蘑菇。

如何?村上入围理由不敢妄议,也不宜公开讨论,但就同一本书中的女性描写而言,可谓只优不劣。

喏,将成熟女性笑容比为月而有别于传统的闭月羞花,将十三岁女孩笑容比为阳光而不同于常说的阳光女孩。至于圣诞节和新年联翩而至以及蘑菇之比,更是不落俗套,让人思绪稍事迂回之后会心一笑。至于是不是村上首创,我没做过专题学术研究,自是不能断言。何况村上本人也在《猫头鹰在黄昏起飞》中坦言:"事关比喻,我大体是从雷蒙德·钱德勒那里学得的。毕竟钱德勒是比喻天才。"

我还想说的是,中国写都市题材尤其写都市年轻人生态的作家不是没有,他们并不缺少才华，然而始终未能走出国门去进而满世界红上一片。想到这点，我就颇有寂寞之感。村上把日本故事向世界人民讲得那么好——其作品外译，2015年即已超过五十种语言——我们为什么就不能对外讲好中国故事？

村上走红的原因，据村上本人推测，一是故事有趣，二是文体具有渗透力。那中国故事何以走出去呢？几年前在广州同福建作家陈希我对谈当中我问过他。他略一沉吟，回答说讲故事不难，难的是讲故事的调调以及由此生成的艺术情调。去年6月在浙江大学和许钧教授、作家毕飞宇座谈时我提起这点，也似乎得到了他们两位和在场不少人的认同。自不待言，讲故事的调调就是文体。这意味着，中国作家之所以未能像村上那样走向世界，较之故事的有趣，恐怕更是由于我们讲故事的调调或文体还缺乏"渗透力"。

毋庸讳言，提起文体修辞，每每被视为高考作文套路，甚至看成文字游戏，看成花言巧语的广告策略，而没有多少人真正关心修辞的本质及其特有的渗透力。听一听我们的节目主持人、扫一扫我们的媒体，尤其网络媒体文章就知道了，一口一个"非常的"：非常的好、非常的聪明、非常的了不起……"非常"后面何苦非加"的"不可？莫名其妙！况且，除了"非常"，就不能用其他大体相近的程度副词？例如"十分""分外""格外""极其""极为""甚为"，以及"实在""的确""确实"，还有"很""太""极""甚""超"等等。不仅如此，结尾处还往往千篇一律问一句："对此你怎么看？"语言苍白贫乏到了何等地步！

语言的苍白，意味着内心的苍白；语言的贫乏，意味着精神的贫乏。是时候关心文体了，是关心文体艺术的时候了！

（《新民晚报》"夜光杯"，2019年3月25日）

你只管负责精彩

◎管继平

眼下的社会，若还有人喋喋不休地抱怨"怀才不遇"，请不必同情。

随着时代的变迁和发展，一些本来很好的词汇似乎已完成了它的使命，我想"怀才不遇"这句成语，也该逐渐淡出了，因为当今天地间，几乎没有任何隐私，一切都是公开透明，包括你自带的才华，也是藏不住的。至于施展的平台，则多得无以计数，纸媒网媒、自媒他媒，总有一媒缠上你。不论你是怀才还是怀财，或是怀胎，要想"不遇"还真是比"遇"更难。如果诸葛亮活在当下，一篇《隆中对》的妙文推送，十万加之后，即便刘备不来敲门，曹操孙权也会来敲他的门。

数日前笔者有幸在金山区文化馆与朋友分享了关于齐白石"工匠精神"的一堂课。齐白石出身农家，却凭着自身的毅力，完成了从"乡间木匠"到"艺术巨匠"的人生"逆袭"。这两个"匠"的距离，说起来无须半日的工夫，然而真正要打通相连，却何止十万八千里的遥远，甚至是永远的遥不可及。齐白石是幸运的，一路蹒跚走来，总有"美丽的遇见"来改变他的走向。在他十六岁那年，遇见了人生路上的第一位贵人：当地的雕花名师周之美。这对自小有绘画天分的齐白石而言，匠气进化为匠心，他可以将富贵花草、吉祥鱼鸟都融入自己的作品中。然而，雕花技艺的高下，总还只是停留在匠人范畴里，而真正的由技入道，把齐白石从工匠带进文人艺术的领域，那是他的第二位贵人、能诗善画的乡贤胡沁园先生。从此，二十七岁的齐白石正式随胡先生读书作诗，摹帖临古，渐渐迈入诗书画印的艺术殿堂。

人们常常说，一个人的成功，少不了"四个人"：一是仙人指路，二是高人开悟，三是贵人相助，最后也是最关键的，那就是本人的努力。若无此条，再多的"贵人"又徒奈我何？齐白石的"逆袭"故事其实恰恰在于他本人的努力，他每次总把"功课"做到了极致，于是他怀了才总能遇上。在人生的后半段，他又遇上了两位"贵人"：湘潭的大儒王闿运为他拓开了眼界；京城的陈师曾引导他衰年变法提升了境界……终于，齐白石以他一路不懈的"工匠精神"，在生命的最后之际，完成了他从木匠到巨匠的"华丽转身"。难怪徐悲鸿曾言："齐白石如六十而殁，他将湮没无闻。"

人生处处有偶遇。我们常常把幸福的偶遇称为运气。其实所有的运气里都躲藏着努力，而且你越努力，运气就越好。所谓的运气，就是恰当的时机撞上了努力。

曾被吴宓赞誉为"才学识兼一世雄"的柳诒徵先生，上世纪20年代曾与吴宓共同执教于东南大学，查《吴宓日记》，时见"访翼谋先生"之记载，并有诗呈柳，如"平生风义兼师友，三载追陪受益多"等。以吴宓这样学贯中西的大家，对翼谋先生之服膺，可见柳诒徵先生的博学。柳诒徵少时即聪慧过人，十六岁时考中秀才，文章已写得非常老到，主考于卷上批之："未冠能此，可称妙才！"从此，他的"妙才"之称名闻乡里。二十二岁时至南京江楚编译局任缪荃孙的助手，深得缪之赏识，缪荃孙乃著名金石学家、藏书家，在图书校勘、版本目录等方面均有极深之造诣，柳诒徵尊缪为师，从此学问日进，大受其益。1903年，缪荃孙奉张之洞之命赴日本考察教育，还特意请柳诒徵随行。三个月考察回国，张之洞要缪荃孙拿一份考察报告出来，缪嘴上答应立即进呈，心里则暗暗叫苦，因为他考察时实一字未记矣。缪回头立马召同去诸人会商，未料皆面面相觑无言以对。此时只见柳诒徵徐徐开口，言自己略有所记，未知合用否？缪命快快呈阅，一看不由大喜，原来旁人但忙游览，参观只是例行公事，而柳诒徵却细心考察，随处学习，所到之处，逐日详记，有关日本的教育管理、教授方法乃至各地中小学的创设年月、人数经费等俱一一备载，精彩！这下可帮了缪荃孙的大忙，岂止是恰当的时机，简直是千钧一发之时为老师解了围。后经整理，此笔记被缪命名为《日游汇编》而刊行……试想自此以后，年轻的柳同学在缪老师的心目中，其重要的地位还用置疑吗？

年轻人，切莫再感叹自己"怀才不遇"了，其实你只管负责精彩，老板自会安排。即使老板、老师忘了安排，我想，老天也一定会安排的。

（《新民晚报》"夜光杯"，2019年4月21日）

讲　究

◎凌启渝

有人讲究吃穿，有人讲究住行，都可以理解；不过，有的人在工作上特讲究，似乎更值得称道。

有次乘出租车，坐上副驾驶座，觉得视野特清爽，除了前挡玻璃角上的检验标志，全无他物。一开聊，师傅似乎知道我还会找什么，告知我他的营运证在我俩中间的隔断上。他说，因为副驾驶座前方是安全气囊，所以就该"清场"，包括计价器、营运证，都不应该装在这里。他和搭班向公司提过，没回音，就自己先做起来。我想，遇上个讲究司机了，很安心。

一家店的门边贴张 A4 纸，打印着"因家中有事，3 月 2 日到 7 日回家办事，8 日正式营业"。落款则是"煎饼老王"。这位老王，租用杂货店临街一角，早上 7 到 9 点变身小摊。煎饼讲究，又讲究起信用来，怕饿着了年轻老顾客们，于是"敬请周知"。

一天门铃响，开门是快递小哥。我看他右手拇指甲留那么长，心想你又不跳孔雀舞，也没人请你演太后。但小哥的下一个动作令我释然，他用长指甲在盒子上"秒撕"下一联贴纸，把纸盒递给我，"再见，您哪"。后来我查看快递盒，发现他是从贴纸一角开撕的，那里有条斜切痕，是印刷贴纸时预先压好的。原来，长指甲和斜切痕，都是小哥和快递公司为节约时间而使的高招。快递快送么，分秒必究。

这些敬业者让我想起几十年前公交售票员的票板（暴露年龄了），上面有夹子夹着纸条车票订成的小本，车票编着号，撕下就得交钱。公家的票板用层压板或铝片做成，不好看，讲究的人就自制。见过一位大姐的票板，整个用几十条有机玻璃竖立镶拼，五颜六色地交错，粘牢后刨平、打磨、抛光，又在日久天长的使用中被磨亮（现在叫"盘""包浆"）。难怪大姐扯票时，不少乘客都注视着这道彩虹。我干过模具钳工，知道这活可不易，夸她票板做得好。她说："徒弟做的，做了两块，他一块我一块。"这舒心，这自豪。

当然，也有对工作不讲究的，干事让人哭笑不得。我在"一什么"网店（我还是铂金客户）订双胶鞋，店家是"亲什么耐"。不几天送来两只，湖绿色，但全是右脚的。经交涉，说会补寄，过几天真送来一只，倒是左脚鞋了，不过却是米黄色。再交涉，竟说退换货要先寄回。几经周折，买双鞋来了五只、退了三只；当然，好不容易凑成的一双还错过了上海的雨季。

　　还有不讲究而成为"国际玩笑"的。参加一个IRG会议，在首尔金浦机场入境，得填健康状况调查表，赫然读到"写本调查表时，依据检疫法某某条规定，可被判一年以下徒刑或一千万韩元以下的罚金"。好家伙，填个表就会入狱？对照表格上的英文，才知道中文翻译漏掉了"若不如实"几个字。这番不讲究，不说"吓到"，也着实逗笑了一众中国旅客。

　　也有瞎讲究的。还说快递盒吧，有次看到贴纸边上还粘连着一水滴状的塑料片，尖角倾斜成刃，原来是快递公司"贴心"，让收件人拿来划开封口的。这就有点过度了。君不见，我们已经是"买斤核桃随把钳、送颗椰子放个开孔器"，更有每天数以千万计的一次性吸管、抛弃型眼镜、大过内容几十几百倍的包装，就不要再给每个快递盒配个开封工具了。如果是"收件大户"，自备一把美工刀就得了呗。毕竟更需要讲究的，是我们大家赖以生存的唯一地球。

　　（《新民晚报》"夜光杯"，2019年4月23日）

我们的爱和欲望会消逝吗

◎宋诗婷

近几年，全球持续增长的情趣用品销量一方面见证着人们性需求和性观念的变化，另一方面，这些走高的数据也在暗示，艾里克·克里南伯格笔下的那个"单身社会"正在成为现实。

个人主义的极端化已经开始入侵亲密关系领域。

截至2010年，超过50%的美国成年人处于单身。2016年10月，日本官方公布了"2015年国势调查确定数值"的统计结果，结果显示，男性和女性的终生未婚率分别为23.4%和14.1%。而2010年，这一数据的男性人口比例为20.1%，女性为10.6%。

如今，年轻人不再像从前一样渴望爱情、婚姻或任何形式的亲密关系，他们的欲望和爱被分解、拆散，看起来仿佛消失不见。交友软件和虚拟世界取代了现实生活中的友谊和爱情，体验感越来越好的情趣用品和速食式的自慰也让真实的性爱失去了它原有的强大吸引力。

更不用说，在不久的未来，VR、人工智能，各种形式的增强现实装备将带来前所未有的情感模式和性体验。

去年11月，日本35岁公务员近藤明彦耗资1.75万美元，与著名的16岁虚拟偶像"初音未来"喜结连理。事实上，早在2007年，英国人工智能专家戴维·利维就在其著作《和机器人恋爱，和机器人做爱》中预测，到2050年人类将会与机器人拥有亲密关系。2017年，一份样本为1.2万人的调查显示，在18至34岁的人群中，27%的人认为未来与机器人建立感情关系甚至恋情是正常的。

这听起来有点科幻，但爱情向来就是宣扬着多巴胺、催产素的科学，再加上那么点想象力和自我催眠，本质上和科幻也相差不远。

那就谈谈科幻与爱情吧。

有些科幻构建的爱情就在近未来，离我们并不遥远。电影《她》和《银翼杀手》中，人类爱上人工智能的桥段眼看就要成为现实。《黑暗的左手》中性别正在消失，这也像是在声援着当下越来越被接受的泛性别恋和LGBT群体。在《我们》的世界里，人类放弃了自由和爱，想象力、爱恨意识被认为是一种"灵魂上的疾病"。

人与机器、人与其他物种、人与无形的意识……在遥远的近乎空想的未来，人类将拥有更丰富的情感选择，更花样繁多的性爱体验，但对于爱和性，我们还在乎吗？

这一次，我们也邀请了四位科幻作家，让他们创作四则未来爱情故事。如果在硬科幻的世界里，爱情难以成为主角，那就让科幻在爱情的世界里发挥点作用。

当硬科幻倾力展现世界的真实面目时，爱情自然后退。但未来不会后退，它只会让人更养尊处优，只会有更多时间留给我们选择爱或不爱。

最终，让我们做出情感选择的不是别的，恐怕依然只是人性的光芒和弱点。

（《三联生活周刊》1024期 封面故事）

成为父亲

◎徐菁菁

一直以来，我们撰写过许多与家庭有关的封面故事。在绝大多数时候，我们将目光集中在孩子身上，引导父母们关注最新的教养理念，反思原生家庭如何影响我们养育下一代。但是，对于家庭而言，可能还有一些更为重要和基础的议题。本质上，家庭是由夫妻关系和子女关系结成的生活共同体。我们每个人都在其中承担不同的角色。我们可能同时是妻子、母亲和女儿，或者同时是父亲、丈夫和儿子。这些角色的协调与否，事关我们每个人和整个家庭的福祉。但是，我们很少审慎地思考这些角色究竟意味着什么。

在今天的中国家庭里，有一个角色正在面临最多的批评。"丧偶式育儿"成了流行语，你总能看到一些妈妈们痛陈孤立无援的育儿生活。除了为家庭提供经济上的支持，父亲似乎是一个"可有可无"的角色。这是因为父亲们对育儿工作不感兴趣，不负责任，懒惰或是逃避？

父亲角色的本质即是一种存在于家庭中的关系。时代在变化，家庭在变化，人们的需求在变化，关系也在变化，这都需要我们在批判之前，抛开情绪，重新去理解当下的父亲究竟意味着什么。

从历史线条上看，中国的父性与西方的父性都经历了现代性的扫荡。在传统的父权社会中，父亲都是令人畏惧的不可忤逆的绝对权威，他不仅是家庭的领导者，也是教育者及精神支柱。近现代，社会的变革将传统父亲的职能和地位逐一消解。孩子的教育由学校接手。父亲不再能够为他们提供职业和社会经验。代与代之间的联系被世界的飞速进步碾碎。与此同时，女性开始争取性别平权，把自己从母亲身份中部分地解脱出来，进入社会生活。所有这些变化都意味着父亲必须重新寻找自己在家庭中的位置。

中国的父亲们也在面临一些特殊的困惑。中国社会的变化如此之快速剧烈，我们对于父亲这个角色的要求，可能仅仅在两三个世代间就发生了巨变。今天的我们普遍要求父亲为家庭成员提供情感支持，然而，早两代的父亲，经历着连续不断的战争、运动，在他们抚养孩子的过程中，生存是第一要务，情感支持是奢侈品。对于很多新一代父亲而言，他们并没有从父辈身上学习到今天作为好父亲的必需技能。反思自身，改变自己的思维模式和行为方式，回应家庭的新需求，这个过程极为艰难。

与此同时，回到家庭这个系统。当一个孩子降生，丈夫和妻子都在经历一场身份认同的巨大冲击。中国女性承受着巨大的性别压力，她们极为需要得到丈夫的支持和理解。一旦丈夫无法看到这种需求，并给予积极的回应，很快就会出现人们常说的中国式家庭的模式：缺席的父亲+焦虑的母亲+失控的孩子。

那么，在我们的时代，怎样才能算得上好父亲？2006年，美国卫生部组织编写了一本小册子《父亲在儿童健康发展过程中的重要性》。它提出，"父亲功能"包括7个方面：1. 和孩子的母亲培养积极的关系；2. 花时间陪孩子；3. 养育孩子；4. 恰当地规训孩子；5. 引导孩子走向家庭以外的世界；6. 保护和供养；7. 成为孩子的模范。我们认为，世界上从来不存在完美父亲，我们不可能要求父亲们面面俱到。在这个多元化的时代，每个父亲有不同的个人追求，每个家庭都有它们独特的资源条件和生态，父亲们有权利选择自己担当父职的方式。但好父亲依然存在一些基本的标准，这些标准是对父亲这个角色的刚需。它们是：1. 能够与妻子保持良好沟通，达成家庭分工合作的共识；2. 能够与孩子建立积极的情感互动；3. 能够实现自我的成长与进步，为孩子树立模范与榜样。

（《三联生活周刊》1029期　封面故事）

有人不愿去罗马

◎介子平

条条大路通罗马，可有人就出生在罗马，有人不愿去罗马。

出生罗马者，一如旅游，从自己活腻的地方，跑到别人活腻的地方，亦舒说"这是一个以物易物的社会，除非与生俱来，否则，一个人总得拿他所有的，去换他没有的"。一些人离开不愿回来，一些人终究被人忘记。不愿去罗马者，一如张爱玲《半生缘》所言："不管你的条件有多差，总会有个人在爱你。不管你的条件有多好，也总有个人不爱你。"三分春色描来易，一段伤心画出难，多谈恋爱少结婚，另择良人去吧。

意愿不同，索取异，兴趣不同，关注异。林语堂说："欲探测一个中国人的脾气，其最容易的方法，莫过于问他喜欢林黛玉还是薛宝钗。假如他喜欢黛玉，那他是一个理想主义者；假如他赞成宝钗，那他是一个现实主义者。有的喜欢晴雯，那他也许是未来的大作家；有的喜欢史湘云，他应该同样爱好李白的诗。"然清晨想起的那个人，与夜晚想到的那个人，未必是一个人。

背景不同，判断异，经历不同，行为异。缪钺《论宋诗》云："唐诗如芍药海棠，华茂繁采；宋诗如寒梅秋菊，幽韵冷香。读唐诗如啖荔枝，一颗入口则甘芳盈颊；读宋诗如食橄榄，初觉生涩，而回味隽永。譬如修园林，唐诗如叠石凿池，筑亭辟馆；宋诗则如亭馆之中，饰以绮疏雕槛，水石之侧，植以异卉明葩。譬如游山水，唐诗则如高峰远望，意气浩然；宋诗则如曲涧幽寻，情境冷峭。"一则扑面生凉，无限云山，一则随舟泛流，风清月白，不存在高低之别。喜欢唐诗，抑或喜欢宋词者，或许不是一人，或许是一人。同一人者，霜华侵袂，无量春愁，时段不同，心情不一，豪放婉约，边塞田园，各有慰藉。

天分不同，汲取异，才华不同，理解异。天分与才华，截然二途。才华需外露，并被认同，难免矫情自恋，显摆自持。对相关知识知之越少，对己之信心便越足。有志为文者，一味努力尚不够，不努力更不行，凡事以天分为前提。五分人才，五分鬼才，人才可培养，天分也可培养，但须经历屡次的彷徨与磨砺，基本功之上，自会生出一种感知力与理解力。越孤独，越清醒，吴曾祺论柳宗元遭贬后作品："柳子厚仕京师时，文尚不能为其重。迨其贬黜之后，遍历楚粤诸山水，观其峻嶒湍悍诸状态，一一发之于文，又离愁忧思，蕴其才不得施设，退而恣意于学。故其一种劲峭之才，幽眇之旨，深得于屈宋之遗，他人虽学之而不能及。"某个阴影下，专注提升自己，日子便不再那么煎熬。由天赋异禀，而襟怀夷旷，后天为之，环境使然，从此天地与我并生，而万物与我为一。

学科不同，思维异，教养不同，表现异。梁文道说："奢华和教养的分界点在哪里？一个向外，求胜。一个向内，求安。无时无刻不在和他人相比，自然就倾慕奢华。无时无刻不在要求自己进步，自然就有了教养。"远人初至，唯静可归，故曰静是一种修养。

变生于事，事生谋，谋生计，计生议，议生说，说生进，进生退，退生制，因以于制事。人人皆以自己视野的极限，当作世界的边际，许多时候，不是跌倒在缺陷上，而是失足于优势上。

你体会不出他的苦，他读不懂你的愁，叙述困境的存在，恰恰丰富了叙述的层次。从谛听哭声，到同声一哭，人之相知，贵在知心。而知心之交，东鸣西应，俨如神迹。条条大路通罗马，孤独是必经的旅程，谁会在罗马的入口，备酒接风，谁会在罗马的出口，灞桥折柳。一切似曾相识，再回首，恍如隔世，离别是为了更好地相遇，今生却难再相见。

（"介子平——新浪博客"，2019年1月27日）

戴那么多高帽　你累不累

◎王重旭

有人说，"民国之后无大师"；还有人说，"季羡林之后无大师"。这话对吗？清人赵翼诗曰，"江山代有才人出，各领风骚数百年"。所以，人们大可不必焦虑，在中国，最不缺少的就是大师。

不过最近一名人的网上条目还是吓我一跳，这里不妨原条录下：范曾，中国当代著名学者、思想家、国学大师、书画巨匠、文学家、散文家、哲学家、美学家、历史学家、教育家、鉴赏家、杂学家、讲演家、社会活动家、慈善家、诗人。

天哪，涉猎领域之广，桂冠光环之多，真是够惊世骇俗了。我不是那种看不得人家好的人，中国这些年，很有一些决心，要复兴传统文化。文化要复兴，没有大师是万万不能的，大师少了也是万万不能的。所以，范先生的头衔如此之多，这是好事。一个国家，一个民族，能有这样的人才，国之幸也。只要名副其实，就是再戴上几顶，又有何妨？但是，古人早告诫过我们，盛名之下其实难副。这话是否适合范曾，我们不妨细细甄别一下。

书画巨匠，这个我没意见，因为在《范曾自述》中，他这样写道："当我有了这样的明确的发现之后，我的艺术的进步简直以迅雷不及掩耳之势，使全社会震惊，我的画也以空前的速度冲出亚洲走向世界。仅仅十年的时间，我像从激烈的地震颤动中，大地被拥起的奇峰，直插云天。"如此说来，范曾先生的书画巨匠之称谓，还是当之无愧的。

慈善家，这个简单，只要有钱，只要肯捐，只要经常捐，慈善家这个称号不会有人吝惜的；社会活动家，这个也不难，不老在家里待着，什么活动都参加一些，就可以认领这个头衔；讲演家，这个要求也不很严格，多发发言讲讲话，注意一下抑扬顿挫，就可以称为讲演家；杂学家，这个我不太明白，不知杂学家为何物，大概是人家知道得多，三教九流，阴阳八卦，无所不知，无所不晓吧；鉴赏家，这个也不难，你把书画或者什么杂物拿来，让我看一看，瞅一瞅，能说出个子丑寅卯来就行。

诗人，过去这个称谓十分神圣，但是现在也廉价起来。现在的诗人门槛也不是很高，写了几首诗，便可以称诗人。比如余秀华，虽然出生时因大脑缺氧造成脑瘫，但因为写了那首《穿过大半个中国去睡你》，便成了当代知名度很高的诗人。

教育家，这个我不太认可，我不知道中国当代可否有教育家，学校是国家办的，教材是国家编的，讲课内容是经过审定的，教育经费是国家统一划拨的，还有多少是你的呢？

散文家，这个称谓比诗人，比作家都有点难。要成为散文家，得在这个领域有极特殊的建树才行。中国写散文的人最多，但能称得上散文家的也就朱自清、冰心、余光中、余秋雨、汪曾祺那么几位吧。范曾先生的散文，有点特点，但并不出类拔萃。

哲学家，虽然英文的含义是爱智慧的人，但并不是爱了智慧便是哲学家。在我眼里，哲学家过于深奥，这门学科里无论西方还是东方，那些名字哪一个不是如雷贯耳。所以范曾先生是不是哲学家，是大哲学家还是小哲学家，还是哲学爱好者，需要那些哲学家们说了算。

美学家，美学是关于艺术和审美的一门科学，与哲学靠得最近。当然，画画是艺术活动，也是一个审美的过程。但是，是不是只要画了画，只要进行了艺术活动，只要进入了审美过程，你就是美学家了呢？肯定不是。

历史学家，说到历史学家，我第一个想到的便是范文澜，因为他写了历史巨著《中国通史》，再往前推，以司马迁为代表的撰写二十四史的那些人，理所当然地可以称为历史学家。否则，即便能把《资治通鉴》、"二十四史"通读数遍，甚至倒背如流，运用得出神入化，也不能称为历史学家。

思想家，这个头衔就比较难了，需要有原创思想，需要有自身体系，需要有广泛传播和认可，需要有独立之精神，需要对真理的坚守，像暗夜里的一盏明灯。所以，在中国能称得上思想家的，古往今来，寥若晨星。尤其当代，没听说过范曾先生拿出过什么惊世骇俗的思想，引领了什么时代潮流。

国学大师，这个称呼应该是指在国学研究领域里的领军人物，比如章太炎、陈寅恪、钱穆和钱锺书等等。但是这个称谓现在已经不是那么荣耀了，就像小姐称谓的变迁一样，现在的国学大师一般都会被看成是骗子。

所以，高帽选择需谨慎，不能因为中国画是哲学的，画家就是哲学家；不能因为中国画是诗性的，画家便是诗人。不能因为名气大了，无论什么领域，只要涉猎，便是大家，只要出门旅游，便是旅行家；只要吃饭，便是美食家；只要讲几句话，便是演说家；只要上了几天课，便是教育家；只要瞅上几眼，便是鉴赏家……

过去那个特殊时期，一顶高帽便足以让你永世不得翻身，可见这帽子的含金量是极高的。而现在范曾戴了这么多的高帽，却并没有什么不适的感觉，可见这帽子有多么廉价。

也许范曾先生对此并不知晓，只是被人高级黑。所以，假如范曾先生能够站出来，怒斥一下那些黑他的主，我们的疑惑便会立刻烟消云散。

（《本溪日报》，2019年2月19日）

别让网红的"魅力"成为"魔力"

◎汪金友

最近有两条关于网红的消息，看了都让人不太舒服。

一个年仅29岁的四川小伙，为了成为网红，在浙江绍兴的一条河边上演跳河直播，结果头触河底，再也没有上来。由直播乱象引发的人生悲剧，也再度引起人们的关注。

另一个是"大衣哥"朱之文，春节期间，为了直播他的过年生活，有些网红天天守在他家门口，拍摄他的一举一动。"大衣哥"无奈，只能选择闭门不出。而那些网红，竟然举着手机翻墙进院。

这些想当网红的人，真的是拼了。绍兴-4℃的河水，他们也敢跳；"大衣哥"家里插有铁钉的院墙，他们也敢翻。网红的魅力，激发了一些人急于成为网红的魔力。不仅干扰破坏别人的正常生活，而且连自己的生死也置之度外。

网红的魅力，真的是太大了。有一名当游戏主播的网红说，他只要在某个商场开业的时候露一下面，什么都不用干，就可以得50万元。还有一个在建筑工地搬砖的小伙，因为直播自己在工地健身成为网红之后，每个月仅代言广告的收入，就可以过万。

而且成为网红的过程，看起来一点都不难。我们老家的一个亲戚，只因天天在"快手"中讲述农村生活的家长里短，就吸引了几千个粉丝。接着，她开始在网上卖东西。"你们看，我的脸之所以这么白，是因为用了某个牌子的护肤霜，要不要试一试？""我穿的这件衣服这么好看，其实售价不超100元，是不是来一件？"再往后，一些开店和搞活动的，还请她做现场直播。据说，每个月的收入，也有近万元。

这样的榜样，很容易让人心动。打工很辛苦，经商要本钱，炒股不保险，干脆，咱也去做网红吧。不会唱歌，但会说话；没有才艺，但有怪招。只要找一个"锅"，把自己"炒热"了，然后就可以坐在家里数钱了。

走红的"捷径"，就是标新立异和哗众取宠。而在一个人人有知识、处处堵漏洞、时时信息更新的时代，标新立异不易，哗众取宠更难。稍不注意，就会超越法律、规则和道德的底线，或碰壁，或受惩。

《报刊文摘》2月22日有一条消息：2018年，浙江省杭州市网络主管部门删除违规信息103万余条，处理违规主播25万名，封停账号38万个。一年之中，仅仅一个杭州市，就处理违规主播25万人。这个数字，可谓触目惊心。一将成红万骨枯，每一个成功的网红背后，都有一万个甚至几万个在这条路上"成黑""成困"甚至"成鬼"的人。红了，可以"春风得意马蹄疾"；败了，则会"一失足成千古恨"。

有人把网红经济称为"暴富生意"。无论是依靠艺术才华成名，还是通过搞怪作秀成名，只要成为网红，就会获得暴利。但容易得来的东西，也越容易失去。人无千日好，花无百日红。尤其是吹出来和推出来的网红，三日不炒，虚拟的形象就可能崩塌破碎。

当网红的魅力变成魔力，就会成为社会的公害。现在国家已经加强了管理，靠恶搞和作秀成名的道路，会越来越窄。一鸣惊人和一夜暴富的美梦，也多会竹篮打水一场空。

（《福建日报》，2019年3月17日）

"求求你表扬我"

◎张静雯

把时间线拉回到一周之前，先围观一个女孩别致的三八节礼物：女孩的男朋友花钱给她定制了"夸奖服务"，她被拉进一个莫名其妙的微信群，被群里一群陌生人天花乱坠地赞美了三分钟。三分钟一过，女孩被无情踢出群聊，服务结束。

真是如梦幻泡影的三分钟。这名男朋友很顽皮，"代夸奖"的生意也很顽皮。要我说，偶尔来一下，也算给生活加点料。只是有些事，还是亲力亲为更有温度和诚意。赞美女朋友也要请人代劳，让人感觉挺膈应，你咋不雇人替你约会呢？

这个无厘头的"爱情故事"广为传播之后，年轻人私下里的无聊小游戏突然就走红了。大学生们拉起一个个"夸夸群"，乐此不疲地展开夸奖与求夸奖活动。这些天看了不少高校聊天截图，四个字、四个字的褒义词如此密集地蹦出来，场面甚是壮观。最后我发现，这活脱脱是一个个接梗大赛嘛，最夸张的时候，只需要几个问号、几个表情包，就能借题发挥，编出一串溢出屏幕之外的赞美之词，跟自动生成电脑病毒似的。

也有不那么夸张的。比如，有个同学自行车丢了，在"夸夸群"里，他被赞"优雅"，因为丢了车都不急不躁，而且，为了找车四处奔波，一定锻炼了身体。好吧，还是挺夸张的。专家说，这符合积极心理学的原理。换成大白话，大概就是"想开点，挺好的"。专家分析得很科学，但请允许我再笑五秒钟。

年轻人真会玩，傻气冲天的游戏，都能玩得波澜壮阔。

浮夸归浮夸，但丝毫不惹人厌烦。大学生之间闹着玩就不说了，即便是付费服务，名副其实的"商业互吹"，也不过是图个乐嘛。说白了，大家相互之间几乎没有利益瓜葛，虽然多半不走心，但和生意场、塑料朋友圈里各怀心事、各取所需的油腻互捧相比，那可纯洁多了。

几乎一夜爆红的互夸游戏，在豆瓣上已经悄悄流行了好几年了。豆瓣有好几个互夸小组，规模最大的"相互表扬小组"，组员超过十万，"求表扬"的帖子，从2014年至今，满满排了将近一千页。别看微信群里如火如荼，玩儿法其实是别人剩下的。

不瞒你说，这些小组重新定义了"表扬"。根据我的不完全观察，"求表扬"大致分两类。一类求的确实是表扬，都没啥感天动地的事迹，比如学生认真学习了一上午，比如"发现自己不自卑了"。搁到"世俗"的评价体系里，这些当然都是好事儿，但不值一提，拿出来"显摆"似乎显得很幼稚。还有一类，与其说是"求表扬"，不如说是"求安慰""求鼓励"。和学生丢自行车这样不痛不痒的小烦恼相比，那些遭遇里，不乏实打实的悲伤。有人倾诉抑郁症的经历，有人吐槽职场失意、生活坎坷。成年人的那点不容易，多翻几页，几乎就能窥视个够。

跟帖的网友们，有时候像《深夜食堂》的掌柜大叔一样，倾听只言片语的倾诉，不追问，只淡淡回应几句，表示安慰。更多时候不走深沉路线，直接耍起贫嘴。有个单身母亲吐槽前夫"消失到外太空去了"，自己要兼顾工作和孩子，压力很大。网友的安慰独树一帜，"好厉害，你是太空人的前妻"。看着特别不着调对吧？可是很奇怪，沉重感在戏谑的言语间，仿佛被轻盈地纾解了。

三言两语讲述自己的糟心事，末了加一句"求表扬"，这样怪诞的语言逻辑结构，也算是面对生活磨难时，一种优雅体面的姿态吧。

什么该被表扬、什么值得表扬，这些能有多重要呢？甚至寻求"表扬"者能不能真的得到安慰，也是次要的。"相互表扬"小组这样的存在，更隐秘、更关键的意义，是反思那些几乎被异化为道德枷锁的"美德"：凡事都要隐忍、要谦卑、要舍己奉献。

这样的反思也不仅仅存在于虚拟空间。比如前几天，浙江嘉兴海宁一个医院向发高烧仍坚持工作的医生周伟光下发了"强制休息通知单"。周医生自愿带病工作？那也不行。身体是革命的本钱，老实回家歇着去。

搁在以往某些情境里，带病忘我工作，或者坚守工作岗位、不顾病重老母之类，正是表扬稿里大书特书的"事迹"。奉献精神当然很伟大，可明明是辛酸，却被刻意拔高与讴歌，这样的"表扬"，缺乏对人的体恤，充满大而无当的谵妄。

有违人道的"奉献精神"被纠偏，"互夸群""互相表扬小组"火热，都指向同一种时代精神：关怀个人。互夸群组里那些言辞是很浮不吝，可换个思路，这不就是用夸张的修辞，把一个人点亮再点亮嘛。

　　当然，既然是赞美，就不可避免要纠结是否真心这个问题。还用问么？彼此不熟悉甚至不认识的人，能有多深厚的真情呢？只有简短的描述，你对你要"表扬"的人，又能有多少了解呢？可即便"情"是虚的，"意"也是真的。陌生人之间相互取暖，充满善意又保持距离感，彼此鼓励、彼此治愈，这是现代社会特有的精神避风港，虚拟却又珍贵。

　　豆瓣有个互夸小组的介绍是：给我一杯清水，我就善良了起来。所谓"互夸"，大约也是守护善意吧。

（《中国青年报》，2019年3月17日）

小卖部"退学"，相见不如怀念

◎陈　方

学校小卖部要"退学"了！规定一出，没想到引发舆情沸腾，社交媒体上，网友们满满的回忆将"学校小卖部"推向热搜。太多太多的人，都有学校购物的时光：课间十分钟，那舔也舔不完的冰棍在上课铃终止的最后一秒不得不投入垃圾桶；父母给的零花钱放学后偷偷在小卖部买了零嘴，放学路上和同学一边吃一边聊，回到家嘴边还挂着碎渣渣；和同桌闹了矛盾又不好意思直接道歉，悄悄在同桌桌斗里塞进自己从小卖部买来的零食以示歉意……学校小卖部简直是个神奇的地方，不仅让我们拥有很多童年美食的回忆，还记录了很多美好的校园时光。

无论你怎样不舍，从4月1日起，在学校里很难再闻到小卖部的味道了。为什么要取缔学校小超市小卖部，三部门的规定用意非常明显，这一切都基于学生食品健康的考虑。

祸因口起！以"学生食品安全"为关键词搜罗一下相关新闻，现实并不如意。如果放下感怀，冷静打量学校小卖部、小超市的面目，它并不能完全被"美好"包裹，人们在怀念某件物品某种现象时，总会自觉过滤掉那些不堪的信息，太多时候怀念就是用来粉饰生活抚慰心灵的。记忆里的那些美食，很可能都是三无产品，尤其是一些县城、乡村的学校小卖部，更是兜售山寨食品的集散地，而学校小卖部的监管又往往不到位。孩子们吃得"开心"，小卖部及学校赚得"开心"，谁又在乎家长的"忧心"呢？

对于学生来说，他们的大部分时间都交给了学校，所以，学校的食品安全健康问题尤为重要。取缔学校小超市、小卖部也只是其中的一部分，从三部门的规定中可以得知，中小学、幼儿园应当建立集中用餐陪餐制度，每餐均应当有学校相关负责人与学生共同用餐，做好陪餐记录，有条件的中小学、幼儿园应当建立家长陪餐制度；学校食堂从业人员加工操作直接入口食品前应当洗手消毒，进入工作岗位前应当穿戴清洁的工作衣帽；中小学、幼儿园食堂不得制售冷荤类食品、生食类食品、裱花蛋糕等高风险食品。

千万别以为学生的食品安全问题只是我们的特色。其实，世界各国都在为校园及校园周边的食品问题担忧。据媒体报道，日本、德国、美国虽明令禁止设路边摊，但中小学校内外的自动售卖机和便利店，销售的却多为汉堡、薯片、烤肠、饮料等。在韩国，紫菜包饭、煮鱼饼、炒年糕被称为"三大国民零食"，中小学校周边这类小吃店鳞次栉比，生意都很不错。为此，他们也是想尽对策，比如日本，每个学校都要配备保健老师，保健老师以一周一次的频率给学生们教授科学饮食知识，告诉学生们快餐食品对身体的危害。美国规定得更为详细，限定中小学只能出售水果、乳制品、全谷物食品、瘦蛋白产品和蔬菜，零食类食物热量不能超过200卡路里，主食类的热量不能超过350卡路里。

这样来看，你更加清楚小卖部"退学"最终指向还是为了保证学生的食品健康安全，它之所以引发热议，只是又给了我们一个怀旧的引爆点罢了。

小时候你觉得学校小卖部那么神奇，长大后洞悉世事你才明白，学校小卖部的"江湖"可并不只是孩子们的"诗和远方"。没有"江湖大佬"的坐镇与支持，你的小卖部又如何在学校里立足呢？每一座城市都有学校，每一所学校都有小卖部，每一个学校小卖部里都有一张巨大的网。

三年前，媒体曾报道过广西南宁三中小卖部经营权竞拍事件，最引人注目的是173万元/年的成交价。有网友算账，"扣除假期和周末，每天要将近4万元的营业额才能保本"。按日用品20%的利润计算，小卖部一年的营业额要700多万元才能平本，加上人工水电等开支，营业额需达到七八百万元。南宁三中有3000多名学生，意味着平均每人每天至少要消费10元以上。校园小卖部的"江湖"如此之深，一时惊呆众人。

千万别以为学校小卖部只是底层生意。市井坊间，人们常将那些看似不甚起眼却又油水丰厚的行当，称作"暗行生意"。学校小卖部，也算是这个"暗行生意"中的典型，其间有没有利益输送，围观者恐怕也只能"呵呵"以对。

原谅我，说了这么多学校小卖部的"坏话"。离4月1日越来越近，学校小卖部小超市即将退出历史舞台，可以怀旧，却不必伤怀。有些事情，终究是相见不如怀念。

（《燕赵都市报》，2019年3月17日）

《地久天长》比《渴望》进步了吗？

◎马 衣

深夜，看完第69届柏林国际电影节获奖影片《地久天长》，行驶于浓荫覆盖的上海街头，许多个无端的念头与路灯同时飘过。

其中一个念头有关于上世纪90年代风靡一时的国产电视剧《渴望》。我想起曾经在《渴望》的豆瓣小组看到过一个问题：如果刘慧芳嫁给了宋大成而不是王沪生，那会怎么样？当即有人答：那就没有后来了。看到《地久天长》，我明白这就是其中的一种后来。王景春饰演的刘耀军与咏梅饰演的王丽云，一如宋大成与刘慧芳的设定，是某大型机械制造厂里的技术工人；人物性格也相似，刘耀军和宋大成一样的憨厚本分，王丽云如刘慧芳一般秀美内敛。宋大成和刘慧芳假若结婚生了孩子，住在筒子楼里，那么《地久天长》几乎可以看作是他们的故事接着往下写。

之所以产生这个念头，可能与散场时听到走在前面的一位女观众的评论有关，她的意思是，很不喜欢《地久天长》这部电影里所褒扬的这种宽宏、谅解、逆来顺受。这让我立刻联想到一度成为"好女人"典型的刘慧芳：善良，牺牲自我，承受一切，忍受一切，原谅一切。当年，刘慧芳的命运被热烈讨论过，三十年后，当我在一部获得国际声誉的剧情长片中隐约看到这种被命名为"人性美"的、熟悉的价值取向时，我不禁在想：《地久天长》比《渴望》进步了吗？

回答这个问题之前，不妨继续比较《地久天长》和《渴望》。《渴望》从1969年说起，《地久天长》从80年代初说起，可遇上的难事儿，都是关于孩子。所谓关于孩子，就是关于血缘和亲情的继承和延续。《渴望》和《地久天长》里各有三对夫妇，戏剧冲突皆围绕血缘和亲情，以及受这两者而影响的相互关系——友情。进一步说，两部片子的编剧思维似也具有某种同构性：在一个特定的小群体里，将时代的不可违抗与私人罪愆叠加，造成无从归咎、无法归咎的伤痛。《渴望》里，刘慧芳捡到的孩子是因其父亲被追捕（时代因素）而丢失的，这个孩子又因失于监护（私人因素）而健康受损。《地久天长》里，刘耀军和王丽云的孩子"星星"因好友"浩浩"的争强好胜（私人因素）而溺水身亡，而在那之前，这对夫妇因时代因素而失去了本能避免"失独"局面的二胎孩子。这是无法解锁的命运定局。

不过，《地久天长》毕竟有一个与《渴望》明显的区别，那就是观众既找不到谁可恨，也找不到合适的泪点。记得童年时看《渴望》，只要一闪回，一特写镜头，一配乐，这"三板斧"一抢，男女老少必泪下。可是《地久天长》的故事比《渴望》残酷得多，整整三个小时却并不致力于悲伤，导演给了充分的留白。我一个朋友看了电影后说，很难理解为什么在柏林电影放映时会让那么多外国人"泪流满面"，因为她确实并没有被感动到。另一个朋友告诉我，只有这个画面让她一下子泪眼模糊，那就是多年后刘耀军与王丽云在病房外与已经长成人的"浩浩"相逢。我记得很清楚，那场戏也没有拍刘与王的正面，正面的是杜江扮演的高高帅帅的"浩浩"，你一定会想到，如果"星星"长大，也该是这个身高这个模样了。这一时刻，导演没有给"演"任何机会，观众处于刘、王心底的波澜之中，也像他们一样在这个匆忙的瞬间按捺住了，来不及仔细体会这活生生的剧痛。

我的泪点也不妨公开。那是在刘、王夫妇在走避南方多年后回到故乡，带了酒、水果和纸钱去祭扫儿子的墓地时，刘耀军薅去墓地上一腿高的那些杂草，又从手中的草中分出一半来，直接当了扫把，扫去墓碑前的尘土。完了之后，两人一左一右坐着，丈夫喝祭奠用的白酒，妻子神色淡然地吃供在碑前的苹果。风该怎么吹就怎么吹。没有配乐，没有空镜头，没有大景深和大特写。换句话说，没有抒情，但情就在这里。

我们在风化岩的颗粒上看到了风。每张脸都是命运的雕刻。

很多年前，我在一个小饭馆吃饭，旁边一对年近老年的夫妻在埋头进餐。他们就点了一个菜。妻子把其中一部分不吃的食物熟练地划到盘子的一边，丈夫就像吃自己盘子里的菜一样迅速刮进自己的碗。全程无对话，无眼神交流，吃得极流畅、极自在、极彻底。像某种配合训练。最后，两人同时站起来，打了一个嗝，离座而去。那时我还年轻，我惊讶，不解，受伤，我希望将来我的婚姻生活不会落到这种地步。而现在，我的想法是：这对夫妻吃饭的过程拍下来，或许也是一部好电影，像《地久天长》一样舍得不加盐、不加辣、不加香料的好电影。

（《解放日报》"朝花"，2019年3月21日）

山沟里的弟弟

◎普布扎西

从拉萨开车一个半小时，就能到达雅江北面的家门口——西藏山南贡嘎县昌果乡干旦村，位于雅江北面的山沟里。

三年前，回家需要开车几个小时。那时有一道乡村沙石小路，迎面来车，光错车就需要很长时间。有时下雨容易积水，小车无法通过，只能掉头返回。

十年前，回家需要一天的时间，那时还没有修通通往拉萨的大桥，需要坐船跨过雅鲁藏布江，再乘坐手扶拖拉机回家。

很多年前，没桥没路。我第一次走出村庄，到达雅江对面，第一次看到汽车时，正好小学毕业。而我叔叔一辈子在村里生活，走出村庄的那一天，就是去医院看病，从此没有回家。

如今，弟弟当家，继承家业。

回头想一想，弟弟在农村生活，冥冥中是注定的命运。上小学时，家里需要一个放羊的孩子。放羊代表着无忧无虑，所有上小学的孩子们，都期盼有朝一日自己被召回去放羊。弟弟学习好，又能说会道，父亲觉得他上学会比我更有出息，然而，他有一双甄别羊群的"慧眼"。假如我们家一只小羊跑到别人家羊群里，他能从别人家几百只的羊群里拽出来，从不失手。他也凭借独特的优势，成功卷铺盖回家放羊。而我还在学校里郁闷了好几天，每次期末考试，我就想起大山上唱着歌，赶着羊群的弟弟，不由得心生羡慕。

前两年，弟弟把家里的所有羊陆续卖完了，一只不剩，只有手机壁纸是一头白色的山羊。现在，他的三个孩子都在上学，最大的女儿在内地读大学。

乡村童年的回忆，如同菩提珠子，每一粒上有一段粗糙无比的记忆。小时候过年，亲戚从城里带来了一个硕大的水果，还是绿色的。初一那天，父亲用刀将其切成无数个片片，家里人多，每人能拿到很薄的一片，我的那一片一口吃完了，弟弟却不舍得吃，在枕头底下藏了好几天，最后失水干瘪，不能再吃。他因此郁闷了好几天。这是我们人生第一次吃西瓜，从此弟弟每年到拉萨购置年货，最缺不了买一个西瓜带回去。

这几年，他除了农忙季节，村里耕地种地、收青稞以外，一有机会就到城里打工。用打工挣来的钱，加上安居工程项目的补贴，弟弟在老家盖了新房，开了一个小卖部，生活变得忙碌而简单。

弟弟是超级电器迷。家里摆设了各个时代的电视机。记得很多年前，老家没电，弟弟用太阳能板发电，用自制天线接收信号看电视。村里很多年轻人聚集在大院里看电视、喝酒、吃方便面，有力拉动了小卖部的销售额，我家一度成为村里最前沿的娱乐场所。

村里终于通电了，家家户户都买了电视机，弟弟也换了更大、更清晰的电视机，然而再也无法实现昔日人头攒动的辉煌。院子里寒风夹着树叶好似群魔乱舞，只偶尔有人过来买烟酒。

弟弟手机更换的频率更是惊人，几乎所有国产手机都曾过手。他喜欢屏幕大、声音大、游戏多的手机。这两年，支付电话费、医药费、进城车费，他都靠微信红包。

能够身处千疮百孔的生活而依旧充满喜乐，大概就是生命中最好的时光了。

这次回家，发现来家里的人比过去多了许多。有人喝酒、吃方便面，但大多数人都在低头玩手机，很少相互交流。一问弟弟才明白，最近家里安装了WiFi，大家都是被WiFi吸引过来的，也有几个是不买东西专门蹭网的。弟弟自己有事儿没事儿发抖音微信朋友圈。他说，新东西总能实现一次辉煌。

他出生在上世纪80年代，受过一定的教育，虽然没能赶上全面推行的九年义务教育，却赶上了西藏农村翻天覆地大发展时期。

我常常想，如果我没有这么一个弟弟，我的人生定然是另外一种轨迹。弟弟卷铺盖兴高采烈地上了父亲的白马回家放羊，我却流着眼泪送别他们。这一走，其实就是一生。

有时候，我深感愧疚。如果没有弟弟，去放羊的人就是我，一辈子在农村生活的人也是我，根本不可能有机会走出山沟。有时候，我又很羡慕弟弟。生活简单充实，内心世界丰富而有信仰。山沟里的山、水、农田熟悉他，拥有他。他在山沟里每一个角落，能感受到父母的温度，能连接父辈的情感。

人真是奇怪的动物，你必须通过一段段轮回与磨难，像幼小的鲑鱼，游历完世界，返回原来那条小溪，才能产出那堆卵。

（《新华每日电讯》，2019年3月22日）

中级趣味

◎何永康

最早知道"趣味"这个词，是在小学。那时候，我们每个人都想成为"脱离了低级趣味的人"。但说实话，我就是从那时候才知道：人原来是有趣味的——而且由此看来，还有高级、低级之分。然而，习惯用语中，并无"高级趣味"一词。于是，我就按当时惯性思维认为：低级趣味以外的，应该都是高级趣味。

今天，我已明白：不能再那样非此即彼地看问题了。而且，我也发现：当下流行语中，偏偏就有"脱离高级趣味"一说，不少人还以"脱高"为荣。显然，这就不仅仅是有趣味，而是有意味了。

比如，很多人以喝咖啡高雅，于是就非咖啡不饮，非高档咖啡不饮，不屑于喝茶与白水——全然忘记几年前，自己还是端起凉白开猛灌一通的牛饮族。还有讲究穿衣的，要独特且昂贵的小众品牌，不能与别人撞衫。还有交流，不夹杂几句外语，不把自己认识或并不认识的几个名人挂在嘴上好像就是语不惊人。当然，包包里一定要有几张贵宾消费卡、高尔夫会员卡、VIP健身卡什么的，否则就没法出门……有财力支撑，高级一点并无不可，但得与自己的言行举止匹配，不能"财不配位"。没实力的，还要打肿脸充胖子，为一时之"高级"而长期节衣缩食。这或许就是人们喊着要脱离"高级趣味"的原因之一吧？当然，"脱高"更重要的是：对精神之外的物质层面之"高级"追求的一种嘲讽与鄙视。这种所谓的"高级"，是一种伪高级，只是学习人家高级文明的皮毛而已。

中国大部分人口业已告别贫困迈入小康，本该"仓廪实而知礼节，衣食足而知荣辱"，但一些人财富多了，生活水平高了，文化品位、道德修养却没跟上。于是，就疯狂拜金掷金，就饱暖思淫欲，趣味反而趋于恶俗——金钱倒成了低俗的催化剂。难怪那些沉湎于"低级趣味"而不自拔的，不少是非富即贵之人。而在底层，在穷街陋巷，在引车卖浆者之流间，却涌现了不少道德高尚且情趣丰沛的人。譬如：几十年如一日捡垃圾资助贫困学生的老人、义务为群众自编自演节目的文艺爱好者、在农居的墙上绘制风俗壁画的乡村艺术家、整理乡愁乡情乡音乡土民俗的田野考察者……他们生活在自己的理想王国中，沉浸在美好的情怀里，把浪漫和情怀现实化，活得有苦有乐，有滋有味。

既然前人告诫我们要脱离低级趣味，今人又在鼓吹要脱离高级趣味，我想，普通人应该有的趣味，大概就是中级趣味吧。于是，我生造出"中级趣味"这个名词，倒不是要找一个中间地带来折中调和，而是觉得中级趣味或能成为大多数人所接受的"大众趣味"。那么，中级趣味是什么呢？词典里没有词条，百度也搜索不到定义。我只能打个比喻：中级趣味是在干净的土地上正常生长的植物，没有人拔苗助长成高枝，也没人肆意践踏成污泥。

读到一个故事：两个年轻人遵命相亲，在大酒店吃牛排、鹅肝没有感觉，在音乐厅里听交响乐没有感觉，无话可说时只好分手。夜间，两人在一个烧烤摊意外重逢，话居然多起来了。感觉有了，还很强烈，于是恋爱、结婚。这两个年轻人无疑就是中级趣味者——到了高级场所，不适应那里的趣味气场，烧烤摊恰恰与他们真实的身份与脾性吻合。对其而言，这个烧烤摊就合其趣味。

中级趣味，趣是情趣、志趣、天真趣，味是人味、情味、烟火味。它来自于平实的生活，产生于普通的人群，贵在一个真实——向下，不低俗媚俗庸俗；向上，不超高飙高拔高。拥有它，就不至于成为了无生趣、刻板生硬的人，也不至于成为插科打诨、哗众取宠的人，还不至于成为好高骛远、不切实际的人。由此看来，中级趣味对人无害，于世有益。

当然，中级趣味，不是终极趣味。趣味的演变与社会的发展和文明的进程同步。社会文明"高级"了，你的趣味想不高级也难。

（《今晚报》，2019年3月27日）

我不爱猫　但我不敢说

◎杨　杰

去年，满大街的少男少女都在一起学猫叫，一起喵喵喵喵喵。猫是一般等价物，猫是国际通用语。烟酒茶猫，如今的四大"毒"品。谁不爱猫，谁就是政治不正确。

如果你和相亲对象相对两无言，那么谈论猫吧，话总不至于掉到地上。据说连刷10条朋友圈而没有看到一根猫毛，那你需要换一批朋友了。猫趴在卧室，猫流传在人们的嘴里，猫飘浮在空气中，猫挂在网上——打开微信，你会发现好友头像中，出镜率最高的动物就是猫，表情包里也躺着猫，对话框里画着猫，猫无处不在。

有统计显示，2018年，中国宠物猫的数量是6700万只。有多少"主子"，背后就有多少"铲屎官"和"英雄老母亲"。随着单身社会的到来，晒猫远比晒娃疯狂，哪怕只想秀一下新买的包，只要画面里有猫，就能骗赞。如果连只猫都没有，就失去了社交的资本，抬不起头来做人。

商家的鼻子比猫还灵敏，"云吸猫"险些成为当红产业。名画里梵高的脸变成猫脸，就成了创意产品。故宫的猫比皇上妃子还能带货。

猫体软多毛，热乎乎静悄悄，确实能吸引一批猫粉。但这卖萌属性古已有之，为什么猫在早前的中国家庭里不是最盛行的宠物呢？我们小时候关于猫流传最广的话是，不管黑猫白猫，抓住耗子就是好猫。可见那会提到猫，往往联想到抓耗子的"警长"，挺威严的，一点不软萌。爱猫人士远不及今天多。

那些无猫不欢的铲屎官，是怎样一夜之间打着暗语，喊着口号，冲出猫窝，扫荡网络，将猫捧上至高无上的主子地位的呢？这地位牢固不破，以至于我身边几乎没人敢公开表示："我不爱猫。"

猫不是人民币，自然有人爱之，有人厌之，有人无感。但那些原本不爱猫的人，流行文化一个浪头拍下来，他们好似得到了某种指令和感召，也纷纷加入吸猫浪潮里扑棱。

就好比我吧，小时候被灌输猫像一种妖媚的女人，不事劳动，蛊惑人心又阴晴不定。据传，法国的欧盟部长给自己的猫取名"英国脱欧"，因为关着门的时候喵喵吵着要出门，给它开门又不出去。

猫当初的"坏名声"一度让我喜欢不起来。长大一点，无意中看到几张宠物身上寄生虫的图片，产生一些生理上的不适，便又觉得这软萌之物可能不大卫生，宁可敬而远之。

但在爱猫"大一统"面前，反对者怕被划分为虐猫分子，我赶紧戴上两只耳朵，冒充护猫粉丝。

我这样一个对猫无感人士，竟然也要低头哈腰地给晒猫图片点赞。去朋友家做客，一边搜肠刮肚地变着法赞美主人家的猫，一边小心翼翼地摸出一手毛。与网络上的年轻人交流，手机里不存几张猫照片，人家知道我是敌是友？

在爱人卖萌宣布自己是一只橘猫之后，我彻底投降，不得不存储更多"猫片"，以备不时示爱之需。做个假粉太难了，有人敢公开宣称自己不喜欢某位流量明星，但没人敢张扬自己不爱猫。

流行文化的霸权和清洗碾轧而来，无感猫的人里自我意识弱的，逐渐就被爱猫同化了，而少数的反对声音，也变得喑哑。

吸猫如此，对一部现象级电影的评价如此，对独角兽公司的吹捧如此，对网红的模仿亦如此。"唱反调"的人越来越少，不同的嘴、不同的脸，唱出的竟是整齐划一的大合唱。一个观念迅速进化成真理。

说到这里，应该讲一个名人标新立异、在主流文化里敢于说不的故事，但我实在想不起来了，咱们还是谈谈猫吧。

其实我是养过猫的。亲戚家的一只土猫曾托我照顾。它黑白花色，人中处有抹黑色。我每天喂它饮食，给它铲屎，从不抱它，只觉得是责任。

相处了几年，我每次回家，它马上到门口迎接；我在写稿，它就在旁边的椅子上陪着；我一打电话，它就插嘴嗷嗷叫。我仍不抱它，偶尔用小刷子捋它的毛。我俩像金婚夫妻，没有爱情，只剩陪伴。

分开之后，它多少改变了我对猫的"无感"。再后来，听说年迈的它走了，我难过得说不出话来。

每只猫都以它独特的方式温暖着主人，无怪乎人们爱它。爱猫当然无罪，对猫无感的人，也要允许他的另一种声音。

　　不知道猫爪杯如今还流行吗？当初抢破头，现在想想是不是还挺难洗的？

（《中国青年报》，2019年3月27日）

"无声广场舞"让人看到文明的柔韧性

◎王钟的

这条视频让人看过初觉意外，随后百感交集：在重庆江北观音桥商圈的广场上，一群大妈每天开展广场舞活动，但这里的广场舞却是"静悄悄"的。原来，她们身上都挂着一个接收器，音乐直接传到耳机里。3年多来，这群大妈一直通过这种方式跳广场舞，在观音桥商圈形成了一道特殊而亮丽的风景线。

广场舞没有节奏感强烈的伴奏，这还是广场舞吗？看过重庆这群大妈的"无声广场舞"，多少有点令人忍俊不禁。然而，沉浸在舞蹈和韵律中的大妈们可不这么看。接受采访的一位大妈说："戴着耳麦来跳广场舞，大家的注意力还要更集中一些。"

观音桥商圈是重庆主要商业中心之一，周边商业设施众多，人流密集。在这里跳广场舞，如果播放高分贝的音乐，不仅会引起围观，还会影响周边秩序和环境。"无声广场舞"既满足了大妈们开展活动的需求，又最大限度地减少了对环境的干扰，难怪周围的年轻人都竖起大拇指叫好。

中老年人因为跳广场舞与周边居民特别是年轻人发生冲突，几乎成了一个观察社会矛盾的通用切入口。这里面当然隐含着许多问题：公共运动场所匮乏，中老年人不得不与年轻人争地盘；中老年人健身方式单一，广场舞成了他们的唯一选择；社会上弥漫着一股"厌老"情绪，不理解中老年人的真实需求……

但是，矛盾真有那么深，积怨真有那么大吗？谁家都有老人，每个人终将老去。中老年人的今天，就是年轻人的明天。对老年人合理需求的满足，也将照拂每一个社会成员的未来。随着中国进入老龄化社会，关注老年人生存、发展和社会参与等方方面面的需求，将成为社会治理的重要命题。

为什么老年人的话题常常动辄得咎，而年轻人的行为仿佛天然正义？这是因为，社会对老龄化的趋势依然"慢半拍"，公共设施和服务是优先为年轻人设计的。前些年，河南洛阳王城公园老年人为了在篮球场跳广场舞，而与年轻人发生冲突的新闻，很多人印象颇深。照理说，篮球场的专业功能应该优先考虑，但是，如果粗暴地驱逐跳广场舞的老人，他们又要到何处满足自己的健身需求？

很多人痛恨"为老不尊"，确实有不少老年人的行为，对不起自己的身份——逼年轻人在公交车上让座，在与年轻人发生矛盾时耍横撒泼。然而，同样有一些"为老不尊"，源于老年人对处境的无奈与不满。而且，老人与年轻人的冲突，本质上是资源分配问题，完全可以通过有效的技术和方法解决，没必要上纲上线，把矛盾归结于两代人的积怨。

戴着无线耳机跳广场舞，说实在的，感觉未必有使用大喇叭、把音量调到最大来得爽。不过，大妈们愿意牺牲体验，来换取社会的理解与接纳。通过这种将心比心的信任和宽容，实现了有效的资源协调和分配。相反，如果一点便宜都不肯放，一点麻烦都不愿意承担，就成了人们眼中的"倚老卖老"。社会对老人的善意，来源于老人的谦卑与节制。

在采访中，广场舞大妈还透露了一个细节：在她们眼中，这些无线耳麦的价格"还是比较贵的"，由观音桥商圈为她们配备。由于中老年人消费观念、消费能力与主流大众不同，在必要的时候，社会和负有管理职责的机构不妨支持一把。尽管为广场舞大妈配备无线耳麦并不是商圈管理部门的义务，但是，这种类似公益的付出，恰恰以小成本呵护了文明，解决了困扰很多地方的广场舞噪音治理问题。

很多时候，社会治理难题与其"硬刚"，不如以柔性的姿态解决。拿着所谓的原则和规定，不依不饶地驱逐中老年人，效果可能适得其反，而且还会在"猫捉老鼠"的反反复复中消耗大量管理成本。主动为中老年人跳广场舞创造条件，同时想方设法削弱对环境的影响，不失为明智的管理思路。

"无声广场舞"让人感动，更让人敬佩。在这群广场舞大妈身上，我们看到的不是紧张与对立，不是戾气与乖张，而是可贵的包容与谅解。"无声广场舞"的治理思路还给我们可贵的启示：只有管理者主动牵线搭桥，提供更多现实问题的解决方案，而不是刻板地遵循教条，才能创造更美好的代际关系。

（《中国青年报》，2019年3月29日）

被"996"围困的年轻人　像是定好闹钟的机器

◎任　然

　　最近，程序员界发生了一件大事，有人在知名代码托管平台GitHub上发起了一个名为"996.ICU"的项目，以此抵制互联网公司的996工作制。此举立即得到大批程序员响应。所谓的"996"是指从每天上午9点工作到晚上9点，每周工作6天，而"996.ICU"意为"工作996，生病ICU"。

　　在互联网公司，996并不是什么新鲜事。在最近裁员风声此起彼伏的背景下，996工作制成为一些企业逼退员工或是变相增加KPI的手段，再次引发大众关注。有媒体采访了9位经历过996的员工，"进公司的时候太阳还没升起来，走的时候太阳已经落下"，是他们生活中的常态。

　　今年年初，有互联网公司宣布将推行"995"工作制，也曾引发争议和讨论。这一在互联网行业公开的"潜规则"遭遇抵制，应该不是偶然。可能有两个直接原因：一是，相关行业从业者的不满已经积聚到了一个临界点；二是，在当前的经营压力下，不排除有公司"变本加厉"地提高了工作强度，从而导致员工意见反弹。

　　在法律意义上，996工作制的合法性显然是存疑的。它直接把加班转换为对员工的正常工作时间要求，甚至对这种机制进行话术包装，赋予其某些文化、道德色彩。比如，愿意接受的被视为工作积极，有闯劲，有梦想，而配合不积极的则可能被斥责为贪图安逸、得过且过。在此背景下，个体要对这种机制说"不"，几乎是不可能的。

　　有说法称，找工作是双向的，不接受996工作制可以跳槽到其他行业。且不说这种说法回避了员工维权的正当性，也忽视了今天的996工作制已不只是互联网创业公司的独有现象，而在向更多行业蔓延。

　　此次程序员们的集体反弹，到底会获得怎样的回应，现在还不好说。不管怎样，这一现象应该启示劳动监察部门，过去谈论劳动者权益保护，似乎多针对农民工这样的弱势群体，然而现实证明，在"高大上"的互联网公司上班的程序员也可能遭遇劳动权益保护的危机。特别是部分企业以996工作制作为变相赶人的手段，劳动监察部门应该有更积极的关注和介入。

对于996工作制的关注，还可以进一步拓展至当下中国年轻人所承受的社会压力。就在最近，一则普通新闻在社交平台上被广泛转发：一位小伙骑车逆行被拦后突然"崩溃"，怒摔手机后嚎啕大哭，称自己"压力好大，每天加班到十一二点……"。尽管这只是一个极端个案，但是，大量个案汇集成现象，再加上一些大数据统计结果，应该让社会对年轻人的压力有更多审视。

中国社科院一项调查显示，2017年中国人每天平均休闲时间仅为2.27小时。相比而言，美国、德国等国家国民每天平均休闲时间大约为5小时，是中国人的两倍以上。有统计结果称，中国抑郁症的患病率为6.1%，而且发病率近年来呈逐年上升趋势……

上述现象成因各有侧重，但结合996工作制、高房价、低生育率等社会现实，都不难让人联想到当前年轻人面临的压力。曾几何时，我们把韩国、日本看作典型的年轻人压力较大的国家。现实表明，中国社会也正在进入年轻人压力"爆棚"的时代。的确，"没有哪一代人的青春是容易的"，但无论从现实，还是从其他国家的经验看，不可忽视年轻人承受压力过大所衍生出的社会负面影响。年轻人需要奋斗，但社会中忙得"像是被定好闹钟的机器"的年轻人越来越多，未必是幸事。

当然，为年轻人减压，绝不只意味着减少他们的工作时间，也不只是某个行业和企业的责任。如何从社会系统层面为年轻人减压，是时候在宏观层面予以正视了。而996工作制遭遇反弹，仅仅是一个预警。

（《中国青年报》，2019年4月2日）

《都挺好》真挺好？观众需要怎样的现实剧

◎孔冰欣

自始至终，《都挺好》的宣发与关注度都是一副势如破竹的样子。这部"现实主义题材话题大剧"在热搜上风光无两，在观众心头掀起惊雷阵阵。其聚焦所谓原生家庭的"原罪"，上演了一出从"好你妹"到"都挺好"的大逆转：母亲突然离世，苏家分崩离析，如何安置父亲苏大强，成了点燃世界大战的导火索。大哥苏明哲从美国回到国内，想负起"当老大"的责任却与妻儿不断疏远；二哥苏明成一直啃老，事业上遭受重重打击，算是拖后腿的那位；小妹苏明玉不受待见，早就和家里断了经济往来，但很多事情，是你说放下就能放下的吗？

总而言之，一番艰苦卓绝的斗争后，小团圆的剧末倒泛着和谐的柔光。明哲想通了，明成醒悟了，明玉，呃，辞职了，只为陪伴照顾老父。曲终人不散，《都挺好》成功挑起了春潮般汹涌的全民情绪与角度各异的全民舆论，挑起了就千年道统之利弊开展"批评与自我批评"运动的新一轮。这枚射向家庭病症、射向狗血现实的子弹，估计还能再飞一会儿。

爆款之火与情绪之热

狂野男孩苏大强、失望男孩苏明哲、暴躁男孩苏明成，三位老男孩提气运功，手牵手组成了苏家超级天团，一三五作妖二四六作死。而万绿丛中一点红的明玉妹妹，实际是个作风强硬的大阿姐，不知不觉间就往她妈那西太后的模式上靠了。这一大家子，老爹自私儿窝囊，为娘跋扈女更悍——创作团队还告诉我们，苏父的"废"与苏母的"横"，又分别与爷爷奶奶、外公外婆息息相关……哎，苏家，实在很适合作为一号案例编入基因工程学与人类伦理学的教材，被全面、深入、不留余地地研究下啊。

相信很多中国孩子，都有一种颇独特的人生体验，即觉得自己仿若生活在

《楚门的世界》的暗物质版平行时空里：成长过程中，何以其他家庭都显得幸福美满，爸爸妈妈和蔼可亲，兄弟姐妹善解人意；偏轮到自己，日日水深火热，饱受暴政蹂躏，即使远走高飞，那种被操控、被折腾的脱力感，依旧如附骨之疽，如影随形。《都挺好》之所以令国人欲罢不能，恐怕在于集惨象之大成，于戏剧张力十足的故事里，精准挑弄无处安放的情绪吧。重男轻女的母亲，仿佛一个"吕蓓卡"式的符号，思想钢印阴魂不灭；爱慕虚荣的懦弱父亲，无时无刻不利用情感绑架着儿女；老大不明就里，也缺乏解决问题的能力；老二失去保护伞之后，茫然失措，动辄焦灼暴躁；老三被迫变得越来越倔，直至近乎不近人情。所有人纠缠在乌泱泱、乱糟糟的琐事里，而守着屏幕，一边刷更新一边笑骂的观众们，积极投入局内人的困顿挣扎，通过似曾相识的桥段，窥见矛盾"天下大同，你有我有全都有"的一星半点。

从这个意义上来讲，与其说《都挺好》指向现实主义，不如说它指向话题性。"大女主"明玉吊打自家男同胞们的"苏"，和《延禧攻略》魏璎珞开挂般的宫女升职记，本质上无太大区别。极端的人设，引发极端流量的讨论，围观姚晨过五关斩六将，剁碎倪大红、高鑫、郭京飞的"丧"，遵循的是网络爽文的爆款公式，是故攫取了对等基数的注意力。有鉴于此，剧中的一些bug，譬如到上世纪80年代末还在超生，名校文凭被黑出了翔，形同意淫的财富及职场，我们暂且可忽略不计。

比较阿耐的原著，电视剧创作团队没有进行伤筋动骨的改编，却对每一个部位做了"微整形"，而这些"调一调"的地方，非常值得玩味——

电视剧，蒙总如同完人，有钱、有品、有情、有义，如师如父般关爱明玉，他不该姓"蒙"，应该姓"梦"才对嘛。小说，蒙总对明玉利用多过信任，且私生活丰富多彩、五颜六色，一出事，情妇们纷纷抱着孩子分家产来了。

电视剧，苏母差不多把女儿当仇人看待，连夹个鸡腿也会习惯性地无视之。小说，母亲虽厚此薄彼，但不至于那么夸张，无非是在有限的资源面前，选择把较少的份额分给明玉而已，谈不上一毛不拔、恶意虐心。

电视剧，千不是万不是，都是苏明成惹的祸。他竟有脸、有胆把明玉打成骨裂，血流满地，然后不出意料进了看守所。小说，明成有保留，明玉受了点皮外伤，可打人是要付出代价的。明玉做了手脚，使明成和重刑犯关在一起，并找人记录下二哥受的侮辱……

阿耐的《大江东去》拿了"五个一工程奖"，正午阳光据此出品了《大江大河》；她的《欢乐颂》《回家》（《都挺好》原标题），也相继被正午阳光搬上电视荧屏，可见是个颇具影响力的网文作家，且现今地位，江湖、庙堂或一线之隔耳。公允评价，以主题论，阿耐的小说相对轻浅，只有好与更好的冲突，缺乏对人性的深入挖掘；以人物塑造论，典型度不够，十分类型化；以情节推进论，偶然多于必然，降低了批判的力度；以叙事节奏论，略显拖沓、松散，过多貌似有趣的对话细节，反无益于大框架的搭建。目前，她的作品距离名副其实的严肃文学，仍存落差，然而，我们不得不承认，文学的价值有时不在于锤炼，不在于完成度，也不在于是否专业。事实上，阿耐的故事不乏魅力，最大的魅力，源自解构的勇气。

解构，同时意味着"话题"。在新的内容生产环境与传播机制作用下，作品的话题性变得没有最重要、只有更重要。以往，传统媒体主导传播场域，电视台的审美，很大程度上把控了剧集的传播源头，剧集本身火了，再去带热一个话题。现在，模式完全颠倒，影视作品瞄准"父母皆祸害""中产焦虑""草根逆袭"等自带磁石效应的点，铆足了劲开炮，不愁蹭不上热度，带不动收视率。然后，内容制作和采购方，又被倒逼着进一步把社会情绪作为产品生产的第一导向。为"体贴"普罗大众，更为效益考量，创作团队会剔除若干复杂的棱角，集中精神构建最尖锐的对立，力图让憋着气急着出的人们，击穿那面为宣誓三观和倾斜心境而竖起的靶子。

以上，解释了电视剧《都挺好》对原著的改编，也解释了缘何相当多的观众，一致抵制"团圆"的结局。他们再一次自我赋权，充分表达个人意愿，拒绝根本说服不了自己的东西。联想、类比、代入、移情的修辞手法，化为热气蒸腾的观剧体验，串联出好一片意难平的汪洋大海。

生活已然如此艰难，如是自我调节，恰是客观存在的巨大需求。

父权之重与现实之轻

回归"《都挺好》与现实主义作品"圆桌论坛宏观、深刻的主议题：克制情绪，冷静下来的我们，还应该看到些什么？

如何赡养自己的父母？如何与家人进行有效的交流？中国家庭的根源性问题，出在哪里？

东亚儒家文化父权社会中的家庭关系，投射到个体的人格结构和行为模式，最终形成了某种集体潜意识。生活中的方方面面，政治、经济、军事、文艺……都建立在这份"普世经验"背后的共同心理模型之上。

面对种种不堪，只消当头降落六字大明咒"都是一家人啊"，作祟的魑魅魍魉，便立刻败下阵来。亲子、代际向来是东亚的老大难问题，国人与之缠斗的历史，能从洪荒时代一路延宕到流浪地球。令我们累觉不爱的是，即便覆雨又翻云，移风又易俗，仁人志士奋战不休，来自父权的控制性人格和由此衍生的一整套社会运行机制，依然顽固地杵着，冷冷嘲笑小儿辈的不自量力。沉渣泛起，堂而皇之，招摇过市；扫帚不到，灰尘照例不会主动跑掉。

这是个沉重的话题，更沉重的真相是，其实没多少人能够承受直面淋漓鲜血的惨淡。而既然我们的普通观众不甚在意悲剧审美，那也就难怪大多数走"现实主义"题材路线的影视剧创作者们，调整策略，宁愿选取轻喜剧的风格，在保证一定的视听和剧作品位的同时，与"婆婆妈妈"划清界限，又重拿轻放，小心翼翼算明白了，可千万别把观众吓跑。

于是，结论得出。怎样的现实剧是现阶段最可行的？中国影视工业多年积累，行业体系业已建立后，大家发现，答案大抵包括这些元素：戏剧冲突的铺陈、递进，视听语言的基本过关，人物设计及相互间的作用力（脸谱化、正面人物浪漫化完美化，只要别过了头，观众会接纳），情节和叙事，悬念的提出和解决，演技，对细枝末节的把控；要保证娱乐和思考的平衡，避免主题先行或者肤浅化。

对号入座，《都挺好》都吻合。尽管剧中苏州实名出镜，但演员们居然身体力行地演出了帝都人群的气质；而苏大强的形象，套在河北老头、东北老头、西北老头身上皆可；苏家那一箩筐的糟心事呢，则"放诸四海皆准"——普遍性的伤疤，亮出来重新打量打量，不可谓不是对症下药的第一步。你当然能够反对负面人物的洗白，反对不合情理的蜕变，反对人造的温情脉脉；可是，当看到老年痴呆的大强心心念念纠结着女儿的习题集，这戏码也的确够煽情了；

明玉的释然，也的确好像跟民谚"不痴不聋，不为家翁"所释放出的讯号，异曲同工。鞭笞？治愈？现实或不偏向任何一方，没有绝对；它是重的，又是轻的。

在当下，优秀的现实主义影视剧仍然较为稀缺。不过，翻看旧往的片单，从《亲兄热弟》《空镜子》《浪漫的事》《家有九凤》，到《来来往往》《牵手》《结婚十年》《中国式离婚》《新结婚时代》《蜗居》，再到《激情燃烧的岁月》《金婚》《王贵与安娜》《父母爱情》……以家庭为切入点，以婚姻为横剖面，触碰到社会生活的疼痛点与舒适区，却不再试图无论如何都用力靠拢政经浪潮、宏大叙事，皆堪称是与《都挺好》旗鼓相当，或有过之而无不及的前辈，值得后来人揣摩借鉴。

如果创作者们另有追求，预备更上一层楼，那么才在柏林电影节上大获全胜的《地久天长》，不啻一个学习的范本。它说的也是中国家庭那点子欢乐与哀愁的事儿，可缓慢、沉静、安详，激烈到宣泄的表达方式是被屏蔽的。刘耀军和王丽云这对夫妻，被深入骨髓的苦难附体，经年共生之后，自成一格春风化雨的清空气象，不做作，不突兀，淡而有味。如此理想主义的处理，因为极度成熟的演绎，反而造成了贴近感。片中，小年夜与上坟两幕戏尤其出色，"时间已经停止了，剩下的就是慢慢变老"。

王景春和咏梅的表现，使观众暗叹一声，默默无视了王小帅的不当操作——王导先是在电影里明示了女徒弟用身体抚慰过男师傅（这样的安排是否必要？），后心急火燎为抬高票房在朋友圈晒语义低端的宣传文案，称《地久天长》是"泡哥泡妹的小技巧"，建议男生"可以选离住地远一点的电影院，这样一起泡在影院三个小时……等她哭的时候递上纸巾，随手牵住她的手，结束后已经凌晨了，你们就这样过了初夜"。瞧瞧，东亚父权的思维范式是不是显形了？所以说，但凡你愿意各种留神，仔细深挖，身边简直遍地是现实主义活灵活现的好素材。

正午阳光董事兼公司口碑最高的导演之一孔笙，在接受《新民周刊》采访时，有句话说得太在理儿了："（拍现实主义）是我们一直在做的，也是应该一直做的。"此前，其早期执导的《民警程广全》《前门楼子九丈九》，及近年来的《温州一家人》《战长沙》《北平无战事》等，都具有浓厚的现实主义色彩，间杂地域特色、民俗文化，被誉为"业界良心"。近期，孔导忙于《境外组》（暂名）的拍摄筹备工作，他向记者透露："这回做的是缉毒题材。"而提及《大江大河》第二部，"对，持续关注剧本的进展，要搞扎实了"。

态度，亦是定成败的关键。现实现实，须落在一个"实"字上。

（《新民周刊》，2019年第13期）

除了"哈哈哈",我们还能说点什么

◎江 丹

　　春天特别容易发现语言贫乏问题,多少人在一片新绿花红中,除了"美"再也说不出别的词儿来。不是不想说,只是大脑一片空白,实在想不起来。

　　比起当代人一个过于简单的"美",古人对春天的赞美就丰富得多了。白居易会说"几处早莺争暖树,谁家新燕啄春泥",韩愈会说"天街小雨润如酥,草色遥看近却无",杜甫会说"舍南舍北皆春水,但见群鸥日日来",还会说"迟日江山丽,春风花草香",辛弃疾会说"城中桃李愁风雨,春在溪头荠菜花"……

　　遇到好看的风景只会说"美",遇到好笑的事儿则只会"哈哈哈",这就是当代年轻人的语言困境。前不久,中青报对2002名受访者进行的一项调查显示,76.5%的受访者感觉自己的语言越来越贫乏了,具体表现为不会说诗句,不会用复杂修辞手法。前人积累下那么丰富的词汇语句和表达方式,却被今天的年轻人在高考之后就还给了语文老师。

　　一个时代有一个时代的语言。互联网时代自然催生了互联网语言,比如年轻人追逐的网络流行语。它结构简单,语义夸张,仅"哈哈哈"3个字,就有多种意义,可以表示好笑,也可以用来化解一点小尴尬,所谓一笑而过。纵然网络流行语鲜活生动,但似乎还是少了一点美感,在博大精深的汉语词库里,还有很多更优美的表达。

　　哲学家维特根斯坦说,"想象一种语言就意味着想象一种生活方式"。也就是说,语言并不只是我们用来表词达意的工具,它还是我们思维方式、生活方式、社会文化的具象呈现。当我们选择简单省事的网络流行语时,实际上也是选择了一种简单省事的思维方式。

　　比如我们说春景"美",我们并不愿意思考它到底有多美;当我们在键盘上敲出"哈哈哈"3个字的时候,也并不想思考这件事为什么好笑。这种表达方式省去了对细节的描摹,看似快速有效,但用的次数多了,便是思维懒惰危机的征兆了。要知道，语言也可以反过来塑造我们的思维方式，没有什么比放弃思考更可怕的事情了。

如果我们对所有景色的理解只有"美"和"不美"，那么好不容易发展到多元状态的世界很快就会在我们手中重回二元，说不定我们的后代又要进行一场场艰苦的跋涉，就因为我们这代人的一些懒惰。在互联网时代，二元世界观已经有了一些征兆，比如人们喜欢用自己的"三观"评判影视剧，充当网络警察，跟自己观点一致就是好作品，跟自己观点不一致就鼓动网友大批特批。而且人们还喜欢做粉丝搞网络一家亲，放弃基本的是非判断，唯偶像是瞻。网友简单粗暴地判断，跟自己观点不一致的表达就是来自"水军"，而不管自己的偶像在T台上摔了多大一跤，专业素养低到何种水平，还是要紧紧抱紧偶像，谴责那些发出批评声音的人不知道偶像到底有多努力。

读者或许已经注意到了，网络流行语的更新迭代非常快。"哈哈哈"也不过这几年才流行起来，而之前更早流行的"神马都是浮云""酱紫"等已经很少被使用了。在互联网世界，追逐流行是一件非常紧迫的事情，稍不留心就会被甩在后面，是的，就连之前表示落伍意思的"out"也很少出现在大家的互联网社交语境中了。

这实际上正说明，网络流行语的生命力是短暂的，因为它诞生的时候太过鲜活，缺少底蕴养料，所以枯萎也就会来得特别快。我们的诗歌能流传千年不止，我们的网络流行语却可能存在不过千日。

我们不可能时时刻刻生活在互联网所构建的虚拟环境里，也不可能在所有的场合都使用网络流行语。我们从婴儿时期便开始了语言的学习和积累，接受过那么多优秀文学作品的熏陶，听说过那么多生动有趣的俏皮话，可当我们需要在考试之外发挥它们的时候，却发现自己词穷了，能想起的只有几句简化之后的网络流行语。

我们的语言习惯变了，我们的思维方式变了，而如果都是越变越简单，那么就应该警惕起来了。

（《济南时报》，2019年4月4日）

"给孩子过生日"是一道严肃的教育课题

◎毛建国

"亲爱的伊涵同学，欢迎您参加我的生日派对。请在周六周日两天选择参与，以便我们分场次安排。"日前，上海徐汇区某小学二年级学生小伊涵收到同班同学的生日派对邀请函。小伊涵很兴奋，但妈妈陆女士却犯了愁：这次是邀请我们去迪士尼开派对，12个人14888元，自助餐厅包场30人16888元，不知道该送什么生日礼物，才配得上这样的生日宴。（4月4日《解放日报》）

给孩子办生日宴，早已不是什么新鲜事，但随着生活水平的提高，孩子的生日宴不仅项目繁多，档次也水涨船高，有的生日宴还提供包装精美价格不菲的"回礼"，有些家庭甚至每年要给孩子办一个生日派对。不少家长感叹：如今孩子一场生日宴，排场和费用堪比新人的婚宴，办这样的生日派对，究竟是爱孩子还是害孩子？

我家孩子前几天刚刚过了十岁生日。此前对于孩子如何过生日，我并没有太在意，但从去年下半年开始，孩子参加了几次同学的生日会，回来之后讲了如何奢华和热闹，引起了我的注意。当我亲历了一次，更是产生了警觉——这次生日宴在一家五星级酒店举行，请了婚庆礼仪精心策划，设计了一个大的情境，主持人全场都在高喊"我们的小公主"，还给每个参加的孩子精心准备了礼物，其排场和费用不逊于婚宴。这场生日宴会所花的费用，一般家庭一年的收入恐怕都不够。

对于这样的豪华生日宴会，有人说"不要被贫穷限制了想象"，主要还是看个人经济能力。如果家庭条件允许，适当豪华也无不可；如果条件一般，那就不必"死要面子活受罪"。这个观点并不完全正确，因为成长不是一件小事情。尤其是在一些节点，在一些重要问题上，更是不能掉以轻心。平时我们总是会给孩子讲一些"谁知盘中餐，粒粒皆辛苦"的道理，教育孩子要融入同学，不要搞特殊化，在生日问题上就可以网开一面吗？

我还发现，其实孩子本人对于这样的豪华宴会也不是特别在意。所谓新鲜感和羡慕感的"保鲜期",可能连一两天都不到,对于其他孩子影响相对有限,真正影响的是自家的孩子。可事与愿违的是,一个孩子很难通过一次生日宴会成为班上的主角。这样的豪华宴会说起来是为孩子办的,有时还讲是孩子要求的,其实更多是为家长办的,是家长自己的想法。即便孩子提出了一些要求,可他们毕竟具有可塑性,关键还是家长怎么想、怎么做。

很多时候,孩子是单纯的,是家长们复杂了。正如这些豪华生日宴会,有的是家长的攀比心理,看到亲戚朋友同事家这么办了,不办感觉到自己没有面子;有的是家长的补偿心理,认为孩子十岁生日就这么一次,要给他们的人生留下重要记忆。两种心理有时是分开的,有时又是叠加的,于是有条件要办,没有条件也要办。只是很少有人想到,这有可能对孩子的健康成长造成干扰。

如何对待孩子的生日,如何给孩子过生日,是一道严肃的教育课题。孩子健康成长是压倒一切的主题,庆祝生日之目的应该是让孩子更好地成长,自当服从和服务于健康成长这个大主题。为了面子和攀比心理而举办豪华生日宴会,背离了主题、偏离了方向,因此大可不必。教育是全社会的事情,不仅家长需要重视,学校和老师也应该进行适当引导。

（《北京青年报》，2019 年 4 月 5 日）

文人宜散不宜聚

◎张宏宇

最近在读孙犁先生的书，孙犁一生淡泊名利，执着创作，他特立独行的性格，自我放逐的生存方式，我非常欣赏。他女儿在书中回忆，有一次市长来探望父亲，对他嘘寒问暖，父亲却站在屋子一角，显得拘谨无奈。一位亲戚说："不管什么场合，你爸爸都不爱掺和，更不爱巴结哪个当官的。"

孙犁先生在一篇文章中曾经说过这样一段话："我以为文人宜散不宜聚，一集中，一结为团体，就必然分去很多精力，影响写作。"孙犁晚年深居简出，放弃、躲避的并不是他对生活的追求，躲避的或许是无谓的应酬和争夺。

文人宜散不宜聚，"聚"显然指的是许多人嗡嗡嘤嘤聚在一起，聚讼纷纭、徒耗时间、毫无益处的聚会。文人聚在一起，谈天说地，切磋文艺，或许不算什么坏事，也是无可厚非的，但很多聚会却变了质。近年来我也参加过一些大大小小文人的聚会，发现有一些聚会嘈杂不堪，没有秩序，甚至所谈所聊的话题，大多与文字无关。

仔细观察才知，"聚"成了一种交际的手段，文人忙着签名，忙着拉关系，忙着公关，这样聚得多了，就会形成一个小圈子。拉关系是为了便于发表，而见人就推销自己的书或者稿子，就是为了让别人关注自己，使自己多一些虚名。有了一些作者的吹捧，有了阿谀奉承，个别编辑发稿更多看重人情，遮蔽了真正的好作品，以致大量人情稿涌入报刊。

如今的写字更像一个名利场。很多作家总是喜欢打着"聚会"的旗号，时不时搞个笔会，举办个采风活动，甚至还打着各种学术交流的幌子，这种聚会更多是一种热闹，真正为了创作的能有多少呢？写字是需要耐得寂寞的，各种各样"聚"的应酬只会影响你的写作。一旦喜欢上了这"聚"和热闹，或许很多人再也写不出像样的好作品了。每当文人聚会的时候，有人忙着推销杂志、为自费出版的作者充当掮客，或者为收费会议拉客户，我便感觉，这种所谓的文人圈玷污了文学的神圣色彩。对于文人来说，如果公关大于写作，关系胜于文字，这样写出来的文字还有多少分量可言呢？

在如今的文人圈内，能够独立思考、潜心治学、孤独写作的文人，似乎越来越少了。能够待在家里，不受外界环境的诱惑、干扰，一般社交应酬都不参加，能够抛掉浮躁的东西，越来越少了；喜欢热闹，喜欢浮躁，喜欢虚名的，却越来越多了。创作乃寂寞之道，开笔会交流，搞聚会活动，绝不是真正的作家所乐为、所应为的。

文人宜散不宜聚。散，才可以少一些干扰，少一些干涉。想静下心来，搞些创作的，还是各自散去吧，不要总是聚在一起，时间长了，就是生事，就为了一些虚荣而争执。那些聚在一起的文人，大抵不是为了创作，更多是为了一些自我满足和利益罢了。文人相聚，多多少少会产生一些是非，人们常说"文人无行""文人相轻"，文人们聚在一起议论圈子里的恩怨是非，为利而争，为名而拼，实在是太累了。还是离远些的好，以免去那些口舌之争，无谓之辩。

文人宜散不宜聚。真正理解"散"，做到"散"，把写作当成是寂寞事不是热闹事，实属不易，恪守更不易。文学是一条寂寞之路，只有耐得住寂寞，才能创作出好作品。面对纷繁充满诱惑力的现实，要善于找到自己的清静，在属于自己的时间里，锲而不舍地追求自己喜好的东西，努力实现自己的理想，并在创作的追求中和实现的过程中得到美的享受。

已故作家路遥曾经对青年作者说过这样一句话："不要再做那些无谓的挣扎，安下心来好好写，发上几个中篇之后谁也奈何不了你。"试想想，一个整天忙于赶场相聚的文人，一个无时无刻不在挖空心思想着如何进行炒作的作者，一个整天为了一些虚名而费尽心思的人，他能够写出有分量的真文字吗？文人宜散不宜聚，少聚多思，静心多写，淡泊求真，方是为文之道吧。

（《桂林日报》，2019 年 4 月 5 日）

巴黎圣母院会消失吗

◎朱国顺

"你相信巴黎圣母院会消失吗?"

电影《爱在落日黄昏时》,泛舟塞纳河上,惊见余晖中的巴黎圣母院尖顶,女主这样问男主。仿佛,永恒的巴黎圣母院就是爱情见证。

在2019年4月15日傍晚,女主的心会碎了。晚6点50分左右,夏令时的巴黎刚刚夕阳西下。众目睽睽之下,巴黎圣母院突然燃起大火,那个800年历史的著名尖顶和周围房顶被烧塌。

火情刚刚发生时,当天最后一批游客还在门口排队,等待进入巴黎圣母院参观。突然大门宣布关闭,没有人解释原因。不一会儿,在大教堂的最高部分,呛人的白色烟雾开始上升。

烟雾开始变成灰色,然后变成黑色,清楚地表明大教堂内正在起火,顶部进行维修而搭建的脚手架很快被覆盖。橙色火焰从教堂尖顶冲出,烈焰的强度迅速增加。

大火在巴黎圣母院顶部整整烧了4个多小时,滚滚浓烟遮蔽了塞纳河畔的天空,熊熊烈焰映红了整个巴黎。很多法国市民目睹如此惨状,忍不住痛哭流涕。法国总统马克龙赶到现场,眼里含满了泪水。

稍后,马克龙发推说:"圣母院的火焰吞噬了巴黎,而激动的情绪席卷了整个法国。此时此刻我感到很痛心,我们每个人的内心都有一小部分被大火烧掉了。"

巴黎圣母院是巴黎和法国的象征。

从公元476年一直延续到1453年的中世纪,被认为是欧洲历史上最黑暗的时期。在公元1000年后的中世纪后半期,随着西法兰克、中法兰克、东法兰克疆域的出现,以及1066年征服者威廉在大不列颠群岛建立诺曼王朝,现代欧洲国家的格局初见雏形,它们分别是后来的法国、意大利、德国和英国。

中世纪欧洲最大的亮点,就是巴黎的崛起。巴黎是当时欧洲最著名的城市，"巴黎之外都是外省"，就是从那个时候开始的。

路易七世统治时，中世纪城市巴黎的人口和重要性日益增长，成为法兰西王国新崛起的政治和经济中心。为了彰显巴黎的城市地位，彰显自己的地位，路易七世于1160年命令当地主教，在巴黎一座罗马时期教堂废墟上，开始修建巴黎圣母院。

这座大教堂的修建工作一直持续到1260年后。两座13世纪的钟楼在完工后，成为当时的奇观。巴黎圣母院在17和18世纪进行了重大修复和增建，增加了今天看到的石雕和彩绘玻璃。

巴黎圣母院建成后，成为巴黎最著名的标志性建筑，直到600多年后埃菲尔铁塔出现，才稍稍抢走了一些它的风头。这些延续了几百年的震撼，跟巴黎圣母院至今也难有匹敌的壮观特色密不可分。比如它的高度与内部陈设，比如它美轮美奂的浮雕与细节处理。它的通往塔楼的387级台阶，还可以将游客带到教堂顶部，欣赏各种神秘生物形状的浮雕。其中最著名的包括奇美拉怪兽石像，仿佛在俯瞰巴黎风光。

巴黎圣母院太出名了，以至于大文豪雨果也对它动起了脑筋。1831年，维克多·雨果以这座大教堂作为背景，写出了同名小说，更让巴黎圣母院名扬天下。"敲钟人"加西莫多与艾丝美拉达的故事，令人唏嘘不已。

这段爱情故事发生的地方，如今已被烧得惨不忍睹。巴黎圣母院的屋顶结构是欧洲最著名的，无数次出现在各种绘画和照片中，也是无数次被临摹的对象，它是由1160年至1170年间砍伐的名贵橡木为主体建筑的，如今只剩下一片焦炭。

听说巴黎圣母院着火后，美国总统特朗普发推说，应该用飞机浇水灭火。很快，这被证明是外行话，因为这样的话会造成楼顶坍塌。

在《爱在落日黄昏时》，男女主望着尖顶诉衷肠时，有一个铺垫，讲到二战当中德国人撤退时想炸毁巴黎圣母院，最终因为下不了手而放弃。

但是无心之失，可能更会有难言的结局。

（《新民周刊》，2019年第14期）

才艺做减法

◎刘诚龙

门下问童子，言师在嗑药，只在此堂中，进深费点脚。寻隐者难遇，寻显者是一遇一着，二遇二着，十遇十着。有点拖迟，那是他老人家装着，明明隔壁房里等得火燎心急，偏偏要晾你半晌，他踱方步出来：久等久等，上茶上茶；采访采访，开始开始。

访者设问：大师您几部作品中，若让您自我高置，您自选哪集？大师答：我最好的作品是篆刻（篆刻多雅，你不会吧，气死你）。过日，寻访者同样流程，设问：大师，外间都哄传您小说最佳，您却是曾经自许篆刻第一，您对哪方篆刻最自得？大师答：鄙人，美术第一（篆刻诚可贵，画画价更高），篆刻第二，小说第三。过日，寻访者复制流程，设问：大师，您觉得您最能传世之画作，哪幅？大师答：鄙人画画余事耶，书法方为高（撇捺一下，几千上万，热钱哪，多快好省进入大康社会）。

大师大能，大师玩的是梁园月，饮的是东京酒，赏的是洛阳花，攀的是章台柳。大师会围棋、会蹴鞠、会打围、会插科、会歌舞、会吹弹、会咽作、会吟诗、会双陆，哪样他有不能的？大师多能，玩票无妨，并力有碍，大师您最拿手者甚？打铜锣补锅（哦嗬，大师大俗大雅）；大师您最拿手者甚？跳街舞唱歌，一二三，预备唱：六月的花儿香，六月的好阳光。

大师，您那么多才多艺啊，我不怕您啦。

说这话的，是清朝嘉定人王鸣盛，王大师幼奇慧，四五岁日识数百字，曾被当地人目为神童，"年十二，为四书文，才气浩瀚，已有名家风度"。著作甚多，传世之作有《十七史商榷》百卷，另有《耕养斋诗文集》《西沚居士集》等。喝足翰墨水，学问谁怕谁？王鸣盛有天赋作底，有书香作第，有勤奋作翼，他怕谁排他名头之第一？

怕姚鼐。姚鼐没他家世好，"先生少时家贫，体弱多病而嗜学"。出身农村，您别以为天赋隔起，气其胜出翩翩浊世公子概率是蛮大，加上嗜学两字，试问天下谁能敌？姚鼐与方苞、刘大櫆并称"桐城三祖"，而姚鼐三人行，"惜抱诗精深博大，足为正宗"。后世也是蛮认可的，隆誉为"中国古文第一人"，这么一个高上云霄的作家站在作家堆里，作家们怕不怕？最怕是：排名榜上，定失龙头望，有姚鼐在，只能跑到小区院子里，去做白衣卿相。

姚鼐，我原先蛮怕他的，现在我不怕他了。这是王鸣盛背后跟戴震说的。戴震非神童，十岁才会说话，却是奇才，等到十岁开窍，"过目成诵"。曾去拜师，老师先前傲慢得很，束脩要加两条才教他，"至一见，叩其所学"，师爷马上打躬作揖：哥哥，我喊你哥哥，我多加两条湖南腊肉给你，你来教我，"当今无此才，吾诚不能有所益"。

王鸣盛在什么情形下，对戴震说"吾昔畏姬传，今不畏之矣"的？是在姚鼐向世界宣布：我古文暂不去作了，我作词去。姚鼐确是心慌慌、心忙忙了。昨日入城市，归来心头急，遍街大师者，都夸多才艺。他是小说家，哎呀，书法绝啊；他是散文家，哎呀，街舞妙啊；他是杂文家，巫师乐工，算掌打卦，去街头闭下眼睛就可以麻衣相法，去豪门睁开眼睛就可以十万进家。姚鼐听得这些，坐不住，站不稳，行不如风了，卧不如弓了。回家急吼吼立志，心忙忙找"唐宋词格律"，姚鼐站在山巅，借顺风而呼，以让闻者彰：从今天开始，兄弟我，要学诗学词学歌学赋，要学琴学棋学书学画，要学经学史学子学集，要学德学言学容学功（女人看家本领，他也要抢过来）。

姚鼐如此振臂大呼，向世界宣布，王鸣盛便腰杆挺，脖子梗，项高顶，舌头硬，在姚鼐面前不再毕恭毕敬，不再纳头便拜，其因是："彼好多能，见人也长则思并之，夫专力则精，杂学则粗，故不足畏也。"

一个人才气有几斗？天下加起来才八斗；一个人精力有几多？一天满打满算才24小时；一个人天赋有几何？世界六七十艺，老天不能太偏心，大家都要分一份。可是，有自谓大师之文坛串门子的小师傅与艺界跑龙套的小伙计，看到人家诗作得好，既开了研讨会，又获了贾府里的屈原奖，飞手另换文档，写诗去；见人家书法来快钱来热钱，旁边有美人磨墨，龙阳捧裤脚，丢了散文制作，持了拜师帖，扑通一声，跪下去：师傅在上，且收我入室，先受我弟子一拜。

博士、博士后，是做加法来的？小学生、中学生才是做加法的，中小学生才是语数外，理化生，音体美，经史子，一样一样先加。越读是越多，不错，越读是越少，读学士，读硕士，读博士，读博士后，一项项减了科目，到最后只持某一目在手，而专力之。功课越少，功夫越深；才艺越少，才名越盛；诸位多才多艺者，最后是丘陵地带，少才少艺者，最后是桂林独秀峰。

王鸣盛那话，不晓得怎么传到了姚鼐耳中。姚鼐心头激灵，汗出如浆，脱衣解裤，到自家水龙头下，灌腊月自来水，洗了半晌脑壳，清醒了，"姚闻之，遂不作词，有多所舍弃"。不但词不作了，小说不写了，散文也不随时尚，去写甚非虚构了，以"义理、考证、辞章"为宗旨为定力，专心古文，终于成功，"桐城家法，至此乃立，流风作韵，南极湘桂，北被燕赵"，成功为"天下文章其在桐城乎"。

功课是要做加法的，功名却是要做减法的。王鸣盛懂这个，"性简素，无玩好之储，无声色之奉，晏坐一室，咿唔如寒士"。他在学问与才艺上，加法与减法也做得蛮好，加精力，加时间；减文体，减项目。故其功名也不错。不过，他还怕了姚鼐，姚鼐加法与减法，做的功课与功名之大法更好吧。

专学则精，杂学则粗，"皆为学切要之言，有志者当奉以为法"。甚法当奉？加法，尤其是减法；当奉甚法？游于艺者当奉为家法王法不二法。

（《解放日报》，2019 年 4 月 28 日）

因为大地养育了我们——我之节约观

◎谢　冕

　　写下这个副题"我之节约观"，不免心中一惊，这不是"偷"来的句子吗？像是"偷"鲁迅的，记得鲁迅有过"我之节烈观"之类的题目；又像是"偷"胡适的，胡适有没有类似的题目，记不得了。不过也无妨，这两位文坛前辈的思想、文风，我一辈子"偷"他们也"偷"不过来。都说"偷书不是贼"，何况只是文章标题？当然这是闲话，不值得认真的。且按下不表。

　　这里要说的是节约的话题。我的节约的观念十分陈旧，这我承认。记得不知遭家人和学生们诟笑过多少次了，却总是冥顽不改。先从穿衣说起，我不缺衣物，也有一些名牌优品，但总藏着不用。尽管在正式场合，我还是衣冠整洁，还算得体，但日常居家却当别论了。我不仅不穿名牌，而且不论内衣外衣，乃至鞋袜，总是一穿到底，不离不弃。以衬衣为例，破了缝，不能再缝，就当抹布，直至不能再用为止。因此日常生活中的我，依然总是一袭旧衣，因有洁癖，倒也常洗常新。一件穿了十多年的旧棉衣，棉花都绽放了，还穿着晨运。某日清晨，一位大妈看不过去，体贴地说："让你家老伴给你换件新的吧。"我笑笑。

　　早年，母亲教我要"敬惜字纸"。她不识字，却不让我踩踏有字的废纸。散落地上的废纸，一字不识的她却是满怀敬意，总是仔细收起。同样，她教我要爱惜粮食，吃饭不让掉饭粒，如果掉了，也要捡起吃。这个习惯，是家教，我不敢稍忘，坚持了一辈子。当年母亲"威慑"说，这些，雷公雷婆都看在眼里，犯了要遭雷打的。闽地多雨，经常打雷，母亲不讲大道理，就用打雷来警示我。后来，我读书认字了，才知道这是历代先贤的垂训。我读《朱柏庐家训》，开章就讲："一粥一饭，当思来处不易；半丝半缕，恒念物力维艰。"这才知道，原来母亲以无言来代前人训示我。

　　若说旧时家境贫寒，朝不虑夕，节俭过日子成习乃是常理。但如今吃穿无虑，甚至家有余裕，我依然我行我素，节衣缩食，这就有点不近情理了。友朋有惠赠我的，欣然拜纳，却是轻易不用，"压箱底"，因此屡遭责怪。有熟知我者，多半叮嘱，这是珍品，自用，别送人。我爱惜衣物，更加爱惜书籍，凡有深爱，总是找旧纸包装封皮，朋友都知我嗜书如命，我的藏书，总是整洁，历久如新。遇有宴席，只要不失体面，我总属意"打包"。因而我常吃隔夜剩饭、剩菜。有追随时尚者每加劝阻，说是"不健康"。我却是"屡教不改"，依然故我。

我知道经济落后的环境，人们总讲省吃俭用，崇尚节约是一种美德。后来社会富裕了，又有一种道理，说消费是为了促进生产。而我惜衣惜食的观念依然"坚定"如初。

上世纪70年代，北大派林焘、陆俭明两位学者去美国讲学。出国访问在当时是稀罕事，那时中文系主任开明，召开全系大会请他们谈谈美见闻。其中一位谈到美国的"浪费"，说他们的办公室、走廊和洗手间用的都是"非常高级的卷纸"，而且是一次性的。问他们为何如此？答案也是为了多消费、促进生产。报告人和听众都觉得"不可思议"。这是我们当年的疑问，亦可谓"无知"。

如今，在巴黎或纽约，其实在世界任何地方，对于"名牌"以及高级商品的采购，中国人大抵总是"出手不凡"的。其实，在富裕国家却是另一番景象。例如后来我在美国访问，看到的是他们的节约习惯。记得那年在芝加哥，是许达然还是非马宴请我记不清了，宴会结束，剩下一只炸春卷，非马很自然地打包，说"给儿子带回"。后来在伦敦大学讲学，没有盛大的宴请，欢迎我的是简易的一顿饭，公费，主人和嘉宾是一对一。在哥伦比亚大学，夏志清先生主持宴请，各人主动自掏腰包，AA制，很是自然，客人则无需缴费。而这些都是富裕国家，他们的身份，都是大学教授，有房有车，当年都比我们富裕。这令我非常感动，知道在国外，即使有钱也是节俭用的。而当年我们对于"卷纸"的"不以为然"，当然也就冰释了。

有时我会学赵本山小品语调，戏言曰"不差钱"。这也是真情，我领的是退休金，钱虽不多，也不至于"悭吝"如是。有道云，此乃天性，也不是的。我坚持认为，这是坚定而顽强的观念。我的"屡教不改"，是一种信念的坚持。幼时读唐诗，"谁知盘中餐，粒粒皆辛苦"，记住了农民的劳作。上学后经常下乡，六七十年代在农场自种稻米，都是亲历，知道我们吃的用的均"来处不易"。每遇浪费者，内心辄恶之。人生在世，大地养育了我们。我们应当感恩大地生长的一切，太阳、空气、森林和海洋，大自然竭其所有供养了我们，还有无数的劳动者的辛苦。我们感恩，我们不能忘恩负义。暴殄天物是犯罪。

瞬息万变的时代，社会的财富急速增长，物质的极大丰富，使人们的心理放松。而我依然守旧如故。当然会有"落伍"的懊丧。常记得当年读《儒林外史》，严监生临死前的"两根灯芯"被嘲笑了数百年。而我却对此充满"同情"：一个人一辈子养成的习惯，真的是"改也难"。我本人当然会跟随时代的前进而前进，我也不会拒绝这种前进带来的物质享受，但我坚持从小受到的教育，坚持节约，反对浪费。

2019年4月5日，己亥清明

（《文汇报》"笔会"，2019年5月14日）

没用与有用

◎化定兴

近日，两位学者的言论，颇值得玩味与深思。

一个是教授张鸣在其公众号中撰文说，他最悲哀的事儿，莫过于眼看着自己的学生把青春和才华都耗在完全没用的事情上。这里所谓没用的事，一是学生进入机关写材料，他们不仅写得多，而且写过后大多不记得，没有什么意义。二是学生进入高校和研究机构拼命发论文。"在大学里，要想生存，活得好一点，唯一的出路，是赶着时髦，拼命堆文章，无论多么无聊，只要发在C刊上，有课题，所谓的成果多，你就可以一路很快地爬上去。"因此他认为学界的很多文字半点价值也没有。

张鸣这里虽然没有明说，但我们可以看出，他所说的没用，主要指学生们写的文字没有思想价值——机关里的材料自不必说，如果是为了评职称，赶时间写出的论文，又能好到哪里去呢？若说其他用处，肯定是有的，起码可以应付生活的苟且。这一点张鸣也不否认。

我对机关写材料的人其实还是有一些理解的。他们通常被称为"笔杆子"，公众场合也会被大家喊上一句"大才子"，但他们知道，那只不过是句恭维，很少有人对他们有发自内心的尊敬，干的活经常是吃力不讨好；而且如果你很有才华，很能干，那么大小材料都让你写，你还不好拒绝，谁让你背了才子的名呢？

不少同学觉得我做文字工作多年，时常请教写材料的问题，我直言写不了，这不光是因为文章种类多，有的不擅长，而且因为写材料，难以我手写我心。所以我开玩笑说，写材料最关键的是不要有自己的思想，而要契合领导要求。

当然，机关材料的种类很多，不是每种都要这般"用心良苦"，不少就是拼拼凑凑，应付差事——有时形式大于内容，有时形式就是内容。你看，2018年上半年，江西省纪委驻省工信委纪检组在梳理各单位上报的整改报告时，就发现赣州与抚州两个单位上报的自查整改材料很雷同。这种事情估计还不少，因此百姓都说，天下文章一大抄，这让认真搞写作的人如何自处呢？

不过，硬要说机关里的材料没有精品，也不符合现实，毕竟大量的人才在干这个事。只是说，从这个事情的属性来看，不易产生有价值的东西。真正写文字，才思敏捷、倚马可待的人有，但大多数要慢工出细活。而机关里的材料，种类多、任务重，能够完成已属不易，价值那是其次的事。

再说大学和研究机构的论文，按说这个是真正的做学术，和机关写材料不可同日而语。然而，如果真正了解论文的生成过程，可能和写材料也差不了多少，只是语言学术化一点，引用规范了而已。而真正要在C刊发表，还要看你的身份，你的地位，你的关系网……

这也就引出了专家贾康在中国知网期刊论坛大会上的发言。他说，高校的老师、博士、硕士和科研人员，都有论文发表任务，在这些任务压力之下，努力发表出来的顺应着原来社会评价导向的那些文章，必然会有相关的功利因素。这种情况下，论文就成了"自拉自唱"。如果拉得好，唱得好，还没有观众，那我们尚可说是曲高和寡；如果都是乱拉乱唱的自娱自乐，那也就不能怪别人批评为学术垃圾了。王元化先生把"有学术的思想"和"有思想的学术"当作毕生追求，这种情况下，学术里最缺的恐怕就是思想。

写材料也好，写论文也罢，干这些事的人，算起来都是精英，但大家似乎都处在一种"没办法"的状态中。所以张鸣感叹："这年头，做一个有操守的写作者和研究者，如果单凭写作收入，是养不活自己的。优秀的学生，不选择进大学，就得进机关。"

这听起来似乎很悲壮，但可能对于大多数人，即使是所谓写作者和研究者，也不会细究生命的意义，也不会觉得自己在空耗生命。毕竟，虽然很多时候是干着无用的事，但挣在手里的钱是有用的。你要再谈文以载道、独立精神、自由思想，止增笑耳，止增笑耳。

（《杂文月刊》，2019年第5期）

诗歌"贱卖"废纸价

◎梁　岩

有一位诗人，在旧书摊上看到一本新书。定价15元，卖价只有2元。于是他赶紧掏钱买下。走在路上，心里却五味杂陈。因为这本书，就是他不久前出版的诗集。回到家里，他以此为题，写了一首诗：

"由旧书摊淘得一本新书，象牙黄的封面，四棱见角，定价十五元，只花了两块钱，正应了卖主的推介：贱啦——废纸价。回家的路上，右手提着它，重如泰山，压得迈不动步；换做左手，轻如鸿毛，失重的身子左右飘忽。躺在床上，没再触动它，太熟悉了，它是我不久前自费出版的第一本诗集。"

这首诗里有个细节，写得非常深刻。右手提着它，重如泰山，压得迈不动步；而换做左手，则轻如鸿毛，失重的身子左右飘忽。因为右手，代表的是在自己心里的分量。而左手，显示的却是世人的眼光。个人当作宝，别人看成草。这样的描述，也反映了当前很多诗人和诗作的现状。

这首诗中，还透露了一个关键词，那就是"自费"。公费没人出版，就只能个人掏钱。花个两万三万，卖出三千五千。按说，15元一本，也算是当今市场的廉价书了。可万没承想，有人刚买回去，就扔到废纸堆里。任何一个作者，遇到这种情况，心里都不会好受。

这些年，一直有人在说，写诗的人比读诗的人还多。但这种现象，并没有引起诗人们的警醒，反而有愈演愈烈之势。也许是人们的文化素质提高了，也许是写诗太容易了。所以连种地的、养鸡的、卖菜的，都能随便写出几首。

有人统计，唐代有5万多首诗，宋代有20多万首诗，明清时代，有50多万首诗。现代呢，可能已经突破100万首。照这样下去，再过三五十年，1000万首也不是问题。

写诗的越来越多，发表诗的报刊却越来越少。于是有人就想到了网络。搞一个公众号，或者建一个群，然后把自己的和朋友的诗作晒上去。别人不看自己看，生人不赞熟人赞，感觉也很良好。只是天天发，处处发，搞得圈里的人们苦不堪言。为此有人就想了一个办法，看也不看，直接点赞。但这也给诗作者们造成了一个假象，以为真的振聋发聩、粉丝成群，于是更加接二连三。

还有人瞄准了这个市场，或者有偿发表，或者有偿出书，或者有偿评奖，你给我人民币，我满足你虚荣心。一时间，满大街都是"著名诗人"，让人分不清，哪个是真猴王，哪个是假猴王。

由此可见，诗词创作也急需要精品意识。如果能有一个权威机构和一个时代标准，把浩如烟海的诗词作品去粗取精，去伪存真，那就好了。该流传的流传，该淘汰的淘汰。

（《杂文月刊》，2019 年第 5 期）

我的"文学梦"

◎唐小兵

　　王鼎钧先生曾在一次接受访问中这样谈及对文学写作的"痴情"："我热爱文学，只有写作能使我死心塌地。在我成长期间，我也有过别的机会，我徘徊歧路，最后仍然拥抱文学，这是命中注定。我不是天才横溢的作家，也不是人脉纵横的作家，现在七老八十了，更不是前景开阔的作家。我深深地知道，没有人以文学以外的因素注意我的文章。我必须好好写，让人家还值得一看。"与此同时，鼎公又说自己从不劝人做职业作家，建议有志于写作的人要"业余写作，不要专业写作"。这其中的甘苦自然是意味深长的。我想鼎公所推崇的"业余写作"其实就是列文森所言的一种中国文化传统里的"业余精神"，一种拒绝体系化的游戏精神和文人趣味。对于我这样一个业余偶尔写点文字的人来说，鼎公的文学作品尤其是他的回忆录四部曲不仅是历史的丰碑，更是文学史上璀璨夺目的珍珠。

　　回首自己二十多年前开始的"业余写作"，更是对于鼎公的这番话有一种心有灵犀的共鸣，诚如他所言："人之相知，贵在知心，文字之交就是知心之交，东鸣西应，俨如神迹。"那时候的自己是一枚标准的"文艺青年"，怀抱满腔热情到了岳麓山下的一所著名的理工科大学读新闻专业，也是第一次离开县城到了省城。二十多年前的大学校园没有电脑，更没有微博微信，仍旧是一个油印文学刊物主导校园文化的互联网史前期，而进入校园文艺圈最重要的渠道就是在院系和校级的新生杯作文竞赛中脱颖而出。我仍旧记得参加人文社科系新生作文竞赛的情景——初秋的黄昏，在一栋从民国时代留存至今的建筑里，时长两小时的作文题是"活水"，典出朱熹"问渠那得清如许，为有源头活水来"。高中时作文常被语文老师当作范文在全班推荐朗读的自己雄心勃勃，仅用一个小时就洋洋洒洒一气呵成，写完信心满满地离席了。一周之后，作文竞赛结果公示，我名落孙山，连优胜奖都没有获取。而同一宿舍的两个同学一个是特等奖，另一个获得一等奖。这意味着我连参加校级作文竞赛的资格也丧失了。那一刻真有彷徨无地的难堪和伤心。

幸运的是，我并没有因此而放弃自己自小就有的"文学梦"。失败反而激荡起了我疯狂写作以追求被承认的激情与意志。我就在那些方格稿纸上，没日没夜地写着长长短短的句子和诗行。散文、评论和诗歌都成了抒发内心愤懑的途径，也是一种自我精神抚慰。有一次突然有了灵感，午睡醒来上课之前，匆匆跑到教学中楼后面靠近英语角的台阶上创作了一篇模仿卡夫卡随笔《桥》的散文《墙》，午日阳光穿越密林的缝隙，打在一个懵懂青年的脸上，也见证了一个落寞学子的内心澎湃。在没有专业老师指导的盲目中，我偶然因《湖南文学》进校园的活动而接触到了顾城、海子的作品。我着迷地陷溺在对这些纯粹而抽象的诗句的理解与模仿之上，甚至经常带着这些诗歌到岳麓书院大成殿的草坪上大声朗读。那是一个纯粹文学的黄金年代，校园里好些院系都有自办的刊物，甚至包括土木建筑学院、汽车与工程学院都有自办的油印的文学报纸。通过这些校园媒介，我渐渐地结识了一些文学朋友，也慢慢摆脱了初入校园的失望与挫败的心情，后来从一个为校刊《湖大青年》做通讯员的"跑龙套"角色，成长为该刊主编，也成为大学四年生活中的屈指可数的"亮点"之一。如今追念起来，专业课似乎并没给我留下多大影响，反而是文学的创作和交往，构成了那个时代最美好的记忆。

没有名师指点，纯粹是在一种"自由而无用的灵魂与激情"驱动下的写作，自然是有点盲目而偏执的。好不容易盼到二年级的"基础写作"课，那一天我早早就到了课室，等着任课教师来给我这个像迷途羔羊一样的文艺青年"传经送宝"讲授创作的秘籍。没想到那个中年男老师一到讲台，将《写作基础教程》往讲台上一摆脱口而出说了一句至今让我耿耿的话："这写作课没什么好教的，天下文章一大抄。"那一刻，我如坠冰窖，有一种瞬间绝望的空无感。幸亏我的自愈能力尚可，既然老师不好好教，我就向那些会写文章的同学学习吧。我至今记得有一次将一篇自己很满意的散文工工整整誊写在稿纸上，郑重其事地拿给同宿舍获特等奖的"大哥"阅读和提建议，肤白而略胖的这个同学人很稳重憨厚，他读过后面对我渴望等待赞语的眼神笑而不语，沉默了好一会，耐不住我的死缠硬泡，才说了一句至今似乎还常回荡在耳际的"终审判决"："这些文字都是青春的骚动。"这简直是又一次的五雷轰顶，一直被"承认的焦虑"困扰的自己非但没有获得解放的自由，反而陷入进一步的彷徨与苦痛之中。

后来偶然在图书馆读到了法兰克福学派马尔库塞的《现代文明与人的困境》以及存在主义作家萨特的《词语：童年自传》，我的阅读和写作开始转向，从文青气质的写作转向晦涩牵缠的"思想评论写作"，由此告别了对《辽宁青年》《散文》《湖南文学》等纯文学期刊的依赖。到了大四的时候，正在崛起中的思想文化刊物《书屋》进入了我的视野。自然，早期爱好纯文艺的因素并没有彻底被清除，它只是被埋藏在心灵深处而已，不时还会浮上心头冒个泡。大四毕业那个学期，找好工作、无所事事的我在岳麓山脚的一处民房短住了一段时间，又重新开始阅读卡夫卡的作品和类似梵高的自传等作品。我甚至一度梦想自己也能够有个可以诗意栖居的洞穴，每天在自己的小世界阅读、思考和写作，而菜饭都由别人送到洞穴口。那时候觉得遗世独立的生活就是一种勇敢，精神贵族就应该自绝于人间烟火气的庸俗。

将近二十年过去了，如今的我被戏称为"模范奶爸"，每天除了主业教学、偶尔做点研究之外，都是在买菜、做饭和照顾、辅导孩子等家庭时光中度过，偶尔有一点点时间才会像鼎公所言"业余写作"，才恍然大悟"和光同尘"比"遗世独立"更不易。在日常的人生中肩负生命的责任，在面对一地鸡毛的生活时仍旧坚持韧性而低调的理想主义，而与此同时将生命中那些有意义的片段与细节匆匆地用自己的笔记录下来，或许就是"写作的意义"的另一种平凡而有生命力的彰显吧。正如旅美华人作家哈金先生赠我的诗集里那首短诗《中心》所言：

"你必须守住自己安静的中心，在那里做只有你才能做的事情。如果有人说你是白痴或疯子，就让他们饶舌去吧。"

（《文汇报》"笔会"，2019 年 5 月 23 日）

科学家的"红地毯"该在哪里

◎凌　河

　　"红地毯"早已不是什么新闻，你看，这几天不是又有咱们的明星去戛纳走了红地毯吗？但这几天却还有一条红地毯新闻，值得我们放眼——就在上海，两名小有成绩的少年"创客"，跟着诺奖得主、两院院士，走了一回"红毯秀"，受到少男少女的欢呼和追捧——这样的红毯秀，上海已有百名科学家、科技"大咖"走过。

　　"让科学家走上红地毯"，因为它的针对性，所以应当赞赏。之前的风气有些问题，社会价值失衡也失准，红地毯也好，大荧屏也罢，一度要给明星们通吃全包。在这个"娱乐至上"甚至"至死"的流行下，从公众的关注到青少年的未来志愿职业选择，为人类作出巨大贡献的科学家，几乎完全让位于一夜千万金的影星、歌星与笑星。

　　很多年前，杨振宁与一位影星同机到达，为后者接机的影迷听闻此讯，竟问工作人员"杨振宁是唱什么歌的"。杨振宁后来为青少年所知，多半也是因为和翁帆的姻缘，却不是因为"宇称不守恒"哦！又比如当年霍金来华，一群记者追着他的轮椅追问"你有几段情史"，那是完全按照"娱乐新闻"的八卦套路在"拷问"啊。媒体招聘，大学生将新中国报业的前辈范长江答成"著名笑星"，那是把他当成了插科打诨的潘长江；至于小编们一路错下去，把袁隆平变成了版面上的"表隆手"，那是真不知道我们几亿人吃饱肚子背后的大功臣啊！

　　所以现在让原本鲜为人知的科学家走上红地毯，让他们走到少男少女面前，让他们站到镁光灯下，舞台中央，让他们理所当然地接受粉丝们的欢呼与追捧，是一件别开生面的好事！

　　但话又说回来，科学家毕竟不是娱乐明星，他们的"红地毯"，更主要的应该在"枯燥"的实验室。科学研究是创新艰难百战多的战场，是"在崎岖的小路上艰苦攀登才能达到光辉顶点"的苦活，是要安于寂寞、甘于默默无闻的"十年冷板凳"，科学家内心的创新冲动和激情，他们多年孕育而又忽如其来的头脑灵感，不容外来的干扰和冲击，鲜花、掌声和舞台，恐怕并不利于"铁杵磨成针"的攻关哦——所以"红毯秀"可以走一走，但千万不要过多地打扰和"诱惑"科学家们。

现在舆论诟病人们只知明星不知院士，这也要一分为二。我们的社会价值倾向确有问题，像一对明星的婚礼动辄上亿，而我们的科学家却还有蜗居斗室的情况，这种"倒挂"应当纠正。另一方面，公众中对于科学家的知晓度不高，恐怕也与科技攻关的特殊规律有关——邓稼先远去罗布泊近20年，连他夫人都"不知"他去了哪，去干啥，更不要说公诸天下了。其实直到几十年后的今天，当年钱学森、王淦昌、邓稼先们都干了些什么，创造了何等伟大的事业，还是不能全告诉"少男少女"们啊。这也是科学家知名度会远不如连一夜红杏都要扒出来给你看的"明星"的一个原因吧——不是一个维度，不能简单类比。科学家的巨大成就感和荣誉感，全然不在于"无人不晓"以及有多少百万"×粉"哦！

科学家的收入，现在还不能与他们的劳动付出和创造的价值相匹配，必须要从上到下重视解决，但完全依靠计划经济的"分配"制度看来不行，这是要靠科学技术这个第一生产力的转化，靠科技成果的产业化、市场化，才能真正使科学家"富起来"，同时也要从制度上和结构上加强对专利、专有技术等知识产权的保护、转让和应用。

最后说一句，让小有成绩的少年"创客"，"小荷才露"就去走红地毯，他们能不"忐忑"吗？他们真的将来成得了邓稼先吗？我在欣喜之余，多少有一点杞忧。

（《解放日报》，2019年6月11日）

让面子飞一会儿

◎胡展奋

有的人你越不想见就越会见到他——相信很多人有类似的懊恼。

我屏蔽过别人。也被别人屏蔽。这些动作网上操作很麻利。但现实中，就不行，江湖上走走台，单位里过日子，总有几个看你不顺眼的，太多的见面不如不见，有时候是你"恨不得立刻隐身"，有时候又是他"恨不得当场蒸发"，要能当场"屏蔽"多好。某次与朋友茶饮，朋友以研究《清明上河图》闻名，听了我的感言忽然若有所思，喃喃地说，有了，有了……

他眨巴着眼睛问我："知道《清明上河图》里有多少人拿着扇子？我一直在琢磨这扇子究竟是干什么用的？"

我当然被问住了。遂迅速打开了《清明上河图》，跟着他细数，果然有十余个拿着扇子的，妥妥的一个个都是戏精啊！梭巡其间，忽然发现一场戏：街心一黑袍男举止怪异，不知何故用扇子遮住了左脸，但其神情似乎很尴尬，看来是遇到了"克星"，不过那"克星"——骑在马上的一个背影，我们可以看到他侧转的左腮帮——业已发现了"黑袍男"……

如果"黑袍男"的扇子是挡脸的，那其余十多个拿扇的又是干什么的呢？

或曰驱暑。但开封的早春，相当料峭，典型的北方气候，早春三月就"驱暑"还真强到没朋友了吧，况且，北宋时，正值五千年来的第三个小冰期，唐代时长安、洛阳一带种植的柑橘茶树，至宋全被冻死，可见彼时多冷！

那么，开封早春的扇子是干什么的？大画家张择端已经告诉了我们：早春的扇子显然不是驱暑的，而是用来"挡尴尬""挡脸"的，让面子飞一会儿，古人给起了一个精准的名字：便面。

让面子飞一会儿，本属古面子工程。原来古人这么早就会"捣糨糊"！想想某次猝遇一个极厌之人，我先进电梯，他进来一瞧想退已是不及，只好看着地毯，似乎那地毯有颜如玉、黄金屋。43楼到1楼太久，要命的是途中居然没一个人进来稀释一下，也就是电梯没停过，事后知道这样"零进入"的概率几乎是千分之一。只好讪讪地"硬挺"。此时顿觉古人幸福，类似的尴尬，顺手一挡，就心照不宣地过了。

不想看到你，可假装不看你；"便面"一挥，彼此蒸发，妙极。

细查文献，这便面初现于先秦两汉时期，似单扇门，又名"户扇"。当时的帝王将相、平民百姓都用来"方便面孔"。《汉书·张敞传》中，出现便面一词，为"时罢朝会，过走马章台街，使御吏驱，自以便面拊马"。意思是京兆尹张敞散朝后逛妓院街，用便面遮挡自己，不被人发现。颜师古注云："便面，所以障面，盖扇之类，不欲见人，以此自障面，则得其便，故曰便面。"

当然，说是"先秦"，孔子时可能没有，否则"子见阳虎"就不会尴尬，而"帝王也用"，若不惮以最坏的恶意来推测，窃以为是便面从自媒体转移到"官网"的玉旒——皇冠上的小珠帘，"天威莫测"，让臣下看不清圣上的喜怒哀乐包括尴尬猥琐。

爱至魏晋，便面已经普及，《高逸图》里，可以看到最左边就有一位拿便面的，正是"竹林七贤"之一的阮籍。据传阮籍连吃饭、喝茶都拿着便面，不知他是否龅牙或吃相恶劣，说话时食物残屑会蹦出来，反正对便面的依赖简直到了"手不释扇"的地步。

唐时宪宗朝开始的"牛李党争"，据说加剧了便面的规模使用，那么，彼时之人为什么如此钟爱便面呢？窃以为那时候的人还非常要脸，杜月笙所谓的"三碗面"——人面场面情面，首选的就是"人面"。

差不多人人都认可，面子好重要，而当面子累的时候，让它飞一会儿，真是太人道太智慧了。

便面最早以细竹篾为材质，后来逐渐被布、锦、丝、绢取代了。"让面子飞一会儿"，真好。我常想，孔夫子遇少正卯，王羲之遇王述，谢安遇桓温，苏东坡遇沈括，范仲淹遇吕夷简，王安石遇苏洵……兀那便面一挡，何愁冤家对头。可不知何故，宋以后便面突然消失了，私忖大概宋被元灭，宋人觉得丢脸莫过于此，所谓"奶油尚且如此，何况牛奶"，还遮什么呢。明清以下改用折扇，到得民国，"破帽遮颜过闹市"，改用礼帽了，更后来庆幸有了墨镜与口罩，近年还盛行"屏蔽"，那不都是超麻利的便面吗。

"江山代有便面出"。当面子累的时候，让它飞一会儿，真是太人道太智慧了。

（《新民晚报》，2019年6月13日）

鲁迅不是"话痨"

◎陈鲁民

如今，"鲁迅语录热"俨然已成了网上一道风景。真真假假的鲁迅语录、鲁迅金句，铺天盖地；虚虚实实的鲁迅睿语、鲁迅名言，无所不在，令人目不暇接，也让人感叹不已：鲁迅可真能说啊！也有人不高兴了：鲁迅你咋那么饶舌，简直就是个话痨！

这可真是冤枉鲁迅先生了。其实，网络上流行的许多鲁迅名言、金句大多是他人杜撰，硬安在鲁迅头上的。鲁迅虽然以文字为生，著作等身，却是有的放矢，字字扎实，根本没那么多无聊废话。鲁迅善于激浊扬清，专造"匕首投枪"，也从不卖"精神鸡汤"，更不会故作深沉，舌灿莲花，什么都以专家自居，不分青红皂白乱说一气。

那些假鲁迅之名言，虽林林总总，五花八门，让人眼花缭乱，莫衷一是，但是若细分起来，也是有不同档次的。一是粗制滥造，胡乱贴个标签，就拿出来售卖。譬如，"晚睡的人没对象""人只要有钱，烦恼就会减掉90%以上""如果你不知道某句名言是谁说的，一定不是鲁迅说的，就说是马克·吐温说的"等，一望可知是低水平的假货。二是精心包装，巧妙制作，有几分相像，令人将信将疑，如"到了一定年龄，必须扔掉四样东西：没意义的酒局，不爱你的人，看不起你的亲戚，虚情假意的朋友"就在网上疯狂传播，被不少人奉为圭臬。三是惟妙惟肖，几可乱真的高仿，如"年龄这事，你若不在意，它就不重要""做你自己，因为别人都有人做了"等，就与鲁迅的特立独行风格颇为相像，须得相关专家出马才能辨别真假。

当年，郑板桥名噪一时，唯恐身后有人盗用自己名字发表诗作，假冒自己作品坏了自己名声，就在《后刻诗序》写下："板桥诗刻止于此矣，死后如有托名翻版，将平日应酬之作，改窜烂入，吾必为厉鬼以击其脑！"鲁迅若地下有知，看到那么多以他名义问世的假冒伪劣"金句"，乌七八糟"名言"，想来也会义愤填膺，痛斥无聊之辈，以厉鬼视之。

不过，鲁迅的孙子周令飞倒是比较达观且宽容。他对媒体表示，杜撰鲁迅言论，只要不是宣扬拜金主义等错乱的价值观，就没必要太较真。毕竟，网络上出现的鲁迅语录热，不管是不是鲁迅说过的话，至少折射出社会大众对于鲁迅的一种关注，认为引用鲁迅名言是一种时尚。

时下，并非只有鲁迅能享受到这种"待遇"，莫言、李嘉诚、李敖、马云、余秋雨、白岩松、易中天等名流，都跻身其中，难以免俗。白岩松表示，网上的白岩松金句，90%都不是他说的。莫言说，坊间的《莫言鸡汤》《莫言随笔》《莫言美文》等，都与他无关。这种现象叫"托伪"，即文章作者想借助名人传播自己的观点与思想，就将自己的作品假托名人作品来发表推销。此举古已有之，于今为烈。"托伪"主要有两个特点，一是谁的名气大就托谁，二是谁更时髦、更红火就托谁。从这个意义上来说，能被人托伪，至少说明你非等闲之辈，说不定有被"托"者还庆幸呢。

不过，说到底，"托伪"毕竟是一种不良风气，弄虚作假，混淆视听，既不利于文化建设，也无益于精神传播，并涉及著作权、署名权，还是应实事求是，真假分明，该是谁的话就是谁的话，名人说了就是说了，没说的也别让人家枉担虚名。正因为如此，近来北京鲁迅博物馆官网推出一套"鲁迅资料检索系统"，可帮助查询者检索鲁迅作品，只要输入关键字，就能知道这句话的真假及在鲁迅作品中的索引位置（某卷、某章、某篇、某行）。

这下好了，迅翁的"话痨"帽子可以摘掉了，当浮一大白！

（《解放日报》，2019 年 6 月 16 日）

生活在"时间边角料"里

◎詹克明

　　最近看到一位常年从事"12小时工作制"的女员工所写的一段文字，粗线条地描述了她每天的生活："早上7点半就得起床，在路上买个早餐边走边吃，坐车一小时到公司。晚上9点下班后，在路边买个简单的盒饭，同样地边走边吃，到家已经10点半了。如果这时候洗个脚立即上床，还能勉强有个正常的睡眠。若是洗个头、洗个澡、吹干头发再上床睡觉就已是11点半了。倘若偶尔舍得花一小时上个网、浏览一下新闻、看看帖子、跟朋友简短聊个天，上床睡觉的时间就已12点半左右。一周六天，天天如此。"当一个人把每天24小时中除去必不可少的吃饭、睡觉、上下班赶路之外的全部时间都用于拼命工作，那他还能有自己的生活吗？实际上，宝贵生命中真正属于他个人的仅仅是"重型冲压机（指'工作'）"所剪切下来的"时间边角料"！

　　呜呼！这么一点可怜的时间"边角料"怎么够用来抚育子女、孝敬父母、友情交往？对他们而言，就连最起码的亲情、友情、爱情都只能是一种"奢侈"。被挤压在工作间隙中的生活，不管是读书思考、艺术爱好，还是琴瑟和谐、生活情趣……一切免谈。如此地被"工作"榨干了的生活，必定如同机械般的干瘪枯燥，无滋无味。

　　珍藏了一套深具哲理的《德国文化丛书》，其中有一本是《现代人的焦虑和希望》。书中写道，"在今天这个时代，有太多的精神已经堕落为工作奴隶，或是些在囚房里心智受摧残的人。还有许多我们的同事，尽管他们的生活水准相当高，他们的命运却漂泊在自己也变成机器人的路上"，"使用机器的人，工作便像机械，迟早心都会机械化。有了机械心，人便不再纯真：丧失纯真，就不再能够享受内在的生命，生活变得全无意义"，"一股冷漠弥漫在千篇一律、密密麻麻的现代建筑里。现代人彼此挤在一块儿生活，却不相识。甚至隔壁房的邻居死去，都没有人知道"。其实，这位德国哲学家关于"机械心"的一段论述，本是出于我国两千三百多年前的《庄子·天地篇》，记述的是子贡南游于楚，过汉阴，见一丈人，凿木为机（即从井里提水的水车），灌园老者说："吾闻之吾师，有机械者必有机事，有机事者必有机心，机心存于胸中则纯白不备。纯白不备则神生不定。神生不定者，道之所不载也。"显然，庄子不是一位推崇"机械文明"的人，他认为机械会助长"机心"，从而破坏"全德"。

世人都爱用拿破仑那句话来说事："不想当将军的士兵不是好士兵。"为此，有人借机鼓劝："要想过幸福和美好的生活，就必须趁年轻时努力奋斗，只有付出比其他人还要多的时间和精力才能够成功，这12小时工作制就是专为那些愿意为未来拼搏的青年人准备的，老了就没这机会了。"说穿了，当今富豪大佬没有哪一个是真正靠着延长工作时间来铸就的。他们傲人的成功主要是在青涩创业之初有幸赶上了变革时代，这些创业者们凭借眼光，抓住机遇，奋力拼搏，有时还要走点"野路子"，这才有了他们声名远扬的今天。此种依托风云际会的成功，大多不可复制，所谓"时不再来"的结果必定是"后无来者"。如此说来，鼓吹"12小时工作制"并不能成全那些"想当将军"的"好士兵"，这种工作制全是针对那些为大佬"卖命"的员工而制定的。正如英国广播公司的评论所言："没有人能够通过给别人打工变得富有……你只是让老板们变得更加富有。"

梦幻人生如同《红楼梦》里的"风月宝鉴"，正面照很养眼（美女），背面看很骨感（骷髅）。在一些竞争非常激烈的行业里，"年轻"无疑是"含金量"最高的资本，但是，冷酷无情的大佬们通常只肯汲取手下员工"人生的精华时期"：二十几岁的青年才俊各个公司都争相聘用，三十五岁则是一条"杠"，一旦过此年龄，体力精力时间比不过青年人，就会被边缘化，如同"上阳宫女"，只能白发忆当年。更可悲的是，从事这类工作的人，由于平时根本没有时间学习新技能，一旦失业就很难再找到新工作，当年鸿鹄远志的"将军梦"早已不知不觉地烟消云散了。更由于积年累月地超负荷工作，导致了不健康的生活饮食习惯，必然会带来身体的严重透支，以至于许多人年纪轻轻就患上了各种疾病，三高、痛风、脂肪肝、心血管疾病比比皆是。尤其令人忧虑的是，这些中年人最怕被解雇。正值壮年，都是家庭的"顶梁柱"，一旦失去工作，房贷、车贷无力偿还，子女高额学费付不出，往昔高水准的生活必定难以维持。为此，这些可怜的"中龄"员工心态往往最为怯懦，哪怕老板再严词呵斥，侮辱人格，你也得忍气吞声，逆来顺受，生怕失掉工作。他们的生活已然被"12小时工作制"所绑架——只能蒙上眼罩，听着"吆喝"，被驱赶着匍匐前行。自己无法驾驭自己的生活，就只能为工作所驾驭。

这些勤苦劳作的员工其实并没有享受到真正的尊严。一个巨无霸的大公司就如同一部结构庞杂的巨型机器。同样是公司成员，操控这台大机器的人与只是起到一个机器零件作用的人，哪怕表观上是依照按劳取酬进行劳动分配，但两者地位之悬殊简直就像皇帝与平民，绝对不可同日而语，又何尝有平等可言。

1886年5月1日，在美国芝加哥以及周边城市约35万名工人举行了一场声势浩大的罢工和示威游行，要求工厂实行更加人性化的"8小时工作制"——"8小时工作，8小时休息，8小时娱乐"。5月4日当工人们再度集会时，警察在慌乱中朝工人们开枪射击，有10名工人被当场打死，这就是"干草市广场惨案"。然而，他们的血没有白流，23年后，在巴黎举行了第二国际成立大会，会上通过了决议，将5月1日正式定为国际劳动节，并声援工人提出的"8小时工作制"。直到1914年，美国福特汽车公司第一个主动执行"8小时工作制"，福特汽车公司的老板亨利·福特还严令禁止工人们超时工作。"8小时工作制"是用工人的鲜血换来的！

我们国家早在1994年7月5日就已制定了《劳动法》。根据最后一次修正的《中华人民共和国劳动法（2018修正）》第三十六条规定，"国家实行劳动者每日工作时间不超过八小时、平均每周工作时间不超过四十四小时的工时制度"。"干草市广场惨案"的鲜血至今还在隐隐地缓慢渗出。所谓"血汗钱"——"钱"可以有"汗"，但不可带"血"。

人生百年。父母生下你，含辛茹苦地将你抚养大，绝对不是为了让你用来被他人所奴役驱使的。蒙田说过："世界上最重要的事莫过于懂得让自己属于自己。"在今天这样一个日渐发达的现代社会，做人的基本要求更须强调的是——必须让自己属于自己。

（《解放日报》，2019年6月23日）

嗯一声还是嗯两声

◎刘洪波

聊天要回复"好的"或者"嗯嗯"，不能回答"嗯"。有一个网友说，自己因为回复"嗯"，被上司教育了一番。这事情成为一个小热闹，可见人们还没有全都接受"嗯"与"嗯嗯"的表达差异。但是，毕竟回答"嗯嗯"是基本的微信礼仪，好像也定性了，还有知名情感博主、伦敦大学的心理学博士来背书：从职场心理学的角度看，老板的批评没有大的问题，回复"嗯""哦"等简单的一个字，往往代表对他人的一种不尊重，而回复"好的""是的"，多一个字看起来有礼貌且尊重对方，有种"上了心"的感觉。

普通劳动者必须连说两个"嗯"的语境下，正确的劳动价值观怎样树得起来呢？

嗯一下，还是嗯两下，对其差别，我是无感的。但经过上面的"问题化"，以及成为问题后又引出一番道理，我就有了些感受，不是觉得一个"嗯"和两个"嗯"真的有什么差别，而是感慨当了上级果然能够产生特殊的话语敏感，和表达和维护这种感觉的"敏感权"。

"嗯"也好，"嗯嗯"也好，都是话语中的接受性回应，表示对对方的话语收悉且接受。收悉就是"知道了"，接受就是"就这样办"。显然，与"好的""是的"相比，"嗯"或者"嗯嗯"没有明确的肯定、赞同之意，而只是表示接受。

要说在上司、老板、领导那里，更喜欢"好的""是的"，而不是"嗯""嗯嗯"，还令人容易理解，毕竟赞成与接受是不同的。但对"嗯"几下也敏感，可能是连来几个"嗯"有点接近于叩头如捣蒜，多个动作即使做得马虎，也比只叩一下让他们稍爽一点吧。

这真的是"心理学"，而不是语言本身的事情了。还要注意，这是"职场心理学"。强调职场，也就是强调有着上下级关系、科层关系这种场合。这样的场合，与日常的人际心理学不完全一样。日常的人际关系中，叫一声小李或者老张，没什么大不了，但在"职场"，称呼就要归到科层体系里面，整个语言模式也得变换，老板对下属，嗯嗯可，嗯也可，不置一词可，"说得不对"也可，但反过来，那就只能是"好的""是的""对"，最起码也得是"嗯嗯"。

这种"职场心理学"，其实又可以叫"主从心理学"，是在有主人有从属的框架下适用的一种东西，那里面有源于主从关系的敏感性或者简直就是过敏性反应，也有源于这种关系的不敏感或假装不敏感的反应。居主位者可以计较"嗯"还是"嗯嗯"，可以不敏感于回复还是不回复的礼仪，从属者则必须对自己的话是否得到回复以及得到怎样的回复，在态度上毫不敏感，而只敏感于对方的心理需要得到无微不至的照应。

这是一套多么诡异的心灵按摩术，又是一套多么严密的体贴进化论。

如果我们不是从主从关系出发，而是从主体间关系出发，两个人之间怎样说话，就会另有一套模式、逻辑和道德。如果我们用劳动心理学、劳动者心理学来代替职场心理学，可能就会认为回复一个嗯还是两个嗯并没有什么不一样，不值得为之而不高兴，会说谁为此不高兴谁就是过敏症。但现在我们没有来讲主体间关系，也没有人来研究劳动心理学。

正观看"嗯嗯"事件之时，我读到一篇文章，说部分青少年劳动价值观异化、好逸恶劳、嫌贫爱富、不尊重劳动和普通劳动者、劳动教育缺失等等。在一个连普通劳动者必须连说两个"嗯"都会被学理化和道德化，言行由职场心理学、主从心理学主导训练的社会语境下，正确的劳动价值观怎样树得起来呢？

（《新民周刊》，2019年第24期）

这届小学生不好带？是我们欠他们一个真相

◎董怀国

"蚌的肉被鸟的嘴夹住了，蚌又用壳把鸟的嘴反夹住了，那么，它们是怎么开口说话的？"近日，有网友受到来自11岁小孩子的"灵魂考问"。她查了资料，自己也无法解释，最后把这个"考问"发到了朋友圈。

说实在的，这个11岁的小孩让我惭愧。我在儿时学习这篇文章、登上讲台教这篇文章、在某些地方引用这篇文章，没有哪一次质疑过这个寓言在逻辑上是不是讲得通——直到这个小孩子将问题提出来。很显然，刘向编辑《战国策》的时候、后来人学习经典的时候，都因其中深刻的哲理折服，以至于忘记了要去质疑其中的瑕疵。

当这个小孩子提出问题之后，各路"大人们"的表现是很难说及格的。他的老师回答说"这是个寓言故事"，简直就是答非所问，而且还误导小孩子，让人以为寓言故事就可以乱说一通。还有网友强行解释：嘴巴里咬着东西其实是可以说话的，只是模糊一些。这也是扯淡——当时双方明明就是都想脱身，嘴巴稍一松动不就各自撒开了？这个，《伊索寓言》中"乌鸦和狐狸"的故事就可以作证。出版社显得更霸道——古文就是这么说的，暂时不会改教材。那就是没得谈了呗？

只是有一个事情我们不能忘记——小孩子的求知欲需要得到保护，从他们头脑里冒出的许许多多的"为什么"，恰恰是成年人会忽略，同时又试图带偏小孩子，让他们也忽略的。这种教育还不至于说"误人子弟"，但是至少，它没有保护小孩子质疑的精神，没有培养小孩子独立思考的习惯。其实"鹬蚌相争"中的逻辑错误，我们大大方方承认就得了，反而能够让小孩子更好地理解寓言很多时候会和我们的生活常识存在偏差，但最终会走回生活，带回一个更为深刻的道理的特点。

有人说"这届小学生不好带"。我以为，其实哪个时候的小学生都不好带。我们小的时候也曾经有过很多的奇思妙想，比如说校园歌曲就这么唱，"没有人能够告诉我，山里面有没有住着神仙"。但是那时候棍棒教育还有很大的市场，师长们的权威还经常很不友好地侵入我们的睡梦，太多的疑问都只会在头脑里闪念了那么一下，接下来就被放弃，然后我们老老实实听课、老老实实做家庭作业去了。而现在的小孩子，他们身处的应该是一个更为开明的环境，他们敢质疑，大人们就应该敢回答，告诉他们真相。否则，这几十年的历史没进步，白过了？

老师就应该为小孩子解惑，出版社作为教育体系中的知识权威，就应该重视小孩子提出的我们明知道还是有道理的问题。曾经，我们对应试教育深恶痛绝，动员全国的力量推行素质教育，不就是要保护孩子独立的人格、健康的身心、学习的兴趣吗？在素质教育已经探索多年的情形之下，我们不愿意承认"鹬蚌相争"中存在的逻辑错误，还要强词夺理，可见素质教育推行的最大障碍在于还有不少的人有讳疾忌医和叶公好龙的毛病。

（《浏阳日报》，2019年7月1日）

"原谅宝"，技术噱头下的作恶

◎毕 舸

据《新京报》报道，程序员研发"原谅宝"一事持续引热议。今年5月，程序员"@将记忆深埋"表示，自己通过大数据完成一个项目，可用于鉴定"渣女"。有网友将其起名为"原谅宝"。被网友指责后，其宣布删除数据库并道歉。6月26日，有网友透露，"原谅宝"已建立公众号和微博。但记者实测发现，相关测试页面有广告，且难以看出核心数据和技术，公众号主体是个百货店。28日，"@将记忆深埋"回应，这是冒充的，害他被骂，对方却因此获利。

"原谅宝"事件持续发酵，在于"@将记忆深埋"之前号称运用了大数据，已经"在全球范围内成功识别了十多万名疑似从事色情行业的女性"，同时可对美颜、Deepfakes换脸等有效对抗，识别率达99%；而对于声音语气模仿采用声纹检测对抗，识别率达100%。一系列高大上科技名词的加持，让"原谅宝"更容易激起他人的好奇心，如果真如"@将记忆深埋"所言，这就不是对"老实男人"的保护，而是对无辜女性的伤害。

"原谅宝"是技术噱头下的道德作恶。首先，它不能保证所谓的识别率100%正确。其次，即使正确，将其上网公布于众也是有违道德，侵犯他人隐私的。可以想象，如果有人用所谓"原谅宝"，以某个女性的图片或者视频为依据，就标明其"有从事色情生意的嫌疑"，对这名女性无疑已涉嫌诽谤和人格侮辱，一旦有更多人效仿，更容易形成一种集体性的道德恶行。由此产生的奇观就是，一堆男性（也不排除女性）用户随意对女性用户发在微博、微信朋友圈、抖音以及其他公开线上途径的图片或者视频，进行人格"界定"，"原谅宝"成为一群人对另一群无辜者的人生定性杀器，而当被界定者予以反驳，这些界定者也会以"原谅宝"数据有多么可靠，技术有多么先进，来作为剥夺对方抗辩的理由。

"原谅宝"以技术为名满足人们的窥私欲，从技术层面而言，其可行性非常小。但其所反映出的逻辑，则是满足部分男性对女性在两性交往中的霸权需求。它集成之前人肉搜索和打色情擦边球软件的双重之恶，人肉搜索是对个人隐私进行无遮拦的曝光，而且往往发生于某类事件中，人们对于疑似做出违反公序良俗行为的人，采取此类技术，从而将个人推向广场审判。如此网络暴力下，很难避免有无辜者成为人肉搜索的受害者，哪怕是行为确有差错者，也被这种滥用的私权侵犯到其合法权益，从而酿成悲剧。在电影《搜索》中，关于这种技术所造成的社会伦理伤害有充分体现。

而"原谅宝"将女性照片与从事色情行业挂钩，可以想象，这会让被界定女性背负多少不堪的言语？退一步而言，即使女性之前有类似经历，也不应被剥夺应有的人格尊严，在网上被人围观。这与近来另一"热门"软件——一键脱衣 AI 有着相同的恶，无论是 AI"剥"去女性的衣衫，还是"原谅宝"裸露女性的人生经历，技术被吹得越天花乱坠，其后果就越不堪设想。

因此，对于此类打着技术擦边球而干着侵犯个人隐私和权利之事的现象，我以为不仅有关部门要立即进行调查，如真有类似软件须予以封杀，同时对制造和传播者依法严惩，不能让此股歪风愈演愈烈，不能让网络变成隐私不打"马赛克"的滥觞之地。

（《钱江晚报》，2019年7月2日）

不必动辄放言"砸饭碗"

◎廖德凯

又一位官员的"狠话"火了。

7月7日，在一个问政电视节目上，北方某县一位县长对于问政短片中曝光的玫瑰文化节居然有"三无产品"混入的情况，在现场明确表态：一定要严查，今后将加大监管，谁砸当地玫瑰的牌子，就砸谁的饭碗。

按理说来，这位县长的语境前提是因为文化节上有"三无产品"混入，砸"三无产品"的"饭碗"，应当很受网友欢迎才是。然而，这番狠话却没有在网上引起共鸣，反而让许多网友感觉"凉飕飕"，在某门户网站该新闻后面的跟帖评论，几乎清一色批评"不讲法治"，"一句话就可以砸人饭碗"——看来，动不动就"砸人饭碗"的狠话，已经不吃香了，甚至已经遭人厌了。

曾几何时，"砸饭碗"是官员"放狠话"的标配。"谁砸城市牌子就砸谁的饭碗""谁拖欠民工工资就砸谁饭碗""谁搞'三乱'就砸谁饭碗"……最著名的是一条关于拆迁任务的标语："谁影响××发展一阵子，我影响他一辈子"。某市一位领导在一次展会的动员大会上则曾表态，谁影响该市形象，谁就有责任，"砸不了他的饭碗，也要搞臭他的名声"。

这些冲着"饭碗"去的话，一句比一句狠，一句比一句有力。而由于语境背景不同，这些话在网上的反响也各不相同，对维权类的"砸饭碗"，多有赞誉之声；对维护形象类的"砸饭碗"，则多为批评之论。

放在数年前，这位县长的狠话可能会得到许多人的赞赏。因为在大多数人看来，说狠话总比什么都不说好，"砸饭碗"总比什么都不做好。为什么在今天，却少了支持者呢？究其原因，一方面是人们的法治意识、规则意识提高了；另一方面是民众对官员的要求不再满足于"放狠话"，而是更希望看到官员"出实招"，解决实际问题。内在的意识提升，外在的评价务实，导致"砸饭碗"式的狠话不再吃香。

法治意识、规则意识的提高，让民众知道，官员拥有动辄"砸饭碗""搞臭名声"的权力是多么可怕。无论这种权力是对"坏人"还是"好人"行使，都是违反法治秩序法治规则的行为。"砸牌子""影响形象""影响发展"都是一种"口袋罪名"，任何人的任何无心之举，都可能被装进这样的"口袋"之中，"饭碗"也就随时处于可能被砸的状态了。现代法治政府依法办事，自然不能动辄砸人饭碗，用嘴砸也不可以。

　　另一方面，"玩口炮"和"有实招"上，民众早已有了清醒的认识。以当地玫瑰牌子为例，有网友就指出，"应该思考的不是谁砸谁饭碗的问题，而是应该好好想想如何延伸产品产业链，提高产品附加值，进而提高玫瑰产品价格，让老百姓恢复种植玫瑰的信心，否则，就是在砸全县人的饭碗了"。做好了应该做的事，把蛋糕做大做好，让大家都有饭吃，都有"饭碗"，才是地方政府的正事。

（《解放日报》，2019年7月11日）

"热搜"榜带来了什么？

◎远　方

　　日前，一位作者在《文汇报》上以"结婚、推销、换发型都能上榜？'热搜'谁说了算"为题，批评如今的"热搜"榜上，大量营销内容霸占着公众注意力的资源，这些无聊的噪声或者商业企图，混淆和屏蔽了人们希望获得的真实有效的新闻信息……

　　我们知道，在今天这个信息时代，"热搜"已经成为人们传播信息、关注信息、了解动态新闻的一种主要方式。"热搜"榜的意义和价值，在于聚焦生活中的重要新闻，捕捉时代的热点，感应社会的脉搏和神经，抓住人们普遍关切的话题，给人们提供高效、迅捷、有意义、有价值的信息和知识，从而发挥其产生社会效应和社会价值影响的积极意义……

　　但如今，一些流行的"热搜"榜，却越来越多地热衷于一些无用、无聊、八卦、泛娱乐化、商业化和营销化的东西。眼下，有这么一对青年演员的婚讯，频繁登上微博热搜成了新闻。有人不完全统计，仅6月26日到7月1日这短短六天间，这小两口结婚这点事儿上了超过20次微博热搜榜，从公布婚讯到举办仪式，可谓将"全过程、全方位、全景式"记录发挥到了极致，不仅压过许多热点社会新闻，放眼娱乐文化圈也远超过许多所谓"顶级流量"的待遇，以致引起众多网友的反感。

　　时下，随意翻看一下微博热搜，今天明星A换发型上一次，明天明星B小号曝光上一次。大量的营销内容霸占了公众注意力的资源，让用户想要寻找的信息淹没在这些无聊的噪声或者商业企图之中，难怪越来越多的网友发出质疑："热搜是买的吗？"

　　如今，一些艺人营销推广意识越来越强，这些艺人将社交网站作为打造个人品牌的重要阵地。借此，明星不再依赖作品带来的话题，或影评人的评价带来流量，而是开始为自己"代言"，将社交网络作为作品宣传、与粉丝互动的平台。他们把自己能够推上"热搜"看作是一种商机、一种营销机会，为此不惜进行炒作，制造话题，博取眼球。这就是一些"热搜"榜娱乐化信息、商业化炒作、营销化套路泛滥盛行的主要原因。

急功近利，是目前许多人抱有的心态和行为。比如，走亲访友可以结交或巩固社会关系、对股市的关注可有微利或暴利、微信可以炫耀也可以获得更多信息、花费大量时间用于网购可以省钱……对这些"有用"的事情，人们都舍得投入时间和精力，只要能够有所"获得"，就肯"投入"。在娱乐文化中，人们也是抱着这种实用功利的心态，明星娱乐热门话题占据了"热搜"的主要内容，因为，人们更爱看娱乐八卦或是实用性的内容，这些信息内容，只提供消遣娱乐，满足感官愉悦，知道就行了，完全不用费脑子，而人们对读纯文学、诗歌及文史哲则不太热衷……

无疑，现在我们已经进入了一个信息获得非常方便快捷的时代，而人们又那么忙忙碌碌，时间的利用经常是碎片化的，这就像吃零食一样。比如，我们从微信上就可以看到很多东西，但是，一个人有必要知道那么多信息吗？即便一个人知道世界上所有的事情，也仅仅是"知道"而已。就像零食只是食物的一种，即便一个人每天吃各种零食，他的营养肯定还是不全面的。同样道理，如今流行的各种各样"热搜"榜提供的信息，其中有多少是有用的、有价值的、富有启发性的内容呢？所以，今天，我们的问题不是不知道，而是浪费了大量时间去了解不必要的信息，我们可能已变成了知道最多而思考最少的人……

令我们许多人感叹的是，今天信息泛滥，"热搜"榜流行，而我们所面对的这个泛滥的信息世界，却常常是喧嚣与失语并存，糟粕与精华并在，真相与假象相连，现象与本质混杂，存在与虚无相互作用。我们所希望看到的真实的世界、事情的真相、事物的全貌，却往往是由"机器推荐""APP""大数据"提供给我们，有价值的、有营养的信息却是越来越稀缺，越来越珍贵……

而获得有价值的信息、有营养的信息，我们就需要付出成本，这种"成本"，需要我们的甄选、辨别，需要我们不盲从、不趋奉流俗趣味，需要我们的独立思考和理性判断，不为喧嚣失去了精神的静默，不为浮华遮蔽了真相与事实。

（《福建日报》，2019年7月16日）

争相扮"姨太太"是拿无知当有趣

◎鲍　南

　　踩着高跟、穿着旗袍、点着细烟、化着浓妆……在各类短视频平台上，这类打着"军阀姨太太"旗号的民国风造型异常火爆，还有人一边摆造型一边"傲娇"发问："我能当第几房姨太太？"

　　爱美之心人皆有之。一些女网友追逐"复古风"，作自以为的雍容贵妇状，尽管与历史造型相去甚远，但也属于个人自由。可部分仿妆者理直气壮地拿"军阀姨太太"说事儿，甚至在遭遇批评之后大声申辩："谁不想当狐狸精？谁不想当祸国红颜？"这种无脑逻辑早已超越审美范畴，反映出极其荒唐的历史观和价值观。

　　作为军阀可以随意处置的私人"物品"或"玩意"，历史上"军阀姨太太"的故事里从未有过这些女网友幻想的风花雪月，倒是充满了悲情与血腥。将一段生死祸福全凭他人的危险关系，莫名美化成"霸道总裁爱上我"的"倾城之恋"，可以说相当无知者无畏。更重要的是，"姨太太"还隐含着这些人"自我物化"的倾向。百余年来，不知多少抗争与牺牲，才让女性摆脱附属品的枷锁，赢得了如今的社会身份。而今天，一些女性却沉溺在网络小说肥皂剧集虚构的世界里不能自拔，甚至甘愿放弃独立人格，愣是要在"一夫一妻""男女平等"的现代社会里哭着喊着当"军阀姨太太"，不仅荒诞更加可悲。

　　说到底，"军阀姨太太"这种梗，完全是把低俗当乐趣，把无知当卖点。但类似的跟风乱象却屡见不鲜——有人用"你是我的《南京条约》，是我沦陷的开始"向偶像示爱；有人拿"让物价回归民国"做促销广告；更有甚者，拿慰安妇做表情包，拿烈士推销凉茶……历史虚无主义沉渣泛起，封建思想糟粕借尸还魂，本应帮助人们增长见识的网络空间反倒成了拼无脑、秀下限的娱乐场。久而久之，似乎一切皆可调侃、一切皆可解构，以至于屡屡有人追腥逐臭，言论出格令人瞠目。

　　今天，网络空间已是现实社会的重要组成部分，对于网上翻飞的"历史烂梗"，我们不能一笑而过。该打击的要打击，该引导的则引导，激浊扬清，才能守护好这个社会的价值观。

（《北京日报》，2019年7月24日）

尬写和避免的方法

◎枫　雨

现在经常听到一些新词，比如"尬舞""尬聊"，推而广之，作为一个作者，是不是会有"尬写"的情况发生？

李白就遇到过。据元人辛文房《唐才子传》记载：有一次李白登黄鹤楼欲赋诗，猛抬头看到崔颢那首《黄鹤楼》浑然天成，"逼"得李白搁笔而去，"眼前有景道不得，崔颢题诗在上头"。当然，后来诗仙毕竟还是忍不住，送孟浩然的时候又路过此处，忍不住手痒还是写了几句。两首诗都是送别，但论起意境，崔的"白云千载空悠悠"明显超过李的"唯见长江天际流"。

可以理解每个作者都希望自己文思泉涌，永远有写不完的灵感，即使没有灵感，也要一直不断地写，直到蜡炬成灰。

然而由于环境和认知，加上年龄的增长，不得不承认一种情况，也许是"欲说还休"，也许已有人妙笔生花在前，也许是有附庸阿谀之嫌……总之就是写不出心声，哪怕是一个字都挤不出来，觉得是废话。这时候如果非硬着头皮，就会出现"尬写"的情况了。怎么办？是不是像哈姆莱特一样尴尬——"To be or not to be?"

在这种情况下，就我的经验，会给出两个选择，可以不让自己痛苦。

第一是去看书，看以往大师们的书。就会发现，哈哈，原来人家的思想比我丰富，比我深刻，恐怕自己再读十年也赶不上。白活！好了，不必写了，写出来也是拾人牙慧，何必再浪费脑汁，还不如好好学习。这样一读，让我谦虚了，那点儿自我膨胀也立马像漏了气的球，瘪下去；当然还有一种心情在作祟——不服。于是更使劲去看书，纵横交错，上下、古今、中外……怕记不住还做些笔记，于是脑子"乱"了起来，活跃了起来，最后这些思想碰撞在一起，被我投入"炼丹炉"，开炉前，最重要的是投入自己那点儿少得可怜的推理和怀疑，于是属于自己的那颗"丹"才炼成。

并不是每一次都成功。如果"炼丹炉"出了毛病，比如成分比例失调、佐料失衡等，都有可能导致失败，让这炉子里的"丹"变味，变得没有营养，甚至成为毒药。每每一想到此就害怕，就更小心谨慎地读书，既不敢仰止高山，又不敢自鸣得意，更不敢妄自尊大。

读书读出"负"能量，这并不是危言耸听。不过，这种"负"能量其实也很励志。因为看到自己的不足和渺小，就不会夜郎自大；看到前人已在某个地方捷足先登，就不必再苦苦寻路，而是顺着他们的脚步继续前行。这样的"走捷径"，绕过障碍，用省下的脑细胞去思考他们还没瞅见的东西，有什么不好呢？我相信前面的大师们定会有落下的东西还没来得及发现就转头了，或者生命不够长，前行未穷尽。作为后人，我们大可以沿着他们开垦出来的路径继续探索下去，说不定会柳暗花明。用前人的遗留做补给，再继续开发，想想好赚！何乐不为乎？

第二个方法是干脆书也不读了，出门去，看山看水，远离尘嚣。读书如果不思考，终难免被洗脑的危险，把自己的思想挤光了，继而大脑只变成一个装着别人各种思想（也有可能是歪理、偏见或糟粕）的垃圾桶。这样的情形，还不如傻点好。读书是要费脑子的。读错书就更糟。

大自然给了我们最好的礼物，可惜现代人却越来越远离它。宁可在万丈红尘里混得灰头土脸，也不愿意用沧浪之水灌洗一下。古人早说过，看山水也有三个境界。第一种是见山是山，见水是水；第二种是看山不是山，看水不是水；第三种是看山还是山，看水还是水。我觉得自己在第二种境界了。也就是虚实开始交错，自然的山水会在眼前成为诗句或哲理。大自然从来无私，只要你用心去领会，其实所谓灵感，有时候就是你抛掉了所有定式，所有既成的思维，倒空自我，才会盛装最原始最"有机"的东西。

第三种境界"看山还是山，看水还是水"，要做到比较难，大致属于佛系了。辛弃疾"天凉好个秋"属于此，而现在的人太忙碌，看山水的时间都没有，只有臆测妄想。中国文学一直是诗歌的成就大于文章，是不是有些"怕"这种境界？毕竟，文章写起来是要融入更多层次，熔化更多学说，比起洗练的诗歌来难得多了。老子虽然不写诗，但他绝对是诗人，五千字，够后人琢磨几辈子的。

生命宝贵，写与不写，做与不做，首先得承认自己思想上的不足和冗余，一切才都有意义。否则，即使勉强写出东西，也只是误人误己。

欲像辛弃疾发出"老大那堪说"的感叹，首先得有他那样叱咤风云的经历。既然连谪仙李白都有尬写之时，我辈更可以停下敲击键盘的手指，读书或去走天下，都是不错的选择。

（《解放日报》，2019年7月28日）

博物馆热与教育竞争

◎张明扬

在这个暑假，如果你打开朋友圈，你可能会发现，中国最热爱博物馆的是孩子，暑期出游第一目的地是中国各地乃至全球各国博物馆。跟着第一次去的中国爸妈们现学现卖，装得自己和博物馆迷一样。同样，中国最热爱艺术的群体也是孩子，城里孩子几乎人人都在学一两种乐器或绘画，家里还都有几本证书，啥都不会的大人坐在门口傻等。

如果对自己诚实的话，我们应该承认，我们这一辈中国爸妈自己年轻时其实没怎么去过博物馆，也对博物馆没什么兴趣，我们很多人唯一有印象的博物馆就是故宫博物院了吧？但其实我们很少有人把故宫当作博物馆来看的，故宫不是个有三大殿的皇家建筑群吗？

可以说，这一轮博物馆热完全是由孩子带动的。更准确地说，也未必是孩子天生对博物馆多么有兴趣，而是这一辈中国爸妈们认为孩子应该对博物馆有兴趣，所以不辞劳苦不顾个人好恶带着孩子在各地博物馆流连，以至于最新的政治正确是，到了任何一个城市旅游，先问一问当地的博物馆如何。去成都，先问三星堆；去长沙，先问马王堆。

有次在一个饭局上，一群朋友滔滔不绝地大谈陕博和国博各自的优劣，我几乎嘴都插不上。毫无例外的是，参与讨论的都是一群父母，他们的热情以及知识都来自最近某个假期带孩子逛博物馆的经历。

最新的进化是，这些家长们对博物馆的各种特展也开始如数家珍。各种公众号非常及时地更新着各地博物馆的展览信息，甚至还包括国外的，而主要读者，并非是专业人士，而是头顶两个天线四处捕捉信息的中国爸妈。

大约是去年，我表弟带着孩子从扬州驱车几百公里到上海，我正准备给他们安排一些外滩观光吃饭之类的俗套活动，人家胸有成竹地对我说："我们一起去陆家嘴的一个日本金鱼特展吧。"我赶快打开搜索引擎，一顿紧急操作之后，才搞懂这个特展是怎么回事。简单一聊，表弟一家已经是博物馆达人了，他们家小公主去过的博物馆大概比我还多了。

在上海，我时常有这样的经历。中午还刚刚和某位朋友见了一面，下午就发现他已经带着孩子去了苏州博物馆，去逛一个我明明很有兴趣却不想专程跑一趟的特展。

为了平抑自己的此种沮丧，今年春天，我也专程跑到东京去看著名的"颜真卿展"，排队时发现，队伍里有很多带着孩子的中国爸妈，有的甚至是周末住一晚就回国的。如果颜展放在寒暑假，那简直不敢想象了。

不夸张地说，中国爸妈是拿出了迎接教育竞争的势头和斗志带着孩子去参与这场博物馆热的。不过，我想，如果这场变态教育竞争中能留下几项正向遗产的话，博物馆热一定身在其中。

八年前，我和妻子去佛罗伦萨度蜜月，房东听说我们对博物馆有兴趣，打开地图一口气说了20分钟，从大时代到小情调，每个博物馆都给我们列上几个他认为的"主打展品"，甚至贴心地帮我们安排了路线图。此时，我非常不合时宜地问了一句，某个大牌的工厂店怎么去。房东眼睛里的光瞬间暗淡了下去，语调也一下子从亢奋变成了平淡，简单告诉了我们路线之后，就兴致不高地匆匆告别了。

房东眼睛里的光，只能留给我的孩子再度唤醒了。

（《中国新闻周刊》，2019年第27期）

车到山前能有路吗

◎邓　刚

　　生活中经常可以听到人们说：车到山前必有路。有人说这是老祖宗留下的颠扑不破的真理，有人说其实是乐观主义的劝人方而已。平常生活的交流中可以看到，不少人对这句话提出质疑：君不见有些人屡遭危难，最后被逼上绝路而自杀吗？然而你要是细细地去分析和观察，就会发现，人们只要听到自杀者的事件后，几乎都会惋惜地说，其实本来用不着死，只要怎么怎么，不就解决了吗？

　　我在十多岁时，父亲被关进监狱，全家七口人，只靠母亲在建筑公司挖坑刨土挣三十多元钱养活。大妹因小儿麻痹症而残疾，走路一瘸一拐，上级却逼着她下乡劳动改造，那真是要逼我们全家走上绝路。邻居们都在暗暗地盯着，预计我们全家会在哪一天自杀。但我们却活得一包劲儿——十多岁的我走进工厂学徒，十多岁的二妹自愿报名顶替残疾的姐姐下乡，残疾的大妹和十来岁的二弟到街道生产自救小厂干活，哈哈，我们全家有四个工人阶级了！

　　一个有知识的邻居惊恐万分地对我说，你们这么小就不读书去干活，一辈子不完了吗？然而我们没完，因为我们兄妹晚上在一起，看书学习讲故事，用漂亮的词儿说就是自学。后来我成了写文章的作家，弟弟妹妹们有的当上大商场的经理，有的是大公司的财会总监，有的是设计部门的绘图员……总之，个个都优秀。

　　"车到山前必有路"，还有一个相似说法是"天无绝人之路"。当然，我应该感谢我的母亲。记得有个亲友因为家里被盗或是火灾什么的，跑到母亲面前哭喊"塌天了"。母亲听完他的哭诉，却冷静地说了句，你不是还活着吗！……我能从无数坎坷中走到今天，正是母亲这种"你不是还活着吗"的精神强力支撑。

　　那么，为什么有很多人"车到山前没有路"呢？严格地说是他们还没到山前，只是远远地望着重重叠叠的障碍，就灰心丧气，停止前行。可是，倘若你能勇往直前地走，一直走到似乎是路的尽头时，逼到你喘不上气来，你就能迸发全力去大口喘气，你就会蓦然发现：山重水复疑无路，柳暗花明又一村。

当然，问题并非那么简单，就拿我个人来说，命运曲折而艰难，似乎永远将我逼到"山前"。由于家庭成分的原因，到三十来岁时我还"独立寒秋"，所有的女人见了我都吓得拔腿飞跑。无论多么热心的媒人给我介绍，都是谈一个"黄"一个。政治的打击使我努力工作掌握优秀技术，经济打击使我拼命干活甚至凭一口气潜进大海捕鱼捉蟹，可爱情的打击却令我不知所措。谢天谢地，我相信"车到山前必有路"。在关键的时刻，我能用幽默用激情用难以置信的乐观去打动或感动一个女孩子，竟然就成功了。你想想，我是个受打击下的倒霉蛋儿，怎么会幽默？怎么会有激情？怎么会乐观？这是妙不可言的奇迹——奇迹有时就是"逼"出来的。认真总结，应该说是"车到山前'逼'有路"。

纵观世界，我个人认为"车到山前必有路"是东方文化的精髓。小行星撞地球啦，世界末日啊，这大都是西方发出的惊叫。数千年的人类文明史，所谓灭顶之灾其实就是一种更新的前奏。小说家们的创作路数很明显，一般而言就是在编织花环，无论花环编得多完美，结尾总是将花环扯碎，显示出悲剧的深刻。传统小说《红楼梦》《水浒传》等最能显示这种"悲壮"的创作手段。这当然是在揭示命运兴衰的逻辑，然而生命的进程是永恒的，大到国家，小到一个人，惊涛骇浪之后绝对会是万里阳光。悲剧意识的写作，其实是一种提醒和警醒而已。

如今看到微信上一些人忧伤、愤慨的情绪，我只是淡淡一笑。为什么呢，因为我觉得他们与我相比，痛苦与忧伤的档次还差得远呢！

感谢老祖宗给我的这句比金子还珍贵百倍的名言：车到山前必有路。对这个朴素的哲理，尽管很多人有一种含糊的乐观——你就大胆地往前走吧，天塌不下来！但我的理解却是：我们生活着的世界相当坎坷，你必须勇往直前。

（《今晚报》，2019年7月31日）

"大妈"的丝巾

◎李继勇

"将广场舞跳遍世界的努力遭诟病后，大妈改用七彩丝巾舞动世界了。"一到青海茶卡盐湖，这感觉愈发强烈。夏日的茶卡，成了露天丝巾博览会，丝巾旗帜般招展，乱花迷眼。

一方丝巾加入"大妈"行列，就像水到了沸点，便将"莫道桑榆晚，为霞尚满天"折腾出了境界。丝的、绸的、纱的，可围脖、披肩、裹头，可防晒、塑形、挡风沙，"大妈"们对丝巾的运用之妙远不止这些。她们只要祭出丝巾，便幻化万千风情，惊艳了朋友圈。除丝巾，还少不了辅助道具，如用墨镜耍个酷，用宽檐帽戴出度假风，用油纸伞撑起古典美……当然，必杀技还得靠构图和美颜。

"大妈"们研究造型、琢磨构图美颜，只为拥有堪称教科书级的个人影集。从草原到沙漠，从天空到海底，有风景处皆有"大妈"。摇树下一场花瓣雨，扫地刮一阵黄叶风，那方丝巾则像画龙点睛的钤章，让诗情画意呼之欲出。

除了风景名胜，世界还那么大，"大妈"都想去看看。从核酸、超导、石墨烯，到量子、纳米、基因，她们是新科技的最坚定拥趸者，哪怕一箱箱难辨真伪的天价产品早已将床底塞满。从基金、黄金、股市、汇市、楼市，到P2P理财、虚拟货币、邮币卡、区块链，她们是快速造富运动的最痴迷拥抱者，再高深玄奥的经济理论，都挡不住"大妈"的丝巾"一枝红杏出墙来"。尽管群体涌入被业界视作"见顶"信号，可"大妈"怕被套被收割，更怕错过便是一生。

读懂"大妈"，才能更好地读懂行进中的中国。可是，"大妈"不是那么好读懂的。只要被贴上"大妈"标签，一切仿佛就变得好笑起来。茶卡盐湖，在"大妈"没出现之前，是秘境；"大妈"蜂拥而至后，就成了流觞。吐槽"大妈"审美风格清奇迥异，针砭"大妈"行为模式特立独行……剖析"大妈"，拿她们开涮，成了自媒体屡试不爽的流量利器，也仿佛检验时尚品位是否纯正的"试金石"。

"大妈"的丝巾固有扎眼处，但何以至此呢？"中国大妈"概念化的"脸谱"下，是无数真实具体的一个时代的中国女性的喜怒哀乐，她们中有我们的母亲姐妹、至亲好友，她们只是先"大妈"了，而我们也正朝着成为"大妈"的方向迈进。

　　一群"大妈"下到湖中摆舞蹈造型，请我拍照。水天一色，如梦如幻，以天空之镜为舞台，没有比丝巾更好的道具，无论从哪个角度扬起，都宛若点燃天光云影的火焰。看见穿行在茶卡盐湖上的小火车，飘扬的丝巾让火车成了一辆彩车，宛若刚从百花深处驶出。我恍然意识到，这个世界若没了丝巾的嘈杂斑斓，该多么的乏味？

　　去聆听，去读懂"大妈"，便能从另一个角度解读：一条丝巾承载了太多！那纵情飘扬，是"大妈"们被压抑的青春的释放，那轻飘飘之下，满是"大妈"们沉甸甸的自我。养大了孩子，又捎带着养大孩子的孩子，习惯劳碌的"大妈"，一闲下反倒觉得空荡荡，找不到自己了。于是，她们希图摆脱油腻的包浆，从此就变得像个对世界充满探究兴趣的孩子。那丝巾高扬的，是害怕被漠视的求关注。

　　"大妈"好扎堆，无论买理财、听讲座，还是健身、旅游，都是组团模式的坚定捍卫者。组团的面具下，是她们深深且真实的寂寞。"大妈"聚众喧哗常惹非议，可那何尝不能诠释成"独乐乐不如众乐乐"的传统呢？她们以为别人也可以分享自己的激情与快乐。

　　"大妈"对潮流的狂热，源于对落伍的恐惧。循规蹈矩一辈子，等到被称作"大妈"，就该像放开了"小脚"般大步向前。于是，她们勇往直前，争先恐后追赶时尚潮流。这些"女哥伦布"，用科学家的求知欲望和探险家的冒险精神，席卷一切未知领域，横扫一切新鲜事物。当"九〇、〇〇后"忙着流行"丧文化"，"大妈"却对"炫"一点、"燃"一点情有独钟。

　　"大妈"一上镜，年轻人就等着看笑话。可人到中老年不晒，如锦衣夜行。于是，面对镜头，"大妈"从指头到脚尖都特别有戏，戏剧张力简直要爆棚。她们尤其擅长肢体语言，"闻鸡起舞""金鸡独立""孔雀开屏"……惊为天人的造型，简直挑战瑜伽和体操的难度系数。她们觉得，唯有如此，方能表达她们对当下幸福生活的歌颂，对大好河山的赞美。

"大妈"进阶不易。偏有好事者，还总不忘预言"有下一个坑"在等着努力自我提升的"大妈"。可"大妈"从来都愈挫愈勇，从来都有勇气和信心拥抱下一轮浪潮。别怪她们美丑不分，我们何时给了她们一双审美的眼睛？

（《检察日报》，2019年8月2日）

"人生不能无群"

◎马建红

在网络时代，凡是用微信的人，谁没有加入几个微信群呢？同学群能把失散多年的小学、中学、大学同学汇聚起来；工作群便于发布相关的通知、消息；师生群在分享参考资料的同时，还可进行学术交流与讨论；旅游出行临时群能将行程及时告知所有成员；亲友群可在节日里互致问候与祝福；同道同好们还可能建个临时的"饭群"，通知用餐时间，分享位置，便于"约饭"；而关系最亲密的家人亲人群里的鸡毛蒜皮油盐酱醋，更能凸显家庭的温暖与温馨。

想起《荀子·王制》篇里的一段话："人，力不若牛，走不若马，而牛马为用，何也？曰：人能群，彼不能群。"意思是说，人的力气不如牛大，跑得也没有马快，牛马却能为人所用，其原因就在于人能"群"，而牛马不能"群"。这也是人之所以为人的原因，也是人和其他动物的根本区别所在吧，"故人生不能无群"。这里的"群"，虽指的是一般意义上的"合群"或"社会组织"，不过倒也很能说明我们今天的生活状态——网络时代的人，还真是离不开微信群的。

然而，"群"要想存续下去，须符合一定的条件，如果身处"群"中的人不守规矩，人人皆任性而为，则该群离解散也就不远了。所以国要有国法，群也要有"群规"，正如荀子在讨论了"人能群"的特性后，接着讲到"人何以能群"的原因，就在于有"分"，即人们在社会分工的基础上，都能且必须"各安其分"，因而"明分"是"使群"的前提条件。而用来进行"明分"的"度量分界"，就是他所倡导的"礼法"，没有礼法来规范的"群"是无法长久的，成员要守"群规"是不言而喻的。

与现实社会中的家族、村落、行会等这些有组织的群不同，网络上虚拟的微信群，有些是由熟人组成的，比如家人群、同学群或同事群，有些是由陌生人组成的，如旅游群、学术群、工作群、邻里群等。一般而言，建微信群的目的主要是方便大家联络和交换信息，群主作为召集人并没有什么"权力"，微信群的管理一般处于"无为而治"的状态，大家合则来，不合则去，入群退群，来去自由。

不过，在一些由陌生人组成且非实名的同业群里，大多采用"自治"的方式，群主规定相应的"群规"，比如要求本群讨论的话题主要以某一方面为主，这在专业学术群里尤其如此，假如总在学术群里发心灵鸡汤文或广告推销帖，肯定会受到警告。群规还会规定不能发布的内容，如用来刷屏的"动图"，对违反群规者的"处罚"，则可能是要求其发一个红包以示歉意。而对那些在群里恶语相向，谩骂侮辱其他群成员的，大多会被群主移出群聊，也就是俗称的"踢出群"。

微信开发运用这么多年，估计绝大多数人都进过群也退过群，而有幸当过群主的人，"拉"人"踢"人也是稀松平常，本没什么可大惊小怪的。

然而，就是这样一个不属于任何职务序列、不向群成员收取任何"管理费"，并可随时将管理员权限转让他人的微信群主，却有可能吃到官司。今年1月，山东平度律师柳某被所在一个微信群的群主刘某移出群聊，柳某以侵犯一般人格权为由起诉刘某，要求其赔礼道歉，并索赔2万元。该案被称为"踢群第一案"，受到社会广泛关注。最近，受理该案的山东莱西法院作出裁定，驳回了柳某的起诉。莱西法院负责人认为，案中的群主与群成员之间的入群、退群行为，应属于一种情谊行为，可由互联网群组内的成员自主自治，不属于人民法院受理民事诉讼的范围。

就超出微信群的广义的"群"或组织的意义而言，"合群"的第一要义是自愿，"使群"的前提条件是"明分"，是对作为"度量分界"的群规的认同和遵守，而不守群规者自应承担相应的责任和后果。群内纷争的解决之道有多种，诉讼是最不经济也应是最终的选择，即便在畅行法治的今天，无讼也仍然是一种理想的社会追求。

有网友认为，"踢群第一案"本就是一场不该有的闹剧，因为法院对于是否属于其受案的范围，作出判断并不难，但在"立案登记制"背景下，尤其是在网友众目睽睽之下，却不敢直接作出不予立案的决定，实属无奈。不过，人们常说，法院的判决具有引领社会风尚的功能，从法院的裁定对微信群性质的厘清、对群主"踢人"管理权提供的"正当性"来看，本案的审理也并非可有可无，至少解除了不少群主行使管理权的后顾之忧，而这也是网络时代产生的

"新群"的新问题。

看来，荀子说得没错，特别是对现代社会的人们而言，"人生不能无群"，但关于群的管理，却需要人们更多的智慧。

（《北京青年报》，2019年8月3日）

有关"情感劳动"

◎江曾培

读到一篇报道，说现代职业注重情感管理，特别是新兴职业十分重视"情感劳动"，其中，微笑是必须的劳动技能。

关于劳动，传统的分法为体力劳动和脑力劳动两大项，"情感劳动"的概念最早出现于上世纪70年代，一位美国社会学家在研究泛美航空公司空服人员情绪表达时指出，他们的工作不仅要为乘客提供便利，而且更有情感方面的要求，必须时刻应付乘客和他们自己的情绪问题，并首次为"情感劳动"下了定义：个人致力于情感的管理，以便在公众面前创造一个大家可以看到的脸部表情或身体动作。此后，"情感劳动"逐渐引起职场的重视，许多国家的服务业均把笑脸迎客列为职业的一条基本规则。

我国改革开放后，也曾在商业服务业开展"微笑服务"活动，微笑服务较冷若冰霜式交易给顾客带来温馨温暖，提升了服务水平，赢得民众欢迎，促进了行业的发展。"情感劳动"确实与体力脑力劳动一样，是社会发展所必需的一种劳动形态。

不过，笑，要以真实感情为基础。按达尔文的说法，笑是由某种事物"引起愉快感觉的强烈兴趣而发生"，也就是说"乐然后笑"。如果对着顾客的笑脸不是基于对对方的关爱，缺少实际的服务热情，而只是一种职业化的程式动作，那就会"面笑心不笑"，成为"苦恼的笑"，既会"苦"了自己，也会"恼"了顾客。由"情感劳动"产生的微笑服务，不应只是"劳动技能"，其"脸部表情或身体动作"，应是真挚感情的表现，而不应是冷冰冰金钱交易中的一种法术。

有人指出，像微笑服务这样的"情感劳动"，在传统职业中只是一个部分，如今则"可以因为某一特殊需求新生一种职业，例如满足他人需要的'夸夸群'"。此话说之有据。不过，"夸夸群"并不值得完全肯定。人的成长虽然需要激励，以增加前行的勇气，但"夸夸群"往往不论是非曲直，对人对事一味

"夸"赞，以致会把丑的说成美的，把缺点当作优点来夸，如鲁迅所批评的那样，将"红肿之处"称为"艳若桃花"，将"溃烂之时"形容为"美如乳酪"。这样，"夸夸"就不是激励向上向善的促进剂，而成了吹牛拍马的危害剂。一些商人更借此作为一种谋利方式，从而形成一种并不健康的"新职业"。"情感劳动"不能脱离理性的指导来把握其品性优劣。

有专家分析，从工业革命开始，"机器替代人"的进程不断加快，以往自动化对人的替代主要是对"体力劳动"的替代，而随着AI技术的突飞猛进，对"脑力劳动"的替代正在加剧。然而，在此过程中，"情感劳动"是最难被替代的，因为它的特点决定了必须是人与人之间有温度的沟通。重视维护"情感劳动"的发展，其"情感"要出自真善美，其"劳动"也是为了人类社会向着真善美不断前行攀登。为此，要警惕新瓶装劣酒，防止假恶丑对正在发展的"情感劳动"的侵袭戕害，不让那些名新实旧的所谓"新职业"借"情感劳动"之名冒出来害人。

（《新民晚报》，2019年8月5日）

猫和老鼠的争论

◎肖复兴

暑假，两个小孙子从美国来北京，一个上小学一年级，一个上小学三年级。他们在美国每周日都要上中文课，学习中文的兴趣都很浓。我找来两篇童话，让他们读，一篇是老舍先生1945年写的《小白鼠》，一篇是新近一期《儿童文学》绘本中萧袤写的《老鼠养了一只猫》。

两篇童话，写的都是猫和老鼠。这是自古以来童话中最爱写的题材。

《小白鼠》，讲小白鼠自认为和小白兔长得一样漂亮，甚至比小白兔还要聪明。鼠妈妈警告他说，附近有一只大黄猫，又大又凶又饿，一口能咬住两只老鼠，让他小心。可是，小白鼠不听妈妈的话，觉得自己长得这么好看，大黄猫不仅不会欺负自己，还会和自己交朋友。没想到，他和大黄猫碰到一起时，大黄猫一口咬住了他的脖子，几口就把他吃净了。

《老鼠养了一只猫》，讲一只推销猫粮的猫向一只老鼠推销，并建议他养一只猫。老鼠有些害怕，担心猫一生气还不把自己吃了！猫劝他说：有了猫粮吃，猫为什么还要吃老鼠呢？猫进一步建议，让老鼠就养他自己这样一只猫。老鼠养了这只猫，猫天天吃猫粮，和老鼠相安无事。可是，时间一长，猫粮吃腻了，猫望着老鼠，忍不住直吞口水。于是，有一天夜里，猫不辞而别，老鼠为此伤心大哭。

难得的是，两个小孙子除了个别的字不认识，需要我教，基本能够读下来，比我想象的认字要多。有意思的是，读完之后，关于这两篇童话的感想，两个孙子观点截然不同，竟然争论不休。

老二喜欢《小白鼠》，老大喜欢《老鼠养了一只猫》。老二喜欢的原因是：一是短，好读；二是写出了猫的可怕，对这样的猫得小心点儿。老大喜欢的原因，说是比《小白鼠》写得更有意思，而且有感情，你看，猫不想自己嘴馋忍不住吃了老鼠，所以走了；老鼠舍不得猫走，所以哭了。

老二反驳哥哥：哪有猫不吃老鼠的？《小白鼠》写出了大黄猫的可怕。对老鼠来说，猫就是可怕的！文章里说了，美丽保护不了小白鼠他自己。

老大反驳弟弟：这是童话，童话里可以让猫不吃老鼠，童话里的猫就不可怕了，相反还有了感情。

谁也说服不了谁。我抹抹稀泥，做和事佬：你们两人，一个是现实派，一个是童话派！

说说笑笑过去了，争论也带有温情。两篇童话，相隔了74年，无论作者，还是读者，都已经不止属于两代人。对于生活和童话的理解与认知，拉开了遥远的距离，是再正常不过的了。

不过，两个小孙子的争论，倒让我想到如今儿童文学的创作中常常会出现的一个问题，便是无论对于孩子自身的成长，还是对于现实的生活，是真正地触及，还是故意地迂回？

真正地触及，现实生活中会有种种不如意或令孩子迷惑不解之处，甚至如我家老二所说的可怕之处，尤其是如今进入商品社会和电子时代急遽变化的现实生活，更是纷乱如万花筒。这些东西是可以进入儿童文学的领地，还是应该被屏蔽？

同时，连带儿童文学创作的另一个问题，是作者应该俯下身子，装作和孩子一般高去写儿童的生活，还是应该就站成成人一样的高度，以成人的视角去处理儿童生活？显然，这不仅是两种写作姿态，更是两种儿童文学观，作为写作的成果，便会呈现两种儿童文学作品。也就是说，面对正在渴望阅读的孩子，我们应该给予他们什么样的儿童文学作品更合适？无疑，前者会显得假，因为俯下身子，哪怕是蹲下来，也是装出来的；后者会显得做作，因为会有意无意地加进成人自以为是的一些东西而远离孩子本身。

显然，《小白鼠》写出了生活可怕的一面，《老鼠养了一只猫》写了生活温情的一面。《小白鼠》让孩子知道猫就是猫，弱小的老鼠不要心存幻想，以为真的可以和猫交朋友。《老鼠养了一只猫》则写了生活中虚幻或者可以称之为梦想的良善的一面，为生活蒙上一层温情脉脉的轻纱。猫走鼠哭，如此多情的结局，是作者有意的安排。我不知道这种安排好不好，也不知道这样两种截然不同的写作，哪一种更好或者更适合孩子，或者可以共存而让孩子自己去选择。我只知道，在我所读的有限的儿童文学作品中，如老舍先生这样写法的不多，倒是更多的作品愿意写成甜蜜蜜的棒棒糖，愿意让猫和老鼠相见时难别亦难，或者熬成一锅糊涂没有了豆。

　　如今，我们的城市里，弱不禁风的妈宝式的孩子在增多，和这样的作品阅读有关，还是无关？

（《齐鲁晚报》，2019 年 8 月 6 日）

幼儿园里的怪兽

◎苗 炜

半年前，我坐在幼儿园的教室面试，头一个问题很简单，谁在家看孩子啊？第二个问题很难，孩子现在有什么优点？有什么缺点？我对这个问题的厌恶溢于言表。我敢保证，幼儿园里有一头怪兽，它给小孩子贴上优点和缺点的标签，它鼓励孩子服从，惩罚捣蛋的孩子，它让孩子学习，掌握文明社会的规则，它似乎很大个儿，却又是隐身的。

英国心理学家亚当·菲利普斯有一篇文章叫《幼儿园里的怪兽》，这篇文章关注的是小孩子的语言问题。有一种看法是，上幼儿园的孩子大多还没掌握足够的词汇量，不能准确地说出自己的需求，代之以姿势、动作、情绪崩溃来表达自己。

菲利普斯说，这段话里包含了两个假设，一是"足够的词汇量"，到底由谁来判断什么叫足够的词汇量？即便是成人，也会有感觉到自己词汇量不够、交流不畅的时候，一个照顾小孩子的成年人，若是能明白小孩的诉求，交流就不是什么问题，小孩明白语言的作用，但他们对学习语言的迫切却有不同程度的差异。第二个假设是，语言是无语状态的解决方案。孩子总要渐渐地掌握语言以替代姿势、动作、情绪崩溃来表达，接受语言就是接受文明。其实呢，小孩子贴着你的脸颊睡觉、依偎在你胸前，到老他都会用这样的姿势表达爱与依恋。这是性满足的典型表现，这种前语言期的表达形式，在此后的一生中都会重演。

说实话，有时候我觉得精神分析太把小孩子当人了。比如：两岁的孩子要开始说话，开始交流，每一次张口之前，他都要打破原本已习惯的沉默，这个巨大的沉默是他个人史的一部分——好家伙，巨大的沉默！这词太玄妙了。

菲利普斯提醒，精神分析医生听病人说话的那种状态，很像是父母听小孩说话那样。婴儿出生时是一种充满欲求的生物，想要存活，就要传递信息给另一个能识别他愿望的人。表达愿望的兴奋必须受到约束，形成某种表达方式，成年人通过对孩子的回应塑造了孩子表达愿望的方式，一种好的交流实际上是需要一个聆听者。精神分析就是帮助那些未能很好适应文化的人，去忍受生活。当然也应该帮助小孩子忍受学习语言的不适。小孩子会发现说话的乐趣。但我们更应该关注他内在的冲突，在词汇量不足与流畅表达之间，那个能说想说的自我与感到困惑的自我之间的冲突。

学语言并不是学外语，不是用翻译的方式去假想孩子的学习过程。他们是从无语状态产生语言的，孩子一边学一边体会语言与实际效果之间的关系，他这时的情绪不稳定，大人会被他喜怒无常的状态搞得不胜其烦，总想让他快点儿学会说话，能表达，能情绪稳定，进入能掌握语言的状态。然而"未来"从不是"过去"的解决方案。小孩子学语言的过程，提醒着我们那个被遮蔽的不善言辞的自我：那些情绪冲动的时刻，压力之下语无伦次的时刻，停顿犹疑的时刻。成长意味着离开那个不善言辞的自我，但成长不仅仅是在语言上，继而在道德上和适应能力上一步步升级。想象力和智力都会在不说话的状态中成长。

菲利普斯这篇文章中没有任何育儿的tips，不过，我试着总结一下。与其关注孩子语言的表达，不如更关注他内在自我的成长。某些时候，在电梯间里，在一些公共场合，我能看见一些10岁左右的男孩，沉默不语地跟在妈妈身后，对陌生人很漠然，跟妈妈也保持着距离。我能感受到，在他内心，有一个自我在难以言说的痛苦中磨砺成型。他的身体语言，清楚明白地在表达他的焦虑，当爹妈的不要视而不见就好。

（《新民周刊》，2019 年第 31 期）

这个哪吒不一样

◎崔 苇

　　《哪吒之魔童降世》在影市之热，近日与不断飙升的气温试比高。一部国产动漫为何这么"燃"？

　　今年，上海国际电影节举办期间，上海美术电影制片厂在上世纪60年代制作的《大闹天宫》和80年代制作的《天书奇谭》放映，再度引起轰动。只能说，好作品的魅力不会褪色。老片之热，也折射影迷对"国漫"过去一些年表现的不满意，不论银幕荧屏，多见剧情低幼、台词单调、画面粗糙之作，既不贴现实生活，想象力也堪忧。当动漫人的努力中终于涌现出少量头部作品如《西游记之大圣归来》《白蛇：缘起》等，观众才会那么激动——不只因为对"国漫"有情怀，更因为它们在品质与呈现水准上"当得起"。

　　《哪吒之魔童降世》之成功，首要是讲好了一个充满精神气质的中国故事。

　　哪吒故事在中国家喻户晓，改编之难也不言而喻。曾经的上海美影厂版本中，哪吒是一个似乎天然疾恶如仇、充满救世担当的正义少年，且在他献身后得到"封神"。新版电影若照搬前人创作路径，必然难以超越。这一版"魔童降世"的特别创意，在于颠覆"人设"。它把哪吒从降世之日就"命定"为"魔"，用生动曼妙的动画语言，讲述哪吒从一个令人生畏的"小魔头"，被残酷环境"逼"成暴烈与倔强性格，然而，当他得知自己的一切人际与亲情沟通困境皆由"天命"注定，终于在包括父母在内的全体陈塘镇人面临灭顶之灾的生死关头，吼出那一句振聋发聩的"我命由我不由天"。

　　"我是谁"，是文学影视作品中常见的母题。近期斩获高票房的《狮子王》探讨的是来自莎士比亚原作中的这一母题，辛巴的成长，是背负家族情仇的复仇者的成长；哪吒则遭遇三年成魔后被天雷摧毁的更加残酷的"命定"，面对的是所有族人的唾弃、隔膜甚至憎恶。"我是魔"的设定让哪吒迷茫与痛苦，他并不了解父母亲对他深沉的爱意与不忍，身边没有像彭彭和丁满这等仁慈伙伴，不是众望所归的"王位继承人"，而是"全民公敌"。显然，这一版里，哪吒的人物转变难度更高，需要用更合理的情节来推动。让人惊喜的是，片中哪吒在魔性与人性的对抗中走向柔软和坚强，关键剧情几乎每一步都"走"得有理有据。新片对敖丙形象的全新设计，也助力剧情的扭转。与哪吒同日降生的小龙子敖丙，在降生之时得到本应属于哪吒的"灵珠"加持，但他背负着龙族永远不能升"仙"的诅咒，纠结痛苦。一次海边互救，让敖丙与哪吒成为同样受到命运捉弄，但最终超越家族情仇和命定轨迹而共同战斗的伙伴。如是处理，使得哪吒的最后选择，在双线命运的互衬下，显得更加可信、可佩。

因为指向"我是谁"，好看的剧情被赋予了深层次的哲学与命运忧思。也因为编导懂得用起承转合、双线对比和埋伏好故事的"梗"来传递"道"，而不是通过生硬的台词和旁白来讲道理，影片的表达初心被落在了实处。

特别值得一提的是片中的中国文化元素亮眼。关键角色太乙真人的道具——江山图的运用，让人格外惊喜。山水画卷是中华文化瑰宝，导演让它内藏乾坤，派上了大用场。顽劣的哪吒因为好奇进入了画中世界，其中一切山川瀑布、花鸟鱼虫都能用画笔画出，只待人带着想象挥毫。在那里，哪吒在师傅和父母的陪伴下潜心学习法术，安心度过两年时光。最后的四人大战，江山图还作为追逐打戏的场景，奉献了一场酣畅淋漓的视觉盛宴，效果并不逊色于外国动漫中的异世界大战。另一个让人会心一笑的中国元素是毽子。作为中国传统民间体育活动的毽子成为串起哪吒与父母亲以及龙太子敖丙的感情线的重要道具。以毽娱情、以毽传情，深深打动人心。如若把踢毽子换成其他游乐项目，显然达不到这种效果。

正因为在细微处的情感表达和文化元素呈现上做到位，有了好故事框架的这部中国动漫才有了质感。

新版"哪吒"也有不尽如人意之处。影片在一些笑料的设置上值得商榷。片中玩了很多年轻人喜闻乐见的笑梗，如让尖利的女声为一个胆小的彪形糙汉形象配音，靠反差形成笑料，这种方式在周星驰的无厘头电影里大量存在，一再使用，让人笑得僵硬。太乙真人使用密码和指纹解锁的桥段则借用当代密码科技的"梗"，但把它嫁接到古人身上，总有为搞笑而搞笑的技穷感。近年，很多文艺作品都有运用和穿插当下流行语的做法，"穿越"和"错位"的笑梗偶一运用，效果不俗，但一部有着立意追求与独特价值观的作品，过度追求嫁接流行文化的桥段，反而会减损之前"江山图"所带来的纯正古典文化美感，分分钟让人出戏。这从一定程度上暴露了创作者的不自信，也暴露了对观众的不自信——看似是一种迎合，实质上又何尝不是一种轻看？

（《解放日报》"朝花"，2019年8月8日）

当我们谈论周杰伦时

◎陈　沐

有一天，在抖音上刷到个视频，一个女孩子在跳芭蕾，黄昏的落日照进透明的玻璃幕墙，因为是逆光，所以只能看到她的身影而不见脸，配乐是钢琴版的《七里香》。有人留言：这是什么曲子？她回答：不知道，只是觉得好听，所以就忍不住跳了一段舞。看到这个视频，顿时百感交集。虽然我不是周董的粉丝，但是作为一个"八〇后"，不可能绕过他的名字、他的歌。

我上小学的时候，流行音乐市场不像现在划分得这么细，所以不同年龄的人常常哼着一样的歌。现在能够回忆起来的，都是些成人化的歌词，诸如"你相信吗/这一生遇见你/是上辈子我欠你的""我和你吻别/在无人的街/让风痴笑我不能拒绝"。哪怕是最符合学生形象的孟庭苇，由小学生唱出她的歌，也颇为可笑："你究竟有几个好妹妹，为何每个妹妹都那么憔悴……我的哥哥你心里面到底爱谁，猜不透摸不着哎，我也只是妹妹。"其实这样的歌词在当时已经算是比较文雅了。我记得有位好友学唱了《桃花运》，大意是讲一个小伙子很会种树，果园里大丰收，于是姐妹三人都爱上他。当然，比起《纤夫的爱》，种树的歌也算是小清新了。我们小学附近有个音像店，有一阵子成天循环播放"只盼那日头它落西山沟哇，让你亲个够，噢……"

上初中后，校园民谣开始出现。以现在的眼光来看，《同桌的你》和《睡在我上铺的兄弟》其实也并不适合我那个年龄，因为那是中年人对往昔的回忆。而我当时尚未体验过住校生活，所以也谈不上有什么共鸣。只是因为大家都唱，所以也听一耳朵。

成人化情歌依然是主流。记得我去一位好朋友家玩，我们拿着麦克风假装开演唱会，她唱的第一首歌就是《我愿意》，"恨不得立即朝你狂奔去"。高中校广播台经常放《心太软》《你是我的女人》……我想，那个时候我会迷上《科幻世界》，很可能是因为流行歌曲实在太乏味了。

记不清是从什么时候开始，周杰伦的歌开始流行，也许是"哼哼哈嘿双截棍"吧。但是真正让我留下印象的，是《东风破》。第一次听，简直呆住，流行歌曲居然可以写得这么哀婉和耐听。这首歌首发于2003年夏天，而我是2004年大学毕业。当时与初恋男友选择了不同的前路，大四那年，我们都知道分别已无法避免，一起听《东风破》，那时流行Flash，把歌曲用动画短片的形式来呈现。办完离校手续，各自去了不同的城市。当时网络并没有普及，要上网只能去网吧。我们后来是在邮件里道别，我在网吧里反复听，"荒烟漫草的年头，就连分手都很沉默"。

人在精神生活上，其实也是"由奢入俭难"的。从小一直听油腻情歌长大，倒觉得没什么，然而你一旦听过"夜半清醒的烛火/不忍苛责我"，就很难再接受那种过于直白、词汇贫乏的歌曲。或许是大家的品位被集体提升了吧，周杰伦之后，大量的"中国风"歌曲开始出现。不过，从影响力和传唱度来看，很少有人超越他。诸如《青花瓷》《菊花台》《千里之外》等等，被无数歌手翻唱。连我的"五〇后"父母，也认真地把这些歌的歌词抄在本子上，反复练习，以便在KTV老朋友们聚会时能一展身手。

等到年龄再大一点，我才慢慢意识到，周董的音乐里有中国传统文化中的核心元素：自然美学，以及对家庭和社会的责任。

现在，对中文似乎有一种误解：越直白，越流行。但是稍稍回溯一下流行歌曲的发展史，就会发现并非如此。"晓露湿中院，沉香飘户外。寒鸦依树栖，明月照高台。……停唱阳关叠，重擎白玉杯。殷勤频致语，牢牢抚君怀。"这是《何日君再来》里的两段。据说唱片公司担心歌词太繁难，所以在很多版本里删掉了这些段落，只保留了最通俗的部分。然而有一次我和朋友们唱起这两段时，大家都很喜欢这样的歌词。不得不说，文化的基因真的很强大，从千年前白居易在浔阳江头写下"琵琶声停欲语迟"，到今天方文山写下"等你弹一曲古筝"，我们一直都把山川湖海、孤烟落日、月下松林、故里草木视为精神慰藉之所。周杰伦的歌词里，大量出现这类元素。这种对大自然的痴迷与敬畏，让人很容易产生超越年龄界限的强烈的认同感。

在我们的民间文化里，宗教氛围很清淡，似有若无。唯有对家族、对亲情，有一种不容置疑的信仰。周杰伦大概是流行歌手中最热衷于歌唱亲情的歌手。对外婆、对母亲、对家暴的父亲，他都分别写了歌。这种家族情结进一步延伸，便是对后辈的社会责任感的教育，"对这个世界/如果你有太多的抱怨/跌倒了/就不敢继续往前走/为什么/人要这么的/脆弱/堕落？"《稻香》这首歌，就像是哥哥对弟弟妹妹的鼓气，而"赤脚在田里追蜻蜓""偷摘水果被蜜蜂叮"的回忆，又像是药里面的一点糖，让人觉得甜而暖。

当然，中国风并不是周杰伦的全部。无论从外形还是唱腔，还是整体的创作偏好而言，他其实更像一个嘻哈歌手。但是中国风的作品有一种很奇妙的特点——你如果是过于完整地、圆满地呈现出来，稍有不慎就会显得土和呆；而如果是混搭，反而很容易出彩。以穿搭为例，如果是一整套旗袍、绣花鞋，盘头发，再配上中式园林的背景，就难免给人留下"饭店迎宾员"的效果。而如果是中式上衣配上一条破洞牛仔裤，或者穿上汉服在异乡街拍，就会让人眼前一亮。所以方文山的词、"宫商角徵羽"的编曲，再加上周董玩世不恭的造型，吐字不清的唱腔，这一切混合在一起，反而产生了一种奇妙的化学反应，使他出道20年仍风头不减。

这种风格也让他非常"百搭"：和宋祖英一起上春晚，在《黄金甲》里扮演巩俐的儿子，与费玉清一起拍MTV，做《中国好声音》的导师，和那英、庾澄庆或者李健、谢霆锋并肩。某场演唱会上，邓丽君的全息影像被复原，他与她"合唱"了一首《红尘客栈》，周杰伦一脸虔敬……

最近一次关于周董的新闻，是与某位流量小生竞争某个网络排行榜的第一。我总是对娱乐新闻慢半拍，如果不是朋友圈里有人转发了投票结果，我根本就不知道这件事。有人说，"周杰伦获得第一名，说明我国正式进入老龄化社会"。虽然只是一句调侃之语，但是我无法认同。

我并不反感年轻的明星。只是希望进入大众视野的新人，是依靠作品而不是营销事件。有许多年轻音乐人，都有很多不错的作品，他们值得更多的关注。

另外，新与旧，从来不是你死我活的关系，而是传承与融合，是"再捻一个你，再塑一个我"。"夕阳红"们投周杰伦的票，其实是在怀念一个传统与现代可以彼此交融的时代，怀念一个真正靠作品来赢得人心的时代。

（《文汇报》"笔会"，2019年8月13日）

谨防坠入"时间黑洞"

◎李 俭

近来，网上有一则消息说，长篇小说已失去市场，浇灌长篇小说的土壤越来越贫瘠，创作长篇小说已成为"不合时宜之事"。此消息源头在哪，未可得知，但客观现实是，现在的小说数量虽然越来越多，可像《白鹿原》《平凡的世界》这样浑厚有力的大部头却越来越少。个中原因，在于一些创作者贪图"短、平、快"，难得静下心来搞长篇创作。更重要的原因在于读者群，相当一部分读者陷入浮躁之中，不愿抽出更多业余时间来阅读长篇小说，导致长篇小说读者群锐减。

那么，人们的业余时间都去哪里了？答案是：坠入"黑洞"了。

4月10日，媒体公布了人类拍摄到的首张天体"黑洞"照片。巨大的"黑洞"神秘莫测，犹如魔鬼一样"吞噬"着一切，就连光也无法逃脱。这有力地证明了从爱因斯坦广义相对论率先对黑洞存在的预言，到惠勒提出"黑洞"概念，再到霍金提出"黑洞是时空的扭曲者"之说，都说明"黑洞"的客观存在。

从天体的"黑洞"，引申到人们日常生活中的"时间黑洞"，我们惊奇地发现不少人似乎对时间观念并不知晓，竟然毫无吝惜地让时间被"黑洞"任意吞噬。当韶华流逝，青春不再，到那时，白了少年头，空悲切。

有朋友跟我讲过一件事：一个周日，读高中的儿子在家准备做作业，但刚打开作业本，却又想起了玩手机，很快就刷起抖音来。正在厨房忙活的妈妈突然有事急着要下楼去办，告诉儿子，锅里刚刚放水熬鸡汤，待开锅后去把火关小。结果儿子陷在抖音里，压根就没再想起锅里的鸡汤，等妈妈回到家里，锅里的水已经熬干，险些把锅底烧穿。儿子对此懊悔不已。

随着信息技术、互联网的飞速发展，到处可见"低头族"。公交车上、地铁车厢里、候机厅中，几乎都是低头看手机者，却少见读书看报者。下班回家，电视不看、餐点外卖，低下头来接连不断地发微博、看微信、玩游戏、刷抖音，一发而不可收。在家庭第一任老师——家长的"示范"下，三五岁的幼儿就加入到"低头族"中，并玩得津津有味、如痴如醉。上梁不正下梁歪，如此态势何时了？

其实，我们看微信、玩游戏、刷抖音，并非没有益处，它不仅能加强交流、扩大视野、增长知识，还能起到赏心悦目的作用，这就是民间俗称的"廉价愉悦"。寻求"廉价愉悦"不是不可以，适当为之也还值得，但关键在于不要把"适当"演变成"过分"，不要把"偶尔为之"变成"家常便饭"，一旦"适当"变成"失当""失度"，久而久之，我们宝贵的时间就会被"黑洞"消耗，绚丽的青春就会被"黑洞"吞噬，美好的愿望就会被"黑洞"葬送，那样的结果，既无益于社会，也无益于家人，更无益于自己。

日本管理学家大前研一在《低智商社会》中提道：日本的新一代，正在逐渐步入"低智商社会"。那我们呢，我们应该怎么办？

防止坠入"时间黑洞"，首先要做好人生规划。你是学生，就要规划好学习；你刚步入社会，就要规划好人生目标，系好人生第一粒纽扣；你是公务员，就要规划好工作日程，并严格落实规划。其次，要自觉关闭"时间黑洞"。"廉价愉悦"成就"时间黑洞"，"时间黑洞"消磨宝贵时光。要正确处理好手机与日常生活的关系，把"用"手机与"玩"手机区分开来，果断舍离"廉价愉悦"，不当"低头族"，要当奋斗者，用奋斗创造幸福的生活，用奋斗书写美好的人生。到那时，就会成为保尔·柯察金所说的那样："人的一生应该是这样度过的：当他回首往事的时候，他不会因为虚度年华而悔恨，也不会因为碌碌无为而羞耻。"

（《企业文明》，2019年第6期）

《小欢喜》是给中年人的一次精神按摩

◎韩浩月

　　这个暑假最火的电视剧当数《小欢喜》，它被认为是继《都挺好》之后又一部贴近现实的好剧。《小欢喜》和《都挺好》在话题性方面，确实有重合的地方，比如都谈到了原生家庭、中年危机、夫妻关系等。之所以《小欢喜》仍然能在众多剧作中脱颖而出，在于它扣紧了高考这个主题。

　　高考是《小欢喜》的核心议题，某种程度上，高考也是整个社会的重大议题——"高考之后就离婚"在这个夏天成为热门话题，也正面印证了孩子高考之于整个家庭的重要性。凡是家有考生甚至孩子几年后才高考的家庭，都会被《小欢喜》吸引，提前预习高考的残酷性，成功脱离苦海的父母，更是会借剧作感慨全家陪考的经历。

　　坦白说，《小欢喜》选取的三个家庭样本还是偏戏剧化了，与现实仍然有距离。剧中的方家两位家长都是白领，且是公司中层，是典型的都市中等收入家庭；季家的男主人是一名区长；乔家的家长虽然离了婚，但女主人坐拥北京五套房……如果他们都难以摆脱孩子高考带来的焦虑，那么，大量与之相比条件远远不够的家庭，自身压力以及对孩子施加的压力都会以倍数增加。

　　《小欢喜》没有向下选取底层家庭样本，从观赏性方面考虑，是对的，否则它会变成一个沉重的故事。现在呈现出来的这个故事，表面看的确抓住了某种社会情绪，具有广泛的共鸣性，但最根本的指向并非批判也不是宣泄，而是针对中等收入家庭的一次精神按摩。它让观众感慨生活不易、教育子女太难，同时也容易激起观众对自身的哀怜，唏嘘之后，继续打起精神应对明天。

　　虽然不太准确，但从《小欢喜》几位主角身上，都能看到明显的自恋气质，佛系的黄磊，女强人海清，严格的单亲妈妈陶虹，嬉皮笑脸的沙溢，包括王砚辉饰演的降下身段与儿子去游戏厅的区长父亲，咏梅饰演的贤妻良母式的区长夫人，他们身上都有着一股强大能量——这股能量表面看是自恋，实际上是内在实现真正独立之后的一种自信。

按照年龄推算，《小欢喜》中几位家长主角的实际年龄是"七〇后"甚至可能是"八〇后"，是得益于经济发展最好时代的一代人，也是当下社会的中流砥柱。他们从父辈那里接过了一些沉重的责任与传统，不自觉地去捍卫固有的观念，同时，又因为时代进步而拥有了现代家长的观念与情感。这种承前启后的身份，决定了他们自身就是矛盾而冲突的，这才导致了"高考不是孩子的高考而是家长的高考"这个现象的发生。

作为家庭剧，《小欢喜》最大的进步，是体现了家庭内部的地位平等与公平对话。在看到父母与子女之间相互较力的同时，我们可以看到更多他们之间的理解与尊重，哪怕在要求子女重视高考这件事上，父母也已经很少再动用权威，而是更多采取了生活上的照顾、情感上的沟通以及谈判式的交流等方式。尤其是三位父亲角色，更是以朋友的身份尝试与子女建立对话关系，这是过去时代较少见到的。

剧中有一个情节令人印象深刻：黄磊在喝醉之后窝睡门外被海清叫醒时，谈到金庸去世流下了眼泪，为影响自己青少年时代的偶像离去流泪只是个借口，更多是抒发一名中年人内心无法言说的担忧与苦恼。能感觉到，包括黄磊这个角色在内，《小欢喜》中的所有父母角色都在试图通过自身的努力来化解掉他们承载的所有压力，给孩子创造一个理想世界——尽管在这个过程里，孩子们很难理解他们的苦心。

生活苦吗？是的，生活有苦的一面。但起码就《小欢喜》里的三个家庭来说，苦，并不是主旋律，而只是奋斗过程的副产品。所以，剧作才有了"小欢喜"这个名字，观众感受更多的是共鸣而非悲愤。年轻的孩子们已经拥有了自己的时代，他们对自己的世界有了无法被干涉的认知，父母的努力有时是有用的，有时是徒劳的。通过《小欢喜》，父母与子女如果能找到及时调整关系的一种姿态，就是最大的收获。

（《联谊报》，2019年8月27日）

"流浪汉读书"还是"读书人流浪"?

◎吴敏文

　　同一个人、同一件事，从不同角度来看，观感大不一样。有一个段子说：如果有一个不幸流落风尘的女子，还在坚持上大学深造，那么，这是一个励志故事；但如果说一个女大学生，却暗地里操着皮肉生涯，那么，这就很伤风败俗。对于"流浪大师"、上海52岁的流浪拾荒者沈巍而言，同样面对这样一个问题：是"流浪汉读书"，还是"读书人流浪"？

　　本人以读书人自诩。最先在微信上看到沈巍与人侃侃而谈的影像，是一位读书人朋友发给我的。他发给我这段视频颇具调侃的意味：你看看，读书人的景况，或许就是这样。我没有当一回事，回他道："这说明不了什么，这样的情况太特殊了。"

　　接下来的，就是网上关于"流浪大师"的暴风骤雨。"大师在流浪，小丑在殿堂"的风言风语开始蔓延。从全国各地蜂拥前往"觐见""流浪大师"的人群，据说使得沈巍栖身之处周边的酒店都到了一床难求的程度。沈巍蹲坐在地上，周边美女环绕，抢着与"流浪大师"合影、拍摄视频。还有美女甚至打出了"流浪大师，我要嫁给你"的纸牌，以吸引眼球。

　　这是为了什么？说穿了一钱不值。原来这些扑面而来的追逐者，不是为了别的，而是因为将自己与"流浪大师"在一起的图像、视频放在自己的网络账号上，即可立即"涨粉儿"，从而访问量、流量大增。在这个连明星都花钱造假买流量的年代，流量就是关注度，流量就是注意力，流量就是人气，流量就是人民币……这年月找一个大众的兴奋点不容易，沈巍无意之间为这么多人提供了增加流量的机会，趋之若鹜者所为何来，不是显而易见的吗？

　　非常难得的是沈巍本人的诚实品性和头脑的清醒。他毫不犹豫地戳穿了有人给他"量身定做"的"名校毕业，妻女命丧车祸，从此看破红尘、流落街头"的虚幻剧，表明自己上过大学，但非名校，毕业后进入某统计局工作；从未结婚，并无妻女。因小时候靠捡垃圾卖钱买书而成习惯，边上班边捡垃圾，将所捡垃圾带到工作场所，从而单位劝其病退。回到家仍然捡垃圾，又被家人逐出家门，因此流浪。

从中可以看出，沈巍的流浪，是一种主动选择并且坚持自己选择所导致的流浪，虽然他的选择也许不能成为流浪的理由。小时候父母如果大方一点，沈巍也许就不用通过捡垃圾卖钱来买书；单位如果宽容一点，有一个坚持捡垃圾的员工并不丢人，只要他把所捡垃圾归置得规范一点；家人宽容一点，家里有个捡垃圾的人又怎么了呢？

沈巍被家人逐出的时间或许要早一些年。现在而言，就我所见，大城市里捡垃圾者大有其人。在街头、公园漫步，不时可见衣着整齐的人，手里提个大纤维袋子或者塑胶袋子，在垃圾桶里反复翻拣，并不避人。就在我所住的大院里，从垃圾箱里抄捡回收废弃物的人，有做保洁的临时工，有外来的拾荒者，甚至还有干部、职工家属，大家见惯不怪。垃圾处理是全球性的难题。捡垃圾既减少了需要填埋、燃烧处理的废弃物，又回收了有用的资源。自己做不到可不苛求，但有什么理由对捡垃圾者心存鄙见？

所以，如果要对沈巍做身份定性的话，与"流浪汉读书"相比，他更属于"读书人流浪"。流浪的原因，是他对捡垃圾的固执：固守和执着。按照"人咬狗才是新闻"的逻辑，"读书人流浪"显然不如"流浪汉读书"成为"流浪大师"更能吸引眼球。随着越来越多的信息披露，沈巍的身份定位逐渐清晰。网络上他的热度也在迅速降温。沈巍本人，也选择回归世俗：他剃头去须，换上整齐的衣衫。"流浪大师"走了，一个世俗的、普通的沈巍回归了。

回溯整个过程，如果沈巍仅是一个蓬头垢面的流浪汉，他是肯定"热"不起来的，毕竟仅仅是蓬头垢面的流浪汉，说不定你身边就有。沈巍"热"起来的关键原因，是因为他是一个能够讲解《论语》《尚书》《左传》等经典的流浪汉。至于"流浪大师"的"美誉"，沈巍从未接受。沈巍毫不客气地指出："不是我读书多、知识有多渊博，而是你们不读书、太缺少知识。"那些追逐"流浪大师"的人，会像追逐沈巍一样追逐《论语》《尚书》《左传》吗？

（《杂文月刊》，2019年第11期）

可控的人工智能才有未来

◎张田勘

8月29日，2019世界人工智能大会在上海开幕。世界一些国家的著名科技公司和学界、产业界著名人士参加了此次大会，对人工智能的发展进行展望分析和献计献策。中国腾讯董事会主席兼首席执行官马化腾在演讲时表示，人工智能（AI）治理的紧迫性越来越高，应以"科技向善"引领AI全方位治理，确保AI"可知""可控""可用""可靠"。

尽管并非所有人都认同AI的这几个"可"，但这提出了AI的一种方向，即AI产品的研发和使用必须同时具有几个维度，而不能只发展一个方面。AI或其他科技产品无论如何新颖和实用，也需要在可控的状态下才能受到人们的欢迎，并且在获得极大效益的同时，防止和减少对人类社会可能造成的麻烦和灾难。这或许是反思世界各国经济发展与环境保护曾犯下的错误后得出的经验。

确保AI的"知、控、用、靠"也是总结了科技史上的先研发、后管理的传统思路和做法的教训。在科技史上，汽车的发明把人类社会带入了工业文明时代，但是，在汽车的使用过程中，人们却较难控制其带来的交通事故和伤害，安全带的发明和使用就是控制汽车伤害事件的一个要素，只是，汽车发明之后80年才研发出安全带。

基于这样的认知，微软提出了其人工智能发展的一项原则——每一项AI产品都要经过AI伦理道德审查。AI的迅猛发展也让人类认识到，如果AI在可用的同时不可控的话，人类将付出更大的代价。因此，对每一种AI产品进行伦理审查和立规也成为AI研发必须同时完成的任务。2016年微软的CEO萨提亚·纳德拉（Satya Nadella）提出了人工智能的十大伦理：AI必须用来辅助人类；AI必须是透明的；AI必须实现效能最大化，同时又不能伤害人的尊严；AI必须保护人的隐私；AI必须承担算法责任以便人类可以撤销非故意的伤害；AI必须防止偏见。

以上6项是对AI产品提出的，但同时也提出了使用AI产品的人类应该拥有的 4 个伦理原则，包括人要有同理心，这在人与 AI 共存的世界里非常有价值；教育，为研发和管理 AI 提供基础；保持人的创造力，机器也会继续丰富和增强人们的创造力；裁决和责任，最终由人来对 AI 的判决或诊断，或对 AI 产生的所有结果负责。

如果能实施，这些原则当然能对 AI 进行有效的控制。但实际上，由于种种原因，很多机构和研发者设计的 AI 产品并非可控，也因此会在应用时出现种种问题。目前最大的问题就是侵犯人们的隐私，难以保证安全，也因此受到人们的批评和反对。

最近一个比较大的教训是苹果产品的语音助手西瑞（Siri）。2019 年 7 月，媒体报道，西瑞会偷录用户的隐私语音，如就诊时的医疗信息等，并转化为声音档案，发送给苹果公司在不同国家的承包商。声音档案同时也记录用户的位置、使用数据与通信内容。在经过一番解释和拉锯之后，苹果公司于 8 月 28 日就西瑞秘密录下与用户的交流，并将文件泄露给外包商正式道歉。由于隐私不保，用户提出了批评，而且如果这些情况不能改善，就会让苹果失去大量的用户，甚至被市场抛弃。

不过这种情况也表明，人工智能的发展最终还是取决于是否能受人控制，因为离开了人的控制，AI 就无法进化和升级。正是在人与 AI 的互动情况之下，才有可能让 AI 的伦理审查和监控失灵或失范，并造成安全漏洞。

因此，不只是可知可用，可控和可靠也要同时得到保证和保障，AI 才会有未来。其他产品同样如此。

（《北京青年报》，2019 年 9 月 2 日）

给特殊人群以特别的爱

◎沈　栖

作为一项持续多年的"民心工程"，上海12345市民服务热线频频为人们解惑释疑、排忧解难，赢得广大市民的普遍赞誉。据日前《新民晚报》载，这一服务热线近来又开通了手语视频服务，那些听力及言语障碍者今后可以通过手机或电脑手语视频向12345平台诉烦恼、提建议，求得帮助。这是中国大陆地区首个提供手语服务的政府服务热线。

目前，上海有持证听力及言语障碍者约7.2万人。他们在偌大的国际大都市，绝对是一个少数，倘若再加上双目失明和肢体残疾人员，数量依然远少于健全人，但他们是一个特殊人群。相比健全人，他们无论在语言表达方面，还是行为能力方面都会有常人难以想象的困难，他们时刻期盼社会给予特殊的照顾和关爱。这方面的愿望自然比正常人强烈，这方面的需求也自然比正常人渴望。政府提供服务无疑是面向全社会的，这一服务理应是多层面、全方位的。它不只是满足绝大多数人的生活需求，还得顾及那些特殊人群。倘若置其愿望和需求于不顾，那将是政府服务的"短板"或"软肋"。——从这个层面看，上海12345开通手语视频服务乃是强化政府服务的一个有力举措。

人类社会学有一个"社会摒弃"的术语，它是在1974年由法国学者勒努瓦（H.Lenoir）所创立。他发现上世纪70年代后新自由放任经济成为主流而国家调控角色日益减弱，在造成贫富差距愈来愈烈、失业问题日趋严重的同时，那些有听力、言语和行为障碍者作为边缘人不仅贫穷不堪，而且更严重的是面临着"社会摒弃"。1999年，英国首相布莱尔有感于"社会摒弃"会影响到社会安定与图强，遂在内阁办公室特设"社会摒弃小组"，由首相直接负责，通过采取"人生本钱补助金"、创造"对社会有用工作""社会企业家公益基金"等途径救济那些城市边缘人，不使他们被"社会摒弃"。城市无权对那些特殊人群断然地"社会摒弃"，因为如此侵犯人权的城市绝不可能日臻"让生活更美好"的境地。

市民的生活是很具体、很实在的，他们每天的衣食住行也是很细微、很烦琐的，因此无时无刻不与城市细节接触，甚至可以说，市民对城市细节的关注度要超过哪个地方造了一座高楼，哪个地方开了一家商铺，因为它直接影响市民的生活质量。我认为，对特殊人群的关爱和服务在深层次体现出城市的文明细节。就我域外观光所见，一些文明城市的做法很值得借鉴，如：法国的公交车都安置了方便残疾人上下车的车门设施；日本的图书馆开设了盲人阅览室，提供应有尽有的盲文版图书，连易拉罐饮料的顶盖上都显示出盲文"酒"或"咖啡"，以帮助盲人识别；德国的电视频道大多节目的右下角都设有手语图像；瑞典的垃圾桶都比较低，据说是一位议员一次偶尔看到有个拾荒者很艰难地踮着脚在垃圾桶里捡废物，于是他提出议案要求降低垃圾桶的高度，后议会竟然通过了这一议案。这些城市细节在整个市政建设的大局中似乎是微不足道的，或许也不会影响城市的整体形象，但它关涉那些特殊人群的生活需求，并由此而折射出一座城市的管理水平。可以说，城市的文明细节蕴含着人文关怀的内核，丈量着以人为本的幅度。

有一首歌唱得好："特别的爱给特别的你。"这个"你"既是特指有特殊困难的个体，也是泛指那个特殊群体。一个文明的城市乃至国家是不能轻忽他们在日常生活中的获得感和幸福度的。

（《杂文月刊》，2019年第13期）

诗·远方·菜市场

◎梁　凌

　　年轻时不爱逛菜市场，觉得又腥又臭，怕弄脏雪白的裙。迷上菜市场，是中年之后的事，这差不多算是人生规律。一般人都要在烟火边细火慢炖数年，才能把年少的心浮气躁，变成岁月静好，体会到精心制作一道美食带给人的幸福满足。这时候，才会渐进式懂得逛菜市场的妙处。

　　而第一次关注远方的菜市场，是有一年自驾游经过蚌埠。吃完饭散步，穿过一个菜市场，惊讶地发现有许多不认识的菜，菜比我们当地的水灵，似吸饱了长江的水汽。更让人惊奇的是，见一老农蹲在墙角，头戴斗笠，卷着裤脚，在卖刚出塘的虾。虾足有一指长，活蹦乱跳，似乎是几块钱一斤，简直不敢相信。这才想起火车上曾遇一个蚌埠人，说起家乡的实惠，两手像捧西瓜一样比画着："我们蚌埠一碗面海了去了，这么大，像你这样苗条的，根本吃不完。"他还不知道，这儿的虾也足以让外地人艳羡。

　　成都的菜市场更吸引人。我去那年夏天，菜市场摆满了一堆堆嫩姜，鲜得像刚发出的新芽，估计是当地人做泡菜用的。瓜果蔬菜挑着担子卖，见一个女人挑着紫红的山竹，可能是新摘的果实，不像我们那儿在超市里被冰水泡着，大为新奇。买来尝鲜，浆汁迸流，甜和酸达到无与伦比的美好。还有一种葡萄，大得惊世骇俗，问一问，叫乒乓葡萄——很形象。

　　桂林的菜市场有土黄色椭圆的果，大如马牙枣，果小核多，味道酸中带甜，据说叫黄皮，只当地有，算是特产里的特产。猪肉色泽较深，当地人说是土猪肉——不知道哪来这么多土猪，不过吃起来倒是真香。他们喜欢把猪肉加工成"锅烧肉"——猪肉先煮后炸，皮焦肉嫩，香而不腻；丝瓜粗壮，带棱，叫大肉丝瓜；南瓜尖拉着车卖，一车绿意盎然，有的茎上还开着黄花。有人说桂林土里含硒，蔬菜不打药也不生虫，属绿色菜。为了吃上桂林菜市场的菜，有人逛菜市场后，差点在桂林买房定居。

　　云南的菜市场春意盎然：缅桂花、南瓜花、水香菜……甚至药材都是菜：

荨麻、薄荷、三七、鱼腥草……在云南这个植物王国里，"头顶香蕉，脚踩菠萝，摔一跤爬起来都抓起把花生"，更不要说各种说不上名字的菌。

在自己的城逛菜市场，也有不少乐趣，光季节变化就会不断给人欣喜——春天先吃荠菜饺，蒸白蒿，凉拌枸杞头，然后吃春韭。吃了头刀韭，再尝油焖笋、水煮嫩豌豆、槐花炒鸡蛋。水果也赶趟，草莓、樱桃，樱桃过后是黄杏、水蜜桃、桑葚、无花果……当下五月初，还有嫩豌豆最后的影子。槐花堆成堆，碾馔（青麦粒在磨上挤出来的条状物）、大樱桃、小樱桃刚刚上市。常上菜市场，会看得清清楚楚，时光是如何一点点溜走。

我知道的艺术家中，爱逛菜市场的不乏其人，如蔡澜，如汪曾祺。汪曾祺说："到了一个新地方，有人爱逛百货公司，有人爱逛书店，我宁可去逛逛菜市。看看生鸡活鸭、新鲜水灵的瓜菜、彤红的辣椒，热热闹闹，挨挨挤挤，让人感到一种生之乐趣。"好一个"生之乐趣"！

窃以为，遇上一个心灰意冷的人，可以赶他去菜市场。一进菜市，看着那比春天还烂漫的瓜果蔬菜、生命到最后一刻还跃跃欲试的鸡鸭鱼虾、香气扑鼻的各色香料，为块儿八毛，争到面红耳赤的小市民和菜贩，弯着腰提着篮的老妪，一身油腻的屠夫……定会觉得自己活得虽说不够好，买不到名车豪宅，但也差强人意，比上不足比下有余，荷包里的钱，在菜市场还是可以充充阔绰的。所以，与其不高兴，不如买条鲤鱼，回家红烧了吃吧……至于情场失意，生意受挫，高考失利，身有小恙，等等，也都要先吃了眼下这顿饭，才有力气叹息。

菜市场甚至是爱情产生的地方。前几年看过一部电视剧，退休大厨在菜市场遇上心仪的女人，女人正在买猪蹄。他问她，你打算做什么？炖汤。那你要买后蹄，别的不敢说，这做吃的，我在行。又有一次，遇见女人买鲫鱼。他说，你要先改改刀。改刀，什么是改刀？哦，大厨笑了，就是在鱼身上划拉几刀，然后用油把鱼两面煎一煎，加滚水，盖上锅盖煮十五分钟，不要掀盖……女人走了，大厨还在后面喊，记着一定不要掀盖啊……后来自然便爱上了——谁说菜市场上不浪漫？

诗人海子写道："从明天起，做一个幸福的人/喂马，劈柴，周游世界/从明天起，关心粮食和蔬菜……"关心粮食和蔬菜，就得上上菜市场。菜市场里，有热气腾腾的人生，也有所谓的诗和远方。

《乐队的夏天》之后，我们重新认识"乐队"

◎赵　朴

音乐综艺《乐队的夏天》成为近来大众热议的话题。它与过往十余年间循环于观众眼前的其他音乐综艺节目最大的不同，在于以乐队而不是歌手为核心展示对象。其中的31支乐队，覆盖了朋克、金属、放克、民谣、爵士等多种音乐体裁，展现了多样的音乐形态；作品意涵丰富，兼具文化参与意识与思想深度；与已习惯了综艺套路的歌手们相比，乐手们的言谈举止也更真诚可爱。

乐队这种形式，与过往音乐综艺中以歌手演唱为主的呈现方式相比，具有审美品格上的差异。歌手比赛往往以翻唱他人作品为主，留给音乐人自己的艺术创作空间有限，而《乐队的夏天》中大部分为乐队原创作品，在作词、作曲、编排、表演各方面拥有广阔的自主空间，乐手的美学追求和艺术个性得以表达得更为充分。即使节目中安排了翻唱比赛环节，很多乐队也是借此展示创作能力，不只表现为把原作改编为乐队标志性风格的重新演绎。更有一些乐队有意把原创作品和翻唱歌曲进行巧妙嫁接融合，产生独特"化学反应"，实质上达成了新的原创。

乐队的这种原创能力，与乐队本身的组织方式息息相关。乐队一般都是由志趣相投的乐手自由组合，通过长期磨合产生音乐思维的共鸣和艺术旨趣的碰撞，这也正是创作灵感的来源和独特风格的保证，正所谓"乐队是长出来的，不是凑出来的"。节目中也出现过个别临时拼凑的"练习生乐队"，但与自然"生长"出来的乐队不可同日而语。同样，我们很难想象歌手比赛中常见的"行活儿乐手"组成的伴奏乐队，在这个舞台上会表现出多少艺术上的原创性。

乐队的原创性、自然组织性，意味着其作品可能会部分地超越商业市场的制约，在形式上更为艺术化、个性化，在内容上更广泛涉及较为深刻的题材，而不限制于风花雪月的狭义感情表达。这一点，在《乐队的夏天》中九连真人、刺猬等乐队的作品中体现得尤其充分。

乐队的种种特质，使《乐队的夏天》拥有了与其他"综艺味"浓厚的音乐真人秀节目不同的气质，而它是否真的为乐队带来"夏天"，也成为节目内外都颇受瞩目的话题。节目中关于乐队生存状态的讨论一直没有停止过。新裤子乐队在歌中怒吼"我不要在失败孤独中死去，我不要一直活在地下里"，直观地反映出众多摇滚乐队窘迫的现实处境。在眼睁睁地看着民谣、嘻哈等独立音乐的难兄难弟破土而出后，处境还较艰难的乐队也冀望有翻身的一天，他们在节目中毫不掩饰对于圈粉、成名的企图心。如今，第一季的乐队"Hot 5"已决出，几支顶级流量乐队纷纷接到商业代言，节目捆绑的巡回演唱会票价高企，几倍于以往音乐节演出却依然一票难求。貌似乐队的确是火了。不过，少数乐队的"夏天"，是否能让乐队文化真正起势，依然要打个问号。

首先，与一些大牌乐队相比，活在更低处的"野生"乐队难以计数，《乐队的夏天》这股热风吹拂到它们的几率能有多少？即使只看节目上露面的31支乐队，头部与长尾之间资源配比的巨大差异，正是马太效应在流量时代的表征。故而不难理解，节目刚刚结束，留在我们视野中的乐队已然不多了。

其次，在突如其来的金钱和盛名之下，先"富起来"的这部分乐队能守住做音乐的初心吗？他们能调和商业市场侵袭和自身艺术追求之间的矛盾吗？不算太长的流行音乐历史上，已经出现了太多一朝成名便江河日下或分崩离析的先例。当然，没有理由责怪乐队想要改善生活条件的愿望，只是希望在乍富之后，它们的初心仍在，仍然能写出好歌。

黑豹、唐朝等乐队在25年前曾经代表中国流行音乐的高峰，但愿，《乐队的夏天》之后，乐队重整旗鼓能迎来契机。

（《解放日报》，2019年9月12日）

归来兮，"文青"

◎齐世明

起笔应是参团欧游。5月的亚德里亚海滨，阳光灼热，我们的话题也很热——走在意大利威尼斯的街道上，我与导游唠起但丁——"走自己的路……"

走自己的路，让别人无路可走，这不是小沈阳的名言么？身后接话的是一对参团度蜜月的沈阳研究生夫妻。

我愕然，忍不住打问：你们的大学语文没讲过意大利但丁？

天天就是专业和英语，别的早忘了。

男生是理工男，女生可是艺术类，她却一撇嘴：现在哪有喜欢文学的？中文系的也不读名著了……

一席对话，加上走遍东西欧，鲜有同行者问名家故居的切身感受，让笔者心里泛苦。想想也是，一说"文艺青年"，扑面而来的是网上的痛贬，那统统是"比较装，不接地气"的；在网络小说界，"文青"更是个贬义词——喜欢在自己的作品中表达一些"思想""哲理"之类的东西，总是表现出强烈的反商业性，故意不讨好读者……

总而言之，志大才疏、眼高手低似乎成了"文青"的突出特点。

"文青"就这么不招人待见，甚至让人很反感？我们"五〇后""六〇后"作为"文青"，曾经很是自豪——记忆中的"文青"，曾经与文明、文雅、文化一道，在大众日常生活"辞海"里熠熠生辉呢！

其实，"文青"是伴随着"文革"结束而走上历史舞台的，甚至可以说，"文青"是改革开放的曙光镀亮的第一批闪着光彩的青年人形象！

我记忆中的第一个"文青"形象是41年前，来自《十月》杂志1978年创刊号上刘心武的短篇小说《爱情的位置》。这篇被誉为"文革"结束后最早在文学中恢复爱情记忆的作品，因为第一次冲破人性、人情的禁区，也因为成功地塑造文学青年的形象，而令我们一读再读，至今思及、回味，仍留有余香呢。

"文青"从《爱情的位置》开始，一露面就与众不同，他们乘公交（电）车有座位都不坐！

他们的目光很亮，似乎有点烫人？就站在公交车上晃呀晃地看书，看文学书，小说、诗歌，刚解禁的，有茅、巴、老，也有俄罗斯的老托与英国的老莎……

38年前，构成沈阳市青年诗作者队列的我们——或为国企工人，或为事业单位员工，拥有一个骄傲的共同名字：文学青年。我们大多也是在公交车上晃呀晃地看着书，是诗，有普希金，也有艾青、舒婷……

与改革开放一道"入世"的其时青年，哪个不是文学青年？

何谓"大人虎变，小人革面，君子豹变"？这是《易经·革卦》的卦辞，讲的是"变革"的规律和置身其中者的特点。用大篆的造字本义去理解，其义简单明确：革，双手把下面不合理的东西用力去除，只保留上面符合道理的东西。《易经》是上古的书，很多字词的含义跟现在有不同。咱们只解读其中的"君子豹变"，此为重中之重也。

用今天的说法，所谓"君子"，近乎"知识分子"。"君子"，不轻不重一名词，却属于当代可列入"失忆"的词语了吧。"豹变"又有几层意思呢？古人为文形象而生动，美丽的豹子即为一显例——在荧屏闪过那精灵一般的身影，谁都要"驻足"一观，那一身豹纹，何其精美、高贵！可是刚生的小豹子，真没法看，像一团烂泥。"君子豹变"就是说，你要成为一名"知识分子"，走出愚昧和盲从，从丑陋化为漂亮，必经蜕变之路……

马尔克斯在《百年孤独》临近结尾时写道："文学是发明出来逗弄人的最好的玩具了。"借用下，也是最好的启蒙。"文青"像一身豹纹，使当时的我们脱下忘乎所以的外衣和初生牛犊一般近乎胡闹的马甲，甩掉一身无知而盲目的"堕性"。我们欣喜地结识了托尔斯泰笔下的安娜·卡列琳娜、雨果笔下的冉·阿让……也醍醐灌顶般认识了美与真，美的灵魂，真的形象。我们顿开茅塞一般拥抱了似已"陌生"的人性与理性，而整个人的气质，真是发生了"豹变"！读着，写着，朗诵着，我们渐生追美向善之心，移开看书的目光，看人也心明眼亮吧？

蓦然回首，没有"文青"这个"基础设施"，名作家梁晓声、王安忆们，名导演陈凯歌们如何构筑各自的艺术大厦？

故此，从写诗、办诗社成长起来的名导演贾樟柯会慨叹：为什么当代人失去了阅读和写作的快乐？而刚刚荣获"共和国勋章"的著名作家王蒙在回答怎么理解"文青"时，十分干脆：如果青年都不文艺了，我们干吗去呀？青年应该文艺，青年一定要文艺！

其实，"文青"，如同爱笑的姑娘给人的印象一样，总不会坏到哪里去。或者说，做事有谱，总有自己的底线，文明的底线，文学特别是世界名著带给他起码的守则。

而今，"文青"淹没在种种冷嘲热讽之中，确乎生态差，心态更差，以至于难觅矣！笔者要疾呼一声："文青"，魂兮归来！并为之"辩诬"：

一辩"装清高"。一个"装"字气煞人。但"文青"可不是"装"，那种清纯之气是溶到骨子里的。腹有诗书气自华嘛，此言不虚。

"文青"不分国界。从泰国曼谷机场回国，候机厅里见到一队日本中学生，四十人吧，教师领着，直接走到一侧，席地而坐，一人一本书，或戴着耳机，以蔽噪音。我拉着领队过去"采访"，得到的回答是：暑期来旅行，候机或候车时看书阅读已成习惯，都属"文青"，看的自然是日本的文学名著……

二辩"忒傲气"。这是"文青"身上该洗掉的第二个副标签。其实，它反而是"文青"的另外一个含义，意味着一种永远的"青春态"。此态与书卷气一样从内向外，自然流露，怎么能不叫一般人感到压力？

"文青"之傲气是不论年龄，不讲"条件"的。在飞往圣彼得堡的班机上，已至夜深。我蓦然梦回，见前部和后排小灯下仍有人捧着一本书在读，俄罗斯人。我恰好与我团的领队邻座，稔熟俄罗斯的他不无赞叹地说，这是一个"战斗民族"，也是一个"文学民族"！怎么讲？来回多少趟，总有俄罗斯人在飞机上和候机时读名著……

收笔之际，笔者要改《论语·为政》中一名句以作结："人而无文（信），不知其可也。"孔子告诉我们，人不可以不讲信用，否则如何能生存在这个世界？人而无文，不知其可也。这"文"是文明，是文化，也指文学。

（《解放日报》，2019年9月22日）

花25万克隆宠物，从死神手里挽回所爱？

◎廖　媛

如果能够从死神手里夺回所爱，你愿意付出什么样的代价？

有人选择付出25万或38万人民币，克隆出和死去的宠物一样的小猫或者小狗，让它们"重回"自己身边。比如中国首只完全自主培育的克隆猫"大蒜"，在9月20日被主人黄雨接回了家。黄雨说："我对它最大的期待，就是希望它的性格能跟以前的'大蒜'越来越像。"

据《新京报》报道，2017年起，已有40多位宠物主人"换回"自己的宠物，有受访者形容，这是"买得到的亲情"。宠物克隆公司博雅秀岩的工作人员曾对《中国科学报》表示，其团队已在全球范围内提供了1400多只克隆犬。

克隆对我们来说并不是一个陌生的名词，早在1996年，克隆羊多利诞生之时，人类就不断地在畅想、探索克隆的可能性。目前最常见的哺乳动物克隆技术是细胞核移植，以克隆羊多利为例，就是把B羊乳腺细胞的细胞核放入A羊去掉细胞核的无核卵细胞中，融合后进行体外培养，再放入代孕母羊C体内。C羊孕育出的小羊基因型和B羊完全相同。宠物克隆也大体如此。

实际操作却困难重重。据中国农业大学动物医学院教授施振声介绍，克隆猫的主要难点在于猫是少数的诱发排卵动物之一，其生殖周期特别，克隆技术较困难，操作烦琐。

每一个物种的成功克隆都是生命科学的重大突破，克隆羊诞生之后，克隆鼠"卡缪丽娜"、克隆牛"能都""加贺"相继诞生。2018年1月25日，中国科学院神经科学研究所克隆出的"中中"和"华华"两只克隆猴，登上了《细胞》杂志封面，克隆猴突破了现有技术无法克隆灵长类动物的世界难题。

克隆宠物这样服务早在2006年就有了，韩国秀岩生物技术研究基金会称，支付10万美元就可让宠物狗"复生"。秀岩生命工学研究院2005年成功克隆了世界第一例体细胞克隆犬，从2006年开始就为王子、名人、富翁等人克隆过爱犬，还有救援等特殊用途的犬类，其中包括5只由在"9·11"事件中表现出色的救援犬 Trakr 克隆出来的"Team Trakr"。

2014年，中国生物技术公司博雅控股集团参股韩国秀岩，成立"博雅秀岩"，被媒体认为是在中国拉开了犬商业化克隆的序幕。2017年，世界首只基因编辑克隆犬"龙龙"在北京希诺谷生物科技有限公司诞生，克隆犬逐渐在中国出现。

目前，仅美国、韩国和中国有公司提供宠物克隆。中国的希诺谷公司克隆犬费用为38万，克隆猫25万。据另一家公司博雅秀岩官方展示的流程，克隆宠物只需五步：服务定制、签订协议、样本采集、犬体细胞克隆、克隆犬交付。

那么，克隆出来的宠物，真的和原来那只一模一样吗？很遗憾，并非如此。

就外表来说，可能会有差异。比如克隆猫"大蒜"，黄雨就发现它下巴上的黑块没有了。这是因为即使在基因不变的情况下，基因的表达过程会有多种变化。基因组中含有两类遗传信息，一类是符合孟德尔遗传规律的DNA序列提供的遗传信息，一类是表观遗传学信息，它不符合孟德尔遗传规律，受环境等因素影响，是由染色体改变引起的稳定的可遗传的表现型。受表观遗传学因素影响，克隆无法做到亲代和子代完全一致。

克隆恐怕也难以复制宠物的"灵魂"。独特的环境、经历造就一个独一无二的灵魂，不同的记忆和经验决定一个生物的行为。用同样的方式来对待克隆宠物，也许能像黄雨期待的那样"性格跟以前的'大蒜'越来越像"，也许不会，只能期待。

既然克隆的宠物看起来仅仅"空有其形"，这种技术的意义到底何在呢？

在之前热播的日剧《轮到你了》中，女主角菜奈死后，男主角翔太收到了二阶堂为他制作的"AI菜奈"。这个安装在手机上的软件仅仅能模仿菜奈进行一些简单的对话，翔太还是忍不住要一遍一遍地叫它"菜奈"，只为听到一句回应。

也许所有挽回被死亡带走所爱的努力都像俄耳甫斯穿越地府带妻子重返人间的神话一样徒劳，但总有人像俄耳甫斯一样勇闯地狱。"不要回头看爱人"实在是一个绝妙的隐喻，即便冥王千叮万嘱回头便是万事空，俄耳甫斯依然忍不住。是啊，谁能忍得住呢？哪怕是一个似曾相识的眼神，一抹可堪回首的微笑，都让人忍不住回头张望，更何况现代科学为宠物主人带来的是一个在生物学上无限接近的个体。

　　爱和死亡是永恒的话题，如今有克隆，也许未来会有更多方式从死神手里"挽回"所爱，从宠物到亲人、爱人，比如AI和机器人。这是希望或是徒劳，是商业运作还是情感寄托？我更愿意用浪漫一点的方式去理解，这是诗一般的执着："不要温和地走进那个良夜。"

　　　　　　　　　　　　　（《南方周末》"自由谈"，2019年9月29日）

现代人的孤独困境：我们到底是塑料友情还是真正的朋友?

◎许潆珊

前段时间，大S和阿雅的相处模式引起网友们的热议。在真人秀节目《我们是真正的朋友》中，随心所欲的大S不时调侃阿雅，从外貌、气质，到做事方式等等，而阿雅大多时候一笑了之。

很多网友为阿雅打抱不平，指责大S太过自我，不懂得尊重别人。这样不顾虑对方感受的行为，根本不是作为朋友的相处之道。

也有网友认为，不同人之间有不同的相处方式。所谓"如鱼饮水，冷暖自知"，旁观者并不能用单一的指标敲定对错。朋友之间能够互相调侃，毫无顾忌地畅所欲言，也是十分难得。

对此，大S则大胆回应说，就算大家说自己是欺负阿雅的女魔头也还是开心，因为自己本来就是女魔头。阿雅本人也表示，20年的友谊不是几个片段能描述，用时间走出来的感情很宝贵。节目里，大S、小S、柳翰雅、范晓萱4个拥有长达20年的原生友情的姐妹花在旅行中放肆游玩。有嬉戏打闹的快乐、因个性不同产生的矛盾，也有推心置腹的温情时刻。

这样的真实坦然引起争议，让人不得不思考，友谊应该是什么样子的?

难以捉摸的友谊标准

每个人性格各异，不仅仅是沟通和相处方式不同，人们对于朋友常常也有着不一样的判断标准，随着网络越来越发达，人们的社交圈子越来越广，能认识的人也不再限于目光可及之处，人们对朋友的定义也更加个性化。有人认为朋友是能够打开心扉说心里话的，有人觉得相互打招呼即成朋友，也有人把是否添加对方微信直接当作衡量朋友的标尺。

由此看来，朋友是很难描述的，很大程度上取决于人们的心理感受，这就容易带来人与人之间认知的误差。麻省理工学院研究员彭特兰进行了多次有关友谊的研究，让相互认识的人们以五分制给彼此打分，从最低的"我不认识这个人"到"我最好的朋友之一"。最终结果显示，彼此认知对等的几率在34%到53%之间。

也就是说，我们所认为的朋友只有约一半是相互的。有的人你把他当作朋友，但人家未必有此意。同理，有些你几乎不怎么了解的人，却会把你当作挚友。

在电影《亲爱的朋友》中，衣食无忧的高中生莉娜一直认为，朋友是必要时候利用的东西，逃不开利益关系。在张扬跋扈的她心里，所有人都不可信任。而她的小学同学真纪在小时候收过她的礼物，受到触动，一直将她视为朋友。到了后来，当真纪发现其实莉娜并不记得自己的时候，眼中难掩失落。

认知之所以产生误差，不仅仅是性格偏差的问题，更是同理心不一的反映。共情是一个双方情感表达和接收的过程。要建立信任关系，就要在交往中逐步体现自己的同理心，设身处地理解对方，并以此证明自己是值得信任的。

遇见真纪之前，活在自己主观世界里的莉娜一直没有尝试去了解别人，被确诊得癌症之后，便越发消沉。当单纯善良的真纪一路试图帮助她，甚至不惜豁出性命，莉娜渐渐被感动，对友谊的理解也开始改变。这是一个不断循环深化的过程——真纪对莉娜越真诚，越善于倾听、体谅、尊重，莉娜也就会越真诚和放心。如此形成良性循环，最终成为挚友。

真朋友还是泛泛之交？

首先，真正的友谊是相互的，它的产生不像完成工作一样机械。就如哲学教授亚历山大·内阿马解释友谊时所说，"首先，友谊不是工具性的"，它不是为了达成某个功利性目标而建立的关系，而是一种建立在双方共同期待下的纯粹的情感，需要共同维系。

友谊以亲密为核心成分，亲密性也就成为衡量友谊程度的一个重要指标。Protein Agency 和 Snap Inc.进行的一项关于影响友谊因素的研究显示，"九五后"和千禧一代热爱在线与朋友交谈，分享喜欢的内容。当谈及与朋友互动时感受到积极情绪，"快乐""被爱"和"支持"是被提及最多的感情。分享快乐可以是多人的狂欢，毕竟人们总是倾向于接受美好。更隐秘更个人的部分，才是泛泛之交跟真朋友的分界线。

真正的友谊，是患难相济。在电影《绿皮书》中，黑人钢琴演奏家谢利博士和托尼弥补了双方实际上和精神上的不足。比如谢利博士给予指导意见帮助托尼写信回家，将流水账的写法改为浪漫抒情的文法。当谢利博士一个人独自去酒吧喝酒，结果引来了一群白人对他的殴打时，智勇双全的托尼，把他从困境中解救了出来。他们性格不同，却能够互补，真正的朋友，能够预见对方的需要，相互帮助。

同甘共苦，增强了朋友之间的了解和共通。一项在耶鲁大学和加州大学圣迭戈分校进行的研究结果显示，好朋友之间是具有一定基因相似性的。同陌生人相比，非常亲密的好朋友之间基因变体标记的相似率最高可达1%——这相当于拥有共同玄祖父母的人之间的基因相似度，可谓十分神奇。

尽管给友谊下定义并不容易，但所有的友谊的共同之处在于，它们为我们提供了生命中某些片刻的支持，为我们提供了新的看世界的角度。无论如何，区分究竟是塑料友谊还是情比金坚是有必要的，至于各自的相处方式，舒服就好。

（《南方周末》"南周知道"，2019年8月28日）

让座与让位

◎何　申

　　我们这里对市管拔尖人才的待遇之一，是免费乘公交。先拿乘车证、后刷乘车卡，一个月120次，足够。但我出行还是开车，原因是有两次上了公交，人不多，但没座儿，一车乘客都看手机，特认真，没人留意当中还有个老头儿站着摇晃。从市内到我住的高新区，十好几站，加上红灯，个把钟头，下车回头一望，都抬头说笑了——敢情是为我而"学"呀！某日，见一新公交线来空车，心想咱不能辜负了组织的关爱，不管它去哪，就上，坐半天，还是我一人，甚美，到终点再往回坐。答：今天就这一趟，不返。上当了，花20块钱打的回来。

　　公交好坐，座位难求，现在为让座而干架的糗事不少。说实话，老何身为老年人，上车真希望有个座儿。坐车跟走道不同，别看你走一个钟头没事，然而站一个钟头，脚下不稳，就显出累。但先来后到，座位没号，人家不让，无可厚非，故有个别老人为此大闹，确属无理。就好比早先清晨上公厕，啥时见过岁数大的喊快拉！老子憋不住啦！没有！

　　世事多变，人心不古，现今有人倚老卖老甚至为老不尊，就不招人待见了。不过，话说回来，年轻人坐着，看老年人站着，于心何忍？逛庙净祈祷保佑自己发大财搂美女，人家神佛不糊涂，一看你这人缺善心呀，哪天你再看上我的莲花座，拉倒吧，有好运先给让座儿的！不是瞎扯，你看前程远大者，年轻时坐车多让座儿，自己站着，看外面天地多宽广。

　　座与位，即"座位"也。中国人本来对此并不很看重。昔者，尧让位给舜，舜让位给禹，都是客客气气，不争不抢，为此还有专用词叫禅让；禅让者身在其位享乐少受累多，大禹治水带头挖土拉车，小腿的汗毛都磨光，三过家门都不入；后来情形大变，禅让变争抢，争抢动刀枪，皆因人有高位，肉香酒醉。后宫三千，老婆超编。春秋无义战，只为争霸主居首席；汉唐生内乱，亦为当皇帝坐宝座。后人写"水浒"，为宋江坐正中，必须把晁盖写死，真是：可怜赤日黄泥岗，曾头屈死晁天王。

记得小时候，在小学生守则中，就有过马路扶老人、坐公交车给老人让座。当时一个大市有好几个市委书记，老百姓都不知谁官大。按说学生知礼仪，为官不争位，这事挺好，可后来让运动给弄变了味。某街道白铁合作社，赵钱李王孙五人，孙最懒，却能反，"舍得一身剐，敢把皇帝拉下马"，把赵拉下组长座位，自己坐上去，改称主任。孙回家还跟邻居显摆："一把手，坐中间。别人干，我抽烟。补洋锅，打烟囱。当主任，最轻松。"一个小小白铁社尚且如此，换个人多的单位，一人座位（职位）高，鸡犬都跟着乐陶陶，也就不足为怪了。以致后来，"世人皆知斗私批修好，唯有房子票子位子忘不了。平生只为职位低，待到高时运动结束了"。总结这"三子"的关系，"位子"最重要：有了位子，没房子票子也可以有；没了位子，有了房子票子也会失去。这等追求和逻辑，后患无穷，后来有些官场流行的"提钱进步""日后提拔"，皆从此出。

有人分析道：但凡坐公交争位子，没位子骂犊子者，估计其年轻时也不是善类——此话很有道理。年少不知南北，老来不识（是）东西。某小区有一户，人称"坐地炮""老鼠药"，白天偷，夜里叫。他俩住一楼，把公共场地当自家院，见东西就拿，遇花草就挖，谁管就往人家门外撒耗子药，半夜站院里大骂大闹。后来一打听，惹不起，敢情二位非同一般，想当初，抄过家，毁过庙，打砸抢，反常造；如今是，老愈痞，人越狂，说脏话，逞凶强。出门坐公交，没座儿就骂人；手里握速效，谁管谁买药——几成一霸。后来扫黑除恶，让公安局传去，回来老实了几天。

当下坐公交车凡有打、拉司机者及抢方向盘等皆入刑，令强人收手。往下为保证车辆安全行驶，为座位骂人甚至打人者，亦该有所处罚。而车上设置的老弱病残孕座位，也确应保证老者专用。饭店圆桌看似不分座位主次，但去了谁坐哪儿，心里都明白。坐公交跟围圆桌一样，不要揣着明白装糊涂。该坐一边儿坐主位，你想买单咋着？进来一看没座儿就想骂人，你睁开老眼看看：你走错屋了……

（《今晚报》"副刊"，2019年9月6日）

217

什么时候，我们可以不这样马不停蹄？

◎ 卜玉英

相信您还没有忘记 N 年前的那个记者采访放牛娃的故事吧：

记者：放牛为什么？

放牛娃：为了赚钱讨老婆。

记者：讨老婆做什么？

放牛娃：为了生儿子。

记者：生儿子又是为了什么？

放牛娃：让他放牛。

……

不知当初您读了这个故事后，有着怎样的感想？反正那时我读了后，唏嘘不已，想，这到底算是生存还是生活？所谓的生活就是这样活着然后繁衍后代不断地轮回？这未免太悲凉了些吧？

相比于放牛娃，我总觉得自己和周遭的人有色彩多了。至少，有办公室为我们遮风挡雨，不必像放牛娃那样受日晒雨淋之苦；至少，我们的工作不像放牛那样单调乏味；至少，我们还有憧憬，期待明天会更好，希望下一辈比我们幸福。

然而，我发现，我们虽然不同于放牛娃，倒有点像他放的那头牛。我们早出晚归，朝八晚五，除了常规的工作，还有计划、总结、开会、课题、论文、考核……每天勤勤恳恳，不敢有丝毫的懈怠，白天做不完晚上补，工作日做不完双休日补。有时一天下来，真是腰酸背痛腿抽筋呢！

当然，在我过去的认知里，人生就是这个样子的。人活着，总要含一点辛，总要茹一些苦，不经历风雨怎能见彩虹？只有努力工作，才能保证你的衣食；只有辛苦地付出，才能活得精彩；如果天资不足，那更是要以勤补拙。人生在世，就是要勤劳，勤劳是美德啊！

但是，这些年，读了一些书，行了一些路，发觉人其实还有另一种活法。

前年，在马尔代夫的马富士岛，有天下午，想去银行换点零钱做小费，谁知，他们银行在下午两点就结束营业了。很是奇怪，他们的工作时间怎么那么短？后来想到小超市买点水，换些零钱，想不到，好几家超市都挂着"close"的牌子，早早地打烊了。

今年，去了几个中欧国家，感受更深。在维也纳，所有的店家下午五点就关门了，要想买东西，对不起，明天清早——不，请晚，九点半前不开门啊。如果碰到双休日，啊，对不起，商店整天不开门。

来到意大利的科尔蒂纳丹佩佐时，我更是吃惊。或许因为那里是全世界滑雪爱好者的天堂，所以有很多的运动品牌，我们自然想去见识一下那些品牌，谁知，中午到下午三点，店家都在休息，然后，三点开门后，到五点，又闭店了！

说实在的，当时的第一感觉是，好一个慵懒的民族呢！可后来一下子升华了认识，这样慵懒一点不好吗？不为营生所羁绊，腾出时间去享受生活，不是很好吗？我们人类所有的努力，不就是为了让生活更美好吗？生而为人，不应只为了急急匆匆、满满当当地工作、工作、工作吧？

我也曾好奇，他们腾出来的时间都去干些什么呢？我看见，家家户户的窗台上开满了花，无疑，养花是他们休闲时光里的一大乐事；我看见，公园的长椅上，好多的人各捧一本书在专注地读；我看见，意大利多乐美地山区，男的、女的、老的、少的，骑着单车，满头大汗，从我面前掠过；我看见，公路上好多的房车在跑，装着一家人，挂着几辆自行车；我看见，奥地利那个最大的内陆湖阿特湖的边上，到处是度假的人，他们或玩帆船，或下到水里嬉水，或在湖边野餐……

我想，这样子的生活真不错！有张有弛，适度劳作后，惬意地享受人生：其乐融融地和家人共处；静下心来，冥想；和三五朋友谈谈天说说地；看看山，玩玩水，融入大自然；健健身，看看书，听听音乐……

生活如斯，真好！我觉得，现在的我们应该也可以这样生活着。改革开放四十年，生活水平大幅度提高，给我们的幸福生活打下了良好的物质基础。按理，物质生活提升之后，精神生活也应跟着富足起来。可是，很多的我们还在一味地胼手胝足，一味地马不停蹄，一味地加班加点，甚至有人提出要

996……是什么，阻挡了我们转向的脚步？有人说，这是因为惯性，像早起的鸟儿有虫吃一类的理念深入了我们的骨髓。可是，这光是因为我们的惯性在作用吗？

（《南方周末》"hi 南周"，2019年9月25日）

敬　告

由于编选时间仓促、工作量大，未及与所选作者一一取得联系，请见谅。

现仍有部分作者地址不详，为及时奉上稿酬和样书，请有关作者与责任编辑赵维宁联系。

地址： 沈阳市和平区十一纬路25号

邮编： 110003

电话： 024—23284306

E-mail： 249972579@qq.com

微信号： zhaoweining10

辽宁人民出版社

2020年1月